Schwere Zeiten für die Krimiautorin Nora: die Mutter gestorben, der Lebensgefährte auf und davon. Da kommt ihr die Einladung in ein Cottage an der Küste Cornwalls gerade recht. Endlich alles hinter sich lassen, Spaziergänge durch leuchtend bunte Blumenwiesen, Sonnenuntergänge am Strand und in Ruhe schreiben – wunderbare Aussichten! Doch wieder einmal macht das Leben ihr einen Strich durch die Rechnung. Ein kleiner Kater, den sie von einer Klippe rettet, weicht ihr fortan nicht mehr von der Seite. Immer wieder schmuggelt er sich heimlich ins Haus und wirbelt ihren Alltag durcheinander. Mit dem neuen Manuskript geht es auch nicht wie erhofft voran. Es ist zum Verzweifeln!

Aber da ist noch Phil, der nette, gutaussehende Nachbar, der immer wieder seine Hilfe anbietet …

Hermien Stellmacher, geboren 1959, wuchs in Amsterdam auf. Im Alter von 15 Jahren zog sie nach Deutschland. Sie illustrierte zahlreiche Kinder- und Jugendbücher. Seit einigen Jahren schreibt sie hauptsächlich für Erwachsene, zum Teil unter dem Pseudonym Fanny Wagner. Sie lebt mit ihrem Mann und zwei Katern in einem kleinen Dorf in der Fränkischen Schweiz.

www.hermien-stellmacher.de

insel taschenbuch 4388

Hermien Stellmacher

Cottage mit Kater

HERMIEN STELLMACHER

Cottage mit Kater

ROMAN

Insel Verlag

Für meinen besten Freund Joachim.

In Gedanken an Rie van Lochem

2. Auflage 2015

Erste Auflage 2015
insel taschenbuch 4388
Originalausgabe

Vertrieb durch den Suhrkamp Taschenbuch Verlag
Umschlag: ZERO Werbeagentur, München
Umschlagabbildung: Jon Boyes/Corbis; FinePic®
Satz: Satz-Offizin Hümmer GmbH, Waldbüttelbrunn
Druck: CPI – Ebner & Spiegel, Ulm
Printed in Germany
ISBN 978-3-458-36088-9

Cottage mit Kater

Die besten Dinge im Leben passieren dann, wenn man nicht das bekommt, was man sich vorstellt.

Michel de Montaigne

I

Noch zwei Meilen bis Cadgwith. Als ich den Wegweiser entdeckte, war meine Erschöpfung wie weggeblasen. Ich setzte den Blinker und bog ab auf die New Road.

Neue Straße, neues Glück. Zwei Monate Cornwall, zwei Monate für mich. Die Beine hochlegen und aufs Meer gucken, bis ich es nicht mehr sehen wollte.

Doch erst einmal musste ich hinkommen, und ich betete, dass mir auf dieser engen Straße keiner entgegenkommen würde. Ich langte mit der rechten Hand in die Tasche auf dem Beifahrersitz. Doch was ich auch zu fassen bekam, es hatte nicht die geringste Ähnlichkeit mit einem A4-Blatt in einer Klarsichthülle.

Verdammt. Ich hielt an einer Parkbucht und nahm die Tasche auf den Schoß. Ich wühlte den Inhalt ein weiteres Mal gründlich durch, aber die Wegbeschreibung zum Haus kam nicht zum Vorschein. Der Gedanke, dass mein Neuanfang auf der Zielgeraden zu scheitern drohte, brachte mich zur Verzweiflung.

Ich schaute auf die Uhr. Mir blieb noch eine halbe Stunde, um Pauls Hausschlüssel bei seinem Nachbarn abzuholen. Spätestens um sechs würde der Mann sich ins Auto setzen und für mehrere Tage verreisen. Leider war ich zum allerersten Mal hier und hatte keine Ahnung, wo sich sein Haus befand. Und somit auch nicht, wo der Nachbar auf mich wartete.

Ruhig, Nora. Du hast in den letzten Jahren schon andere Katastrophen bewältigt. Abgesehen davon verdienst du dein Geld mit bedrohlichen Ereignissen und überraschenden Wendungen. Denk nach!

Die Strategie ging auf: Ich erinnerte mich daran, dass Paul öfter von einem netten Pub am Hafen berichtet hatte. In der Hoffnung, dass man dort wusste, wo ihr Stammgast wohnte, fuhr ich über eine steile Straße nach Cadgwith hinunter.

Ich parkte am kleinen Hafen und stieg aus. Der strahlende Sonnenschein täuschte. Ein kalter Wind blies mir um die Ohren. Es sah so aus, als wäre ich am Ende der Welt gelandet: Kleine, weiß getünchte Cottages schmiegten sich den grünen Hang hinauf, bunte Fischerkutter standen nebeneinander auf dem Kiesstrand, und ein Hund jagte übermütig ein paar schreienden Möwen hinterher.

Auf einem umgedrehten Ruderboot saßen drei alte Männer. Ihre Köpfe bewegten sich synchron in meine Richtung, sechs Augen musterten mich interessiert.

Nach einer Weile beugte sich der Mittlere, ein kleiner Mann mit knubbeliger Nase, vor. »Any problems, lady?«

Ich nickte. Wo war bloß mein englischer Wortschatz geblieben? Nicht, dass er sonst in Topform war, aber im Augenblick war in meinem Kopf genauso Ebbe wie am Strand.

»Ich suche ein bestimmtes Haus«, begann ich. »Das Haus eines Freundes …«

O Herr, lass Hirn vom Himmel regnen. Wenn möglich, englischsprachiges.

»Ja?« Wie auf Kommando rutschten die drei vom Boot herunter und sahen mich erwartungsvoll an.

»Cove View.« Da es in meinen Ohren verdächtig nach

einem Müller-Meier-Schmitt-Name für Cottages klang, ergänzte ich die Angabe. »Der Besitzer heißt Paul Brooks!«

Der Mittlere nickte, die beiden links und rechts von ihm schüttelten den Kopf. Es folgte eine leidenschaftliche Diskussion, von der ich kein Wort verstand. Jeder der drei deutete in eine andere Richtung, und ich wurde unruhig. Noch fünfzehn Minuten. Doch während ich schon überlegte, ihnen den Hinweis zu geben, dass mein Freund graue Locken hatte und eine Nerd-Brille trug, schienen sie sich geeinigt zu haben. Jedenfalls nickten sie wie Wackeldackel.

»No problem, lady!«, kam es wie aus einem Mund. Der Mann links zog einen zerknitterten Zettel aus der Tasche, der Mittlere steuerte einen Bleistift bei, während der Dritte mich heranwinkte.

»Sie fahren die Straße weiter, am Pub vorbei und dann den Berg hoch ...« Knubbelnase zeichnete eine geschlängelte Linie von der unteren Blattmitte nach oben rechts. »Und oben, an der Linkskurve, bei einer großen Zeder ...« Ein fettes Kreuz wurde umkringelt. »... biegen Sie links auf eine unbefestigte Straße ab. Cove View!« Er drückte mir das Papier in die Hand und zwinkerte mir zu. »Good luck, dear!«

Dann nahmen die Herren ihre Plätze wieder ein, zündeten sich Zigaretten an und schauten auf die Straße. Bereit für ihren nächsten Einsatz.

Die Skizze war so einfach wie hilfreich, und bald stand ich an einer langgezogenen Einfahrt, die zu einem Haus hinunter führte. Fehlte nur noch der Schlüssel. Ich stellte mein Auto auf dem kleinen Parkplatz ab und ging zum Haus.

Dort entdeckte ich einen direkten Weg zum Nachbargrundstück. Doch was verheißungsvoll begann, endete in einem Dickicht aus Schlingpflanzen. Während ich überlegte, ob ich es mit dem Gestrüpp aufnehmen sollte, hörte ich, wie in nächster Nähe ein Wagen gestartet wurde. Ein Blick auf die Uhr sagte mir, dass das nur der Nachbar sein konnte. Ich kämpfte mich zurück und rannte die Einfahrt hinauf. In Gedanken den Text wiederholend, den ich mir zurechtgelegt hatte.

Der Schlüsselhüter hatte sein Auto direkt neben meinem geparkt und die trommelnden Finger im Fenster ließen keinen Zweifel daran, dass es um seine Geduld nicht zum Besten bestellt war.

»I'm so sorry!« Außer Atem lehnte ich mich an die Fahrertür und sah durch das offene Fenster hinein.

Ein hübsches, aber mürrisches Gesicht. »Nora?«

Ich nickte.

»Noch mal Glück gehabt.« Ein braungebrannter Mann mit dunklen kurzen Haaren und einem Dreitagebart stieg aus. Ich schätzte ihn auf etwa fünfzig, ein paar Jahre älter als ich. Er war groß und hatte eine beeindruckende Bassstimme. »Ich bin Phil Benning.«

»Nora Beck.« Ich schüttelte ihm die ebenso große Hand. »Tut mir leid, ich habe die Wegbeschreibung verloren. Daher musste ich mich erst im Dorf unten erkundigen.«

»Ich hatte schon befürchtet, du bist Landstraße gefahren«, brummte Phil. »Solche Experten gibt es immer wieder. Die trauen sich wegen des Linksverkehrs nicht auf die Autobahn und wundern sich dann, wie lange sie bis hierher brauchen.«

Ich lächelte tapfer. Fest entschlossen, ihm niemals zu erzählen, dass auch ich dieser Gruppe angehörte.

»Du sprichst ja toll deutsch«, wechselte ich das Thema. »Kein bisschen englischen Akzent.«

»Hat kaum einer aus Bochum.« Phil drückte mir ein Schlüsselmäppchen in die Hand. »Der Runde ist für die Haustür, der Kleine für den Briefkasten und der Viereckige für das Schloss am Schuppen. Paul hat mich gebeten, ein paar Sachen für dich einzukaufen. Die habe ich in den Kühlschrank gestellt. Brot liegt im Kasten.« Er stieg ein und startete den Kombi. »Zugangsdaten zum Internet findest du auf dem Zettel beim Telefon. Wenn ich wieder da bin, schau ich mal vorbei.«

Ich wollte mich bedanken, doch dazu gab Phil mir keine Gelegenheit. Er legte den Gang ein und fuhr so schnell los, dass ich zur Seite springen musste.

»Trottel!«, brummte ich. »Lass dir ruhig Zeit, wo immer du hinfährst!«

Als ich Pauls Haus betrat, dankte ich dem Universum, dass unsere Wege sich vor Jahren gekreuzt hatten. Wir waren auf einer Vernissage miteinander ins Gespräch gekommen und hatten festgestellt, dass wir beide ein Faible für Skulpturen von Botero haben und gerne wandern.

Im Lauf der Zeit war unsere Freundschaft immer inniger geworden. Daran änderte sich auch nichts, als er nach der Trennung von seinem Freund nach England zurückkehrte. Als mein Leben aus den Fugen geriet, rief Paul mich regelmäßig an und stand mir zur Seite.

Doch auch die dunkelsten Zeiten sind irgendwann zu Ende. Und als er mir erzählte, dass er für ein Jahr nach Kanada gehen wolle und mir den Vorschlag unterbreitete, für eine Weile sein Haus zu hüten, hatte ich nicht lange überlegen müssen.

Ich schloss die Tür hinter mir und fühlte mich gleich wie zu Hause. Ein kleiner Vorraum mit Garderobe, dann ein von Buchregalen gesäumter Flur, der in ein gemütliches Wohnzimmer führte. Ein antiker Schrank, ein dunkelrotes Sofa, zwei alte Ohrensessel aus Leder vor einem offenen Kamin und dicke Teppiche auf dem Holzfußboden. Vor dem Kamin lag ein alter Kauknochen von Gromit. Ein Glück, dass Paul seinen Terrier bei einem Freund hatte unterbringen können, denn vom Haustierhüten hatte ich die Nase gestrichen voll.

In den Regalen, die bis unter die Deckenbalken reichten, stand ein weiterer Teil von Pauls Büchersammlung. Ich fuhr mit dem Finger über die Buchrücken und begegnete einigen Lieblingen: Don Winslow, Fred Vargas und Ian Rankin standen Seite an Seite mit Romanen, Biografien und Reiseführern. Lesestoff für Monate, wenn nicht für Jahre. Zwischen den Regalen hingen Rahmen mit Schwarz-Weiß-Fotos. Stimmungsbilder, die an der Küste und am Hafen aufgenommen worden waren, und ein paar Schnappschüsse von Freunden. Auf einem der Bilder entdeckte ich Dominik, mit dem Paul in Berlin liiert gewesen war, ein anderes zeigte Paul und Nachbar Phil. Die Arme um die Schultern gelegt, die Köpfe aneinander, prosteten sie dem Betrachter lachend zu.

Ich hatte diese Info gerade unter der Rubrik *hilfreich* verbucht, als ich das Foto einer Katze entdeckte. Im selben Moment nehme ich den beißenden Gestank wahr. Nicht schon wieder. Dieses verdammte Mistvieh hat wieder wohin gepisst! Na warte. Mit großen Schritten gehe ich zum Sofa und reiße die Kissen einzeln von der Sitzfläche. Vorsichtig rieche ich daran. Nichts!

»Aruscha!?« Ich öffne die Schranktüren und hole tief

Luft. Auch hier nichts. Ich bin schon auf dem Weg zurück in den Flur, als ich plötzlich begreife, dass mein Unterbewusstsein mir einen Streich spielt.

Verwirrt setzte ich mich in einen der Ledersessel und versuchte, die Erinnerungen an die hochgezüchtete Siamkatze, die ich zwangsweise hatte hüten müssen, zu vertreiben. Aruscha. Hinter diesem eleganten Namen steckte ein Monster, das mich von Anfang an gehasst hatte. Nachdem sie das erste Mal in meiner Berliner Wohnung aufs Sofa gepisst hatte, beruhte dieses Gefühl auf Gegenseitigkeit.

»Aber das ist zum Glück alles vorbei!« Ich versuchte, die Erinnerung auszublenden, und sah, dass es noch einen weiteren Raum gab. Als ich die Schiebetür öffnete, kam mir ein Schwall abgestandene Luft entgegen.

Es war ein sonnendurchfluteter Wintergarten mit einer breiten Fensterbank, die sich über die gesamte Länge erstreckte. Rechts neben der Verbindungstür rankte sich eine riesige Passionsblume an der Wand empor. Sie war über und über mit handtellergroßen Blüten bestückt, und erste Äste hatten bereits die Decke erreicht.

Hier würde ich meinen Arbeitsplatz einrichten! Mit Aussicht auf den Garten, den Hafen und das Meer. Hier würde ich meinen Krimi zu Ende schreiben.

Ich kippte ein paar Fenster, schob das Zweisitzersofa neben den Korbstuhl und den Holztisch von der Ecke an die verglaste Front. Perfekt. Dann öffnete ich die Tür und trat hinaus in den Garten.

Eine Balustrade aus verwitterten Terrakotta-Elementen, bestückt mit großen Blumentöpfen, trennte den Kiesweg vom Rasen. Mitten auf dem satten Grün stand eine Säule mit einer Büste von Sokrates. Paul hatte mir erzählt, dass er den alten Philosophen vor Jahren auf einem Flohmarkt gerettet und ihm hier eine neue Heimat gegeben hatte. Um seine Aussicht konnte man ihn beneiden. Zwischen zwei Palmen hindurch blickte er direkt hinunter auf die Bucht. Untermalt wurde dieser Blick vom Gezwitscher der vielen Vögel, die in den dichten Sträuchern und Bäumen am Rand des Gartens lebten.

Ich atmete die würzige Seeluft tief ein und fühlte mich zuversichtlich wie schon lange nicht mehr.

Nachdem ich überall gelüftet und meine Habseligkeiten im Haus verteilt hatte, ging ich in die Küche. Ein kleiner, gemütlicher Raum mit Terrakotta-Fliesen und einem schönen Holztisch. Auch von hier hatte man einen Postkartenblick auf die Bucht, und ich konnte mir vorstellen, dass ich vor lauter Aussicht Gefahr lief, das Essen anbrennen zu lassen.

Ich bereitete mir ein paar belegte Brote zu, schenkte ein Glas Bordeaux ein und machte es mir im Wintergarten gemütlich. Die Felsen des kleinen Naturhafens ragten steil aus dem Wasser auf, als wollten sie den kleinen Ort beschützen. Viele waren von schwefelgelben Flechten überzogen und glühten im schwindenden Tageslicht. Während ich beobachtete, wie die Farbe des Meeres immer dunkler wurde, spürte ich, wie die Anspannung der langen Fahrt allmählich wich.

Als ich den größten Hunger gestillt hatte, nahm ich mein Schreibtagebuch vom Tisch und schlug es auf. Bereits vor Wochen hatte ich eine Seite mit den Worten *Vorsätze für Cornwall* überschrieben. Darunter notierte ich drei Punkte:

1. *Keine Verantwortung für irgendwas oder irgendwen.*
   Und schon gar nicht für eine Katze!
2. *Ein fertiges Manuskript.*
3. *Ruhe.*

An sich keine weltbewegenden Wünsche, doch nach den vergangenen Jahren waren sie für mich von größter Bedeutung. Ich wollte mein eigenes Leben zurück.

2

Als ich am nächsten Morgen vom Gesang einer Amsel geweckt wurde, glaubte ich zuerst in Berlin zu sein. Bis ich die Augen aufschlug und das Bild neben mir an der Wand sah.

Es war eine alte gerahmte Landkarte von der Halbinsel, »The Lizard«, auf der ich mich hier befand. Ich stopfte das Kissen unter meinem Kopf zurecht und las leise die geheimnisvoll klingenden Namen vor.

Housel Bay, Bass Point, Bumble Rock, the Devil's frying Pan.

Namen, die in einer alt anmutenden Handschrift rund um Englands südlichste Spitze platziert waren. Namen, die neugierig machten.

Die Amsel verstummte, und damit war auch Schluss mit den Parallelen zu Berlin. Musste ich dort nun das Schlafzimmerfenster schließen, um den anschwellenden Verkehrslärm auszusperren, begann hier die Schicht der Möwen. Neugierig, ob es einen bestimmten Anlass für ihr Gekreische gab, stellte ich mich ans offene Fenster und beobachtete die Vögel. Doch das Geschrei schien eher einem lockeren Austausch von Neuigkeiten zu entsprechen, wie es in Firmen in der Kaffeeküche üblich war.

Damit war das Stichwort gefallen. Ich machte mir einen starken Kaffee, setzte mich mit der Tasse und einem Marmeladentoast in den bequemen Korbstuhl im Wintergarten und sah zu, wie die Sonne höher und höher stieg.

Heute würde ich mich von der Fahrt erholen. Lesen, aus dem Fenster schauen und mich über die Tatsache freuen, dass das Telefon im Flur keine alarmierenden Nachrichten verbreiten konnte. Niemand hatte die Nummer.

Trotz Phils Einkäufen und Pauls ausdrücklicher Aufforderung, mich in seiner Speisekammer zu bedienen, beschloss ich, dem kleinen Laden oben an der Straße einen Besuch abzustatten. Wie die meisten Läden in England hatte das Geschäft auch sonntags geöffnet, und ich war gespannt, was es dort so alles gab. Außerdem wollte ich meinem eingerosteten Wortschatz mit Hilfe englischer Zeitungen auf die Sprünge helfen.

Die Straße im Dorf war gesäumt von Cottages mit bunten Gärten. Gab es in Deutschland Margeriten in armseligen Töpfchen zu kaufen, wuchsen die Pflanzen hier als große Sträucher, neben riesigen Fuchsien, die ihre Blütenkaskaden über die Natursteinmauern hängen ließen.

Ich war von den Farben so fasziniert, dass ich mein Ziel fast verpasst hätte. Was sicher auch daran lag, dass der Laden von außen wie ein normales Wohnhaus aussah. Das kleine Schaufenster war vollgepackt mit Teddybären, bunten Fähnchen und Kinderzeichnungen, davor stand eine Bank. Lediglich eine Schiefertafel informierte darüber, dass es hier *hot pasties,* wahlweise mit einer Fleisch- oder einer Käse-Zwiebelfüllung gab. Sonst wurde nicht verraten, was mich im Inneren erwartete.

Als ich durch die Tür trat, wusste ich auch warum: Für diese Mischung gab es keinen passenden Ausdruck. Die ersten Meter entsprachen in etwa dem, was in solchen Geschäften üblich ist: eine kleine Kühltheke mit Käse und Wurst und Kisten mit Obst und Gemüse. Daneben stapelten sich Körbe mit Weißbrot. Doch dann wurde es kreativ: Kerzenständer und Vasen wechselten sich mit Fischkonserven und Hobbygemälden ab, Marshmallows, Schokoriegel und Whiskeyflaschen teilten sich das Regal mit Katzenfutter, Landkarten und Sonnenschutzmittel. Strandspielsachen und hausgemachte Marmeladen waren neben verschiedenen Sorten Kartoffelpüree und Chips platziert. Von der Decke hing ein großes Fischernetz, auf dem aufblasbare Plastikungeheuer drapiert waren.

Unwillkürlich sah ich mich nach einem Schild um, das darauf hinwies, dass bereits jemand hier seine Doktorarbeit zum Thema »Die friedliche Co-Existenz verschiedenster Warengruppen und ihre Auswirkung auf das Kaufverhalten« verfasst hatte.

»May I help you, dear?« Eine Frau mit Lockenwicklern im Haar stand an der Kasse und beobachtete mich.

»Ich hätte gerne eine Zeitung«, sagte ich.

»Gleich um die Ecke!« Sie machte eine Drehbewegung mit der Hand und ging mir munter plappernd voraus. »Ich habe auch noch Zeitschriften, aber nicht allzu viele, denn wie Sie sehen, ist es hier ziemlich eng, Sie machen hier wohl Urlaub, hoffentlich hält das Wetter noch, gegen Abend wird es regnen, auch wenn der Wetterbericht etwas anderes vorhersagt.«

Während ich mühsam versuchte, diese Flut an Informationen zu verarbeiten, hatten wir unser Ziel erreicht.

»There we are!« Stolz präsentierte sie mir das Gestell mit den Tageszeitungen, das sich in trauter Gesellschaft mit Postkarten, Ketchup, Brown Sauce und Barometer befand. »Wenn Sie mich brauchen, ich bin vorne an der

Kasse, gleich kommt die frische Pasty-Lieferung, und ich muss ein paar für Mr Parker zur Seite legen, wo wohnen Sie denn?«

»Im Cove View«, sagte ich. Was einen Rattenschwanz an lobenden Bemerkungen über Paul nach sich zog, bis wir unterbrochen wurden. An der Tür rief jemand nach Mrs Ashe, und sie ließ mich allein.

Als ich glaubte, alle Mysterien dieses Ladens entdeckt zu haben, wurde ich kurz vor der Kasse eines Besseren belehrt. Ich stieß auf eine beeindruckende Auswahl von Wasserpistolen. Vom Kleinkaliber bis hin zur Riesenpumpgun war alles dabei. Daneben hing ein vergilbter Zettel mit dem Hinweis: »*Die Weihnachtsbeleuchtung wird vom 8. Dezember bis zum 5. Januar eingeschaltet. Sofern sie nicht vorher weggepustet wird.*«

Ich ließ mir eines der duftenden Pastys einpacken, zahlte und versprach Mrs Ashe, bald wiederzukommen. Dann ging ich nach Hause, grübelnd, welchen Zusammenhang es zwischen den Pistolen und dieser Nachricht geben könnte.

Nachdem ich den restlichen Tag mit Lesen und Dösen verbracht hatte, breitete ich meine Arbeitsunterlagen auf dem neuen Schreibtisch aus und schloss mein Laptop an. Kurz darauf war ich mit der Welt verbunden und hatte eine Mail von meiner Freundin Alex auf dem Schirm:

Liebe Nora,
bist Du gut am Ende der Welt gelandet? Fühlst Du Dich wohl in Pauls Haus? Und ist Cornwall so schön, wie es alle erzählen? Lass mal kurz hören.

Wir haben uns letzte Woche doch über »Fallhöhen im Roman« unterhalten, erinnerst Du Dich? Jetzt bin ich über einen interessanten Artikel gestolpert, ich hänge Dir den Link dran. Vielleicht ist er interessant für Dich. Hier im Büro geht die Post ab, aber das ist ja nichts Neues. Wundere Dich also nicht, wenn ich Dir nicht immer sofort antworte. Bin sehr viel unterwegs und abends oft nicht mehr in der Lage, mich im ABC zurechtzufinden ... Bin froh, wenn mein Chef im nächsten Monat in Urlaub fährt, dann komme ich wenigstens mal zu den Sachen, die hier erledigt werden müssen.
Pass auf Dich auf!
Alles Liebe, Deine Alex

Ich antwortete ihr rasch, dann überflog ich den Artikel. Anhand verschiedener Beispiele wurde aufgezeigt, wie man geschickt mit den Emotionen von Lesern spielen kann. Und zwar, indem man nach und nach die dunkle Seite einer Figur ans Licht bringt, die anfangs eine durchweg positive Rolle gespielt hat.

»Vielleicht ist das was für Walter Millar«, sagte ich, während ich mein Laptop zuklappte. »Aber das hat Zeit bis morgen.«

Gelesen hatte ich vorerst genug. Zeit, ein Stück an der Küste entlangzugehen. Ich zog Wanderschuhe und Fleecejacke an, wickelte mir ein langes Tuch um den Hals und trat vor die Tür.

Die Straße zum Hafen schlängelte sich steil nach unten. Auch hier reihte sich Cottage an Cottage, deren Reetdächer wie dicke Decken tief über die strahlend weißen Außenmauern hingen. Rosen und Clematis rankten sich an den blau und dunkelrot gestrichenen Türen empor.

Die Kommunikationslust der Möwen hatte nachgelassen. Nur wenige flogen noch schreiend herum. Die meisten saßen in langen Reihen nebeneinander auf den Dächern und bewegten die Köpfe hin und her, als würden sie ein Tennisspiel verfolgen.

Es war kaum jemand unterwegs. Vielleicht weil die Sonne, die am Tag tapfer die Stellung gehalten hatte, hinter dicken Wolken verschwunden war. Ich wickelte den Schal fester um den Hals und folgte dem Wegweiser zum Coast Path, einem Wanderweg, der an der Küste entlangführte.

Der Weg stieg steil an, und mit jedem Schritt wurde ich daran erinnert, wie schlecht meine Kondition geworden war. Doch die Aussicht, die sich mir während den Verschnaufpausen bot, war berauschend.

Sobald ich die letzten Häuser hinter mir gelassen hatte, wurde der Weg schmal und schlängelte sich bergauf, bergab am Meer entlang. Mal wurde er von blühenden Hecken gesäumt, mal gab er den Blick auf das Meer frei, um im nächsten Augenblick wieder in einen grünen Tunnel zu verschwinden. Einige der großen Steine, die aus dem Boden ragten, glänzten wie poliert, und ich fragte mich, wie viele Füße wohl schon über sie hinweggegangen waren. Mit jedem Meter, den ich zurücklegte, konnte ich freier und tiefer durchatmen. Keine Spur vom Asthma, mit dem ich in den vergangenen Jahren immer wieder zu kämpfen hatte.

Je höher ich den Weg hinaufstieg, umso leiser wurden die Wellen. Dafür war ich umringt von summenden Insekten und zwitschernden Vögeln, die in den dichten Hecken lebten. Auch die Gerüche änderten sich immer wieder. Mal wehte mir der Duft von blühendem Geißblatt in die Nase, mal roch ich die salzigen Algen auf den Felsen weit unter mir.

Der Wind nahm zu, und die Sonne kam hinter den Wolken hervor. Sofort schillerte das Meer in leuchtenden Türkistönen. Davor purpurfarbener Fingerhut und Kuckucksnelken in Pink. Ein Kontrast, der schöner nicht sein konnte.

Nachdem ich eine Weile oben auf einem Plateau entlanggelaufen war, ging es steil bergab, und ich kam zu einer einsamen Bucht. Es war Ebbe, und die runden Kiesel an der Flutlinie schimmerten smaragdfarben. In einem Tümpel, der sich direkt dahinter gebildet hatte, bewegten See-Anemonen ihre Tentakel. Gelb-rötliche Überlebenskünstler, die auf die nächste Flut warteten. Vorsichtig kletterte ich an von Algen überzogenen Steinen vorbei und setzte mich auf einen der schwarzen Felsbrocken. Die Wände, die senkrecht ins Wasser abfielen, waren übersät von kleinen, fest verschlossenen Muscheln. Ich schaute auf das Glitzern der leise kabbelnden Wellen und spürte die wärmenden Sonnenstrahlen auf der Haut.

Mein persönlicher Winter war kalt gewesen. Lang und kalt. Doch jetzt konnte ich endlich wieder loslaufen, ohne daran zu denken, mein Handy einstecken zu müssen oder jemandem Bescheid zu geben. Ich konnte kommen und gehen, wie es mir gefiel, und verstand plötzlich, wie Menschen sich fühlen mussten, wenn sie nach langer Inhaftierung wieder auf freien Fuß gesetzt wurden.

Der Wind frischte auf, und ich sah, dass die Wetterprognose von Mrs Ashe stimmte: Schwarze Wolken zogen heran. Zeit, umzukehren.

Kurz bevor ich Cadgwith wieder erreicht hatte, hörte ich aufgeregtes Möwengeschrei. Als die dichte Hecke zu

Ende war, sah ich, dass sie sich zu Hunderten auf einem kleinen Felsen versammelt hatten, der direkt vor der Küste aus dem Meer ragte.

Ich wollte schon weitergehen, als ich ein anderes Schreien hörte. Es war wesentlich höher als das der Vögel. Ich blieb stehen und lauschte. Es kam direkt vom Hang unter mir. Ich sah hinunter, konnte aber nichts entdecken. Nur schroffe Klippen und schaumgekrönte Wellen, die immer höher wurden.

Ich ging ein paar Schritte weiter. Wieder dieser hohe Schrei. Ich kniete mich hin, beugte mich vorsichtig über die Kante und sah, dass hier jemand den Begriff *Fallhöhe* auf eine andere Art kennengelernt hatte. Einige Meter unterhalb des Weges kauerte eine kleine Katze auf einem winzigen Vorsprung und versuchte verzweifelt, nach oben zu klettern.

Mein erster Impuls war: Weitergehen. Katzen hatten schließlich sieben Leben, sie würde sich schon retten können. Doch dann dachte ich daran, wie klein sie war. Der Hang war sehr steil, und wenn sie es nicht schaffen würde, hinaufzuklettern, wäre sie verloren.

Wieder kniete ich mich hin und sah, dass ihre Todesangst berechtigt war. Bei jeder Bewegung, die sie machte, lösten sich kleine Erdbrocken, und der Platz, auf dem sie saß, wurde kleiner und kleiner. Es war nur eine Frage der Zeit, bis sie auf die Felsen stürzen und im Meer ertrinken würde.

»Ganz ruhig, Katze.« Ich beugte mich weiter vor und schaute, ob es einen Weg gab, das Tier zu retten. Rechts von ihr ragten nur ein paar abgestorbene Stechginsterbüsche aus dem Gras, daran würde sie sich höchstens verletzen.

Ich legte mich auf den Bauch und streckte den Arm hinunter. Viel zu kurz. Doch kam mir eine Idee. Ich wickelte meinen Schal vom Hals und beugte mich über die Kante. Die Katze beobachtete mich aufmerksam.

Langsam ließ ich den Stoff hinunter. »Wenn der Schal vor deiner Nase hängt, krallst du dich fest. Ich ziehe dich dann hinauf. Kapiert?«

Ich könnte schwören, sie hatte es verstanden. Konzentriert verfolgte sie, wie der Schal immer näher kam. Als er sie fast erreicht hatte, sprang sie hoch – und wäre um ein Haar abgerutscht. Wieder ein verzweifelter Schrei. Mit klopfendem Herzen versuchte ich es ein zweites Mal. »Los! Krall dich fest! Jetzt oder nie!«

Erneut machte die Katze einen Satz. Und während die letzten Reste ihres Platzes in die Tiefe brachen, gelang es mir, sie in Sicherheit zu bringen. Sofort rannte sie davon und duckte sich im hohen Gras.

Ich setzte mich auf einen Felsbrocken und betrachtete sie. Sie sah aus, als hätte sie jemand mit Farbe übergossen. Rücken, Kopf und Schwanz waren schwarz, Nase, Schnauze und die großen Tatzen weiß. Ein kleiner Klecks war ihr seitlich auf die Nase getropft, die Unterlippe war schwarz. Damit sah sie aus, als würde sie eine Schnute ziehen.

Nachdem das Kätzchen mich eine Weile angestarrt hatte, verließ es sein Versteck und kam zögernd auf mich zu. Dann fasste es Vertrauen und strich mir um die Beine.

»Da hast du großes Glück gehabt!« Ich kraulte es hinter den ungewöhnlich großen Ohren. »Das hätte auch anders ausgehen können.«

»Mau!« Schnurrend beobachtete es mich.

»Genau«, sagte ich. »Jetzt aber schnell wieder nach Hause. Deine Leute machen sich bestimmt schon Sorgen!« Ich stand auf und strich ihm ein letztes Mal über den weichen Kopf. »Und pass in Zukunft besser auf! Das Leben hält eine Menge Überraschungen bereit. Doch auf manche kann man gut verzichten.«

Ich wickelte mir den Schal wieder um den Hals, stemmte mich gegen den Wind und ging weiter. Alles, wonach mir der Sinn stand, war eine Lasagne aus Pauls Tiefkühltruhe, ein Glas Wein und ein seichter Roman.

Kurz vor dem Dorf blieb ich stehen, um den Blick auf den kleinen Hafen zu genießen. Letzte Boote kamen zurück und wurden auf den Kiesstrand gezogen und befestigt. »Mein Gott, ist das schön hier«, sagte ich leise. Die bestätigende Antwort kam sofort und lautete »Mau!« Die Katze war mir gefolgt.

»O nein, das kommt gar nicht in die Tüte!« Ich ging in die Hocke, was sie sofort als Einladung auffasste, näher zu kommen. Schnurrend setzte sie sich vor mich.

»Pass mal gut auf«, sagte ich streng. »Ich habe von Katzen die Nase voll. Geh nach Hause.«

Ohne mich ein weiteres Mal umzudrehen, setzte ich meinen Heimweg fort. Um vor der Haustür festzustellen, dass meine Rede nicht die gewünschte Wirkung gehabt hatte: Die Katze saß neben mir auf der Treppenstufe und sah mich erwartungsvoll an.

Ein leichter Nieselregen setzte ein. Ich schloss die Haustür auf, und bevor ich bis drei zählen konnte, war die Katze schon im Flur. Mit hochgestrecktem Schwanz ging sie mir voraus in die Küche, so als würde sie das Haus lange kennen. Und maunzte fordernd.

Ich ließ mich auf einen der Küchenstühle fallen und versuchte, meine Gedanken zu ordnen.

»Jetzt hör mir gut zu: Ich will keine Katze.« Ich wiederholte den Satz für alle Fälle auf Englisch. Vielleicht verstand sie ja kein Deutsch. Maunzten englische Katzen anders als deutsche? Egal, ich wollte es gar nicht herausfinden.

»Deine Anwesenheit verstößt gegen Punkt 1«, sagte ich bestimmt. »Und daran gibt es nichts zu rütteln.«

Es war dem Tier anzusehen, dass ihm meine Prioritätenliste herzlich egal war.

»Ich mache dir einen Vorschlag.« Ich ging in die Speisekammer und nahm eine Dose Thunfisch aus dem Regal. »Wir gehen in den Schuppen. Dort bekommst du etwas zu fressen und danach gehst du nach Hause. Okay?«

Die Katze schien einverstanden und folgte mir begeistert durch den Regen in den Garten. Ich schloss den Schuppen auf und stellte ihr den Teller mit Fisch auf den Boden. Während sie sich schmatzend über das Essen hermachte, sah ich mich im Halbdunkel um. In einer der Ecken lagen ein paar Liegestuhlpolster. Sollte das Wetter schlechter werden, konnte sie hier bequem übernachten.

Dann schlich ich mich an ihr vorbei, rannte ins Haus zurück und verriegelte im Erdgeschoss sämtliche Türen und Fenster.

3

In der Nacht träumte ich eine neue Variante meines immer wiederkehrenden Abiturtraums: Wie immer war ich auf dem Weg in die Mathe-Prüfung und viel zu spät dran. Doch diesmal hielt die U-Bahn oben am Coast Path, und ich musste zu Fuß weiter. Es regnete in Strömen, ich rannte den Küstenpfad entlang, rutschte immer wieder aus und stürzte am Ende in die Tiefe.

Als ich zum zweiten Mal aufwachte, war ich schweißgebadet. Es war sieben Uhr. Ich rollte mich auf den Rücken, konzentrierte mich auf meinen Atem und versuchte, die Albträume zu verbannen. Dann streckte ich mich ausgiebig. »Alle Muskeln werden zum Leben erweckt ... ich fühle mich frisch und gestärkt ...«

Als die gewünschte Wirkung sich nicht einstellte, beschloss ich, der Sache mit einer Dosis Koffein auf die Sprünge zu helfen, und schlurfte die Treppe hinunter.

Draußen war es neblig und trüb, es regnete leicht. »Ein perfekter Tag, mit dem Schreibpensum zu beginnen«, trieb ich meine positiven Gedanken voran. Ich griff nach der Kaffeedose und nahm den Deckel ab. »Erst ein schönes Frühstück und dann in aller Ruhe ...«

»Mau!«

Erschrocken schrie ich auf. Die Dose flog in einem hohen Bogen durch die Luft und landete samt Kaffeepulver auf den Fliesen. Ich starrte die Katze mit offenem Mund an. Sie starrte zurück.

Meine Gedanken fuhren Achterbahn. Wie war das

Tier hereingekommen? Ich hatte doch überall abgesperrt. Was sollte ich jetzt machen?

»Mau!!«

Automatisch kontrollierte ich, ob sie irgendwo hingepieselt hatte. Das schien zum Glück nicht der Fall zu sein. Dann kehrte ich den Kaffee vom Boden auf und machte mir mein Frühstück. Und tat so, als wäre die Katze nicht vorhanden.

Doch das ließ sie sich nicht lange bieten. Kaum saß ich am Küchentisch, sprang das Tier auf den Stuhl mir gegenüber und fixierte mich mit einer Intensität, von der Hypnotiseure lernen konnten.

»Mau!«

Ich schüttelte den Kopf. »No! I don't want a ... Ach, vergiss es!« Ich ging um den Tisch herum, nahm die Katze vom Stuhl und setzte sie auf die Stufen vor dem Haus. »Nimm's nicht persönlich. Aber das wird nichts mit uns beiden.« Dann verriegelte ich die Haustür zweifach.

Nach dem Frühstück suchte ich im ganzen Haus nach der geheimen Katzentür. Ich kontrollierte Fenster und Türen, konnte aber nichts entdecken. Der geheime Eingang musste sich also im Keller befinden. Ich schob den schweren Vorhang, der die Tür ersetzen sollte, zur Seite, schaltete das Licht ein und lief die Steintreppe hinunter.

Aufmerksam sah ich mich zwischen dem Gerümpel, das sich teilweise bis zur Decke stapelte, nach einer Öffnung um. Plötzlich glaubte ich, einen Windhauch zu spüren.

»Na, wer sagt 's denn!« Ich stieg auf eine große Truhe. »Gleich ist Ruhe im Karton.« In der Gewissheit, das Problem bald gelöst zu haben, kämpfte ich mich bis zu der

Stelle vor, wo ich die Öffnung vermutete. Es stand nur noch eine wuchtige Kommode im Weg.

Beherzt griff ich unter die Deckplatte und versuchte, sie zu bewegen. Zentimeter für Zentimeter schaffte ich es, sie zur Seite zu schieben, bis ich oben ein Rumpeln hörte. Im nächsten Augenblick wurde ich von einer schweren Schachtel und einem Lederkoffer fast zu Boden gestreckt.

Fluchend räumte ich die Sachen zur Seite und zog ein letztes Mal an der Kommode. Endlich hatte ich freie Sicht auf die Außenwand. Aber sie war völlig unversehrt. Und von einem Luftzug war nicht mehr das Geringste zu spüren.

Nachdem ich den Kellerdreck abgeduscht hatte, widmete ich mich den Unterlagen zu meinem Buch auf dem Tisch im Wintergarten. Jetzt. Jetzt würde ich endlich mit meinem Krimi weitermachen können.

Das Projekt hatte von Anfang an unter einem schlechten Stern gestanden. Geplant war das Buch als Thriller für Erwachsene, aber dem Lektorat war es gelungen, mich zu überreden, den Plot dahingehend zu ändern, dass die Zielgruppe auf Jugendliche ab 16 ausgedehnt werden konnte. Damit hatte ich nicht nur eine neue Geschichte, sondern auch eine neue Lektorin an der Backe.

Es ging um einen Folianten, in dem jemand geheime Codes versteckt hatte, die für eine Verbrecherbande von größtem Wert waren. Der bisherige Eigentümer, ein zwielichtiger Typ, war bei einer Schießerei mit selbiger Bande ums Leben gekommen, und nun war das Buch Teil seines Nachlasses. Meine Protagonisten Walter Millar, Inhaber eines Antiquariats, und sein achtzehnjähriger

Sohn Ben waren von der Verwandtschaft des Toten beauftragt worden, die Bücher des Verstorbenen so schnell wie möglich aus dem Haus zu schaffen. So kam es, dass die beiden im Besitz eines Buches waren, das für sie so gefährlich war wie eine ungesicherte Granate.

Die ersten vier Kapitel hatte ich bereits überarbeitet und nahm mir die nächsten vor. Doch am Ende des sechsten Kapitels kamen mir Zweifel. Millars Sohn Ben, den ich auf Wunsch des Verlags nachträglich hinzugefügt hatte, bekam bei der Geschichte keine richtige Rolle. Außer, dass er und seine Kumpels als Identifikationsfiguren für die Jugendlichen dienten. Außerdem fehlte es den Szenen an Atmosphäre. Man war als Leser nicht dabei.

Frustriert lehnte ich mich zurück. Reichte es, sich die einzelnen Kapitel anzuschauen? Oder sollte ich mir die Arbeit machen und die gesamte Dramaturgie auf den Prüfstand stellen? Besser wäre es, denn ich hatte das Gefühl, ein Zimmer tapezieren zu müssen, dessen Wände, bei Licht betrachtet, schimmlig sind. Am Anfang sah es gut aus – aber bald würden die Stockflecken wieder durchschlagen ... Würde ich den Abgabetermin dann noch halten können? Ich hatte das Projekt auf Grund ungeplanter Ereignisse bereits zweimal verschieben müssen. Ein weiteres Mal war beim besten Willen nicht drin.

Ich holte mir einen Kaffee aus der Küche und schlug mein Schreibtagebuch auf. Ruhig Blut, Nora. Es ist nicht dein erstes Buch. Du wirst das schon schaffen!

Ich schloss die Augen und versuchte, mich in die Geschichte hineinzuversetzen: Walter Millars Sohn Ben wird auf seinem Weg nach Hause verfolgt. Es ist dunkel, das Kopfsteinpflaster glänzt vom Regen. Immer wieder bleibt er stehen, lauscht. Ja, genau! So wie ich gelauscht hatte, als ich die kleine Katze schreien hörte.

In Gedanken kehrte ich zum Coast Path zurück und stellte mir vor, wie es sich angefühlt hatte, als der Wind mir um die Ohren pfiff, die Möwen schrien. Nein, keine Möwen. Wir waren in der Stadt. Vorbeifahrende Autos. Immer, wenn Ben etwas zu hören glaubt, fährt ein Wagen vorbei, hört er Geschrei aus einer Kneipe, kann er das Geräusch nicht orten. Er wischt seine Befürchtungen zur Seite, geht weiter, als hätte er nichts gehört. Doch als er die Ladentür aufsperrt, hört er die Schritte wieder, dreht sich –

»Mau!«

»Nein!« Wütend sprang ich von meinem Stuhl auf und funkelte die Katze an. »Du hast hier nichts verloren! Ich brauche Ruhe zum Schreiben, verstehst du? RU-HE!«

Ich setzte mich wieder und versuchte, die Ideenfetzen festzuhalten. Doch alles, was ich zu Papier brachte, waren aus dem Zusammenhang gerissene Wörter, die keinerlei Sinn mehr ergaben.

»Kannst du mir vielleicht verraten, was *Möwen – Auto und Kneipe* bedeutet?« Genervt warf ich den Stift auf den Tisch. »Oder was für eine geniale Idee ich hatte, als der Typ die Haustür aufsperren will?«

Die Katze sprang auf den Korbstuhl neben mir und musterte mich, als wäre ich ein unbekanntes Nagetier, von dem sie nicht wusste, ob es genießbar war oder nicht.

»Pass mal gut auf«, sagte ich. »Im Augenblick möchte ich nur in Ruhe arbeiten. Oder, um es auf deine Welt zu übertragen: Bei mir war die Kacke am Dampfen, aber keiner hat sie zugescharrt. Und jetzt brauche ich Zeit, kriminell gewordene Mäuse zu fangen.« O Gott, ich redete schon wieder mit dem Tier. War ich dabei, verrückt zu werden?

Doch die Katze guckte, als hätte sie alles verstanden. Sie maunzte, machte einen Buckel und sprang in einem eleganten Bogen auf meinen Schoß. Und bevor ich wusste, wie mir geschah, hatte sie sich zu einer schwarz-weißen Kugel zusammengerollt und war eingeschlafen.

Da saß ich nun. Unfähig, sie zu wecken, beobachtete ich, wie sich ihr kleiner Körper hob und senkte und die weißen Schnurhaare im Schlaf zuckten. Ich schaute hinunter auf die Bucht und verfolgte, wie die niedrig hängenden Wolken landeinwärts jagten. Wider Willen spürte ich einen inneren Frieden, wie schon lange nicht mehr.

Dabei kam mir eine ausgezeichnete Idee: Ich müsste nur den Besitzer der Katze ausfindig machen, dann hätte der Spuk ein Ende.

»Yes!«, sagte ich. »Und das werden wir sofort anleiern!«

Ich setzte sie auf den Stuhl neben mich, klopfte mir die weißen Bauchhaare von der Hose und holte meine Kamera. »Miez, miez, schön lächeln! Gleich kommt das Vögelchen!«

Miez war *not amused*, doch bald hatte ich das, was ich brauchte: ein Bild von dem kleinen Ausreißer. Fest entschlossen herauszufinden, wo er zu Hause war, druckte ich es aus und machte mich auf den Weg.

Ich begann bei den Häusern oberhalb der Stelle, wo ich sie gefunden hatte. Doch wen ich auch fragte, niemand kannte oder vermisste das Tier. Im Dorf war es ähnlich.

Nicht einmal die drei Männer, die gerade ihren Stammplatz am Hafen eingenommen hatten, wussten, wo die Katze hingehörte. Aber sie hatten einen Tipp für mich: Ich sollte mal oben im Laden bei Mrs Ashe nachfragen.

Ich bedankte mich, steckte das Bild wieder ein und machte mich auf den Weg.

Mrs Ashe, heute ohne Lockenwickler, stand plaudernd mit einem alten Herrn an der Kasse. Sie begrüßten mich freundlich, doch als ich ihnen von meinem Problem erzählte, schüttelten beide bedauernd den Kopf.

»Sie sieht genauso aus wie die Katze, die ich vor Jahren hatte, als mein Mann noch lebte, aber ich kann sie leider nicht nehmen, dear, weil ich mittlerweile allergisch auf Katzenhaare reagiere.« Mrs Ashe holte Luft. »Das Bild hänge ich aber gerne auf, man weiß ja nie.«

Ich bedankte mich und drehte eine Höflichkeitsrunde durch ihren Laden, unentschlossen, was ich als Nächstes tun sollte. So wie es aussah, war das Problem nicht von heute auf morgen zu lösen. Solange ich diesen geheimen Eingang nicht gefunden hatte, würde die Katze immer wieder ins Haus kommen. Okay, ich könnte sie ins Auto packen und irgendwo aussetzen. Aber Leute, die so etwas taten, hatte ich immer verabscheut.

Ich würde sie irgendwie tolerieren müssen, bis ich eine andere Lösung gefunden hatte, und in meinen Arbeitspausen das Haus nach der mysteriösen Katzentür absuchen. Also brauchte ich Katzenfutter. Schließlich konnte ich das Tier nicht auf Dauer mit Pauls Thunfischvorräten durchfüttern. Außerdem musste ich mir eine Taschenlampe zulegen, damit ich den Keller bis in die dunkelsten Ecken ausleuchten konnte.

Als ich die Sachen gefunden hatte, ging ich zur Kasse.

»Ich hoffe, Sie hören bald von einer entlaufenen Katze«, kam ich auf das leidige Thema zurück.

»I 'll do my very best, darling«, versprach Mrs Ashe. Doch leider könne sie nicht hexen.

Fest entschlossen, die verlorene Schreibzeit heute noch aufzuholen, legte ich meine Einkäufe auf die Anrichte und ging in den Wintergarten. Wo ich fasziniert im Türrahmen stehenblieb.

Meine illegale Untermieterin hopste wie ferngesteuert durch den Raum, wo ein paar dicke Stubenfliegen umherflogen. Als hätte die Schwerkraft für sie keine Gültigkeit, machte sie die wildesten Bocksprünge, drehte sich dabei in der Luft und schien mich gar nicht zu bemerken.

Eine der Fliegen, ein besonders fettes Exemplar, setzte sich an die Scheibe oberhalb vom Schreibtisch. Die Katze blieb mit zitternden Schnurrhaaren stehen und beobachtete gespannt, was die Fliege vorhatte. Dann duckte sie sich, wackelte mit ihrem kleinen Hintern, und wenige Sekunden später war sie auf dem Tisch gelandet und hatte ihre Beute erwischt.

»He, da hast du nichts verloren!«, rief ich erschrocken. Doch sie kümmerte sich nicht um meinen Protest. Sie setzte sich mitten auf mein Laptop und kaute, als hätte sie ein Schnitzel gefangen.

»Jetzt ist Schluss«, sagte ich. »Als Hauptgang gibt es saftige Häppchen in Gelee. Und zwar im Schuppen.«

Ich öffnete eine der Dosen und ließ sie daran riechen. Meine Strategie ging auf: Laut maunzend folgte sie mir in den Garten und stürzte sich begeistert auf das Futter.

»Na, geht doch«, sagte ich und machte es, wie am

Abend zuvor. Ich rannte ins Haus zurück, schloss alle Türen und Fenster.

Nachdem ich mir mehrmals eingeredet hatte, dass es der Katze im Schuppen an nichts fehlte, setzte ich mich an den Schreibtisch. Ich schloss die Augen, kehrte gedanklich zu Ben Millar zurück und begleitete ihn erneut auf seinem Weg nach Hause. Als ich in der Szene drin war, klappte ich mein Laptop auf und schrieb wie eine Wilde. Ich hörte das Gejohle aus der Kneipe an der Ecke, sprang zur Seite, als ein Auto nah am Bordstein an uns vorbeifuhr. Blieb immer wieder mit dem Jungen stehen und wurde das Gefühl nicht los, dass etwas nicht stimmte, dass ich Schritte gehört hatte, die immer näher kamen.

Ja, so klang das schon wesentlich besser. Erleichtert sah ich aus dem Fenster. Im Garten war alles ruhig, weit und breit keine Katze. Ich rieb mir die Hände und gratulierte mir zu dem Entschluss, sie wieder vor die Tür gesetzt zu haben. Mit so einem Tier war es wie mit Kindern: Man musste ihnen zeigen, wo ihre Grenzen waren. Und wer die Regeln bestimmte.

Genau da spürte ich, wie mir etwas an den Beinen entlangstrich. Erschrocken fuhr ich hoch.

»Mau!« Die Katze sprang auf ihren Stuhl, bearbeitete das Kissen mit den Vorderpfoten und fixierte mich dabei mit halbgeschlossenen Augen.

Was immer du vorhast, Schätzchen. Die Regeln bestimme ich …

4

Es entwickelte sich zu einem Ritual: Ich setzte die Katze vor die Tür oder in den Garten, kurz darauf war sie wieder im Haus.

»Ich finde deine Tür schon noch«, sagte ich, als sie morgens in die Küche kam. »Alles nur eine Frage der Zeit!« Ich öffnete den Kühlschrank und stellte Butter und Schinken auf den Tisch.

Während ich mir Kaffee einschenkte, hörte ich einen Teller scheppern. Ich drehte mich um und sah, wie die Katze sich gerade über den Schinken hermachte.

»He!«, rief ich. »Der ist nicht für dich!«

Die Katze war anderer Meinung. Den Schinken im Maul sauste sie aus der Küche und nahm Kurs auf die Kellertreppe. Ich rannte hinterher. Endlich war die Stunde der Wahrheit gekommen. Gleich würde ich sie direkt vor ihrem Einstieg erwischen!

Ich schaltete das Licht ein und nahm zwei Stufen auf einmal. Unten blieb ich regungslos stehen und spitzte die Ohren. Nichts. Auf Zehenspitzen ging ich umher und lauschte. Mal sehen, wer von uns beiden den längeren Atem hatte.

Als sich nach zehn Minuten immer noch nichts getan hatte, ging ich enttäuscht nach oben.

Vor dem Vorhang zur Kellertreppe blieb ich stehen und überlegte, wie man diese Öffnung schließen könnte. Ob es im Keller die passende Tür dazu gab?

Die Klingel unterbrach meine Grübeleien. Vielleicht

war es jemand, der die Katze abholen wollte! Voller Hoffnung ging ich zur Haustür.

»Und? Alles klar?« Herr Benning aus Bochum. Ich wusste nicht, was er in den letzten zwei Tagen getrieben hatte, aber seine Laune schien sich nicht wesentlich gebessert zu haben. Dann geschah etwas Erstaunliches: Er lächelte! Ein Netz von winzigen Fältchen bildete sich um seine Augen, und er sah wirklich … nett aus.

»He, ich wusste gar nicht, dass du eine Katze hast!«

Wie bitte? Verdutzt folgte ich seinem Blick und stellte fest, dass der Schinkendieb wieder da war. Er saß mitten im Flur und putzte sich zufrieden die Schnauze.

»Das kann man so nicht sagen.«

»Und was ist das, wenn ich fragen darf? Ein Pelzphantom?« Phil lief an mir vorbei und ging vor dem Tier in die Hocke. »He, du bist ja eine Hübsche …« Er kraulte das Tier zärtlich zwischen den Ohren. Sofort sah der Mann viel netter aus.

»Sie ist mir vorgestern nachgelaufen.«

»Einfach so?«

»Nachdem ich sie in letzter Sekunde von einer Klippe am Coast Path gerettet habe«, gab ich widerwillig zu.

»Tja dann …«

»Was, dann?«

»Du bist zeitlebens für das verantwortlich, was du dir vertraut gemacht hast.«

»Bist du Philosoph oder was?« Die Unterhaltung irritierte mich maßlos.

»Nein, Kameramann. Und der Satz ist nicht von mir, sondern stammt aus dem *Kleinen Prinz* von Antoine de Saint-Exupéry.« Phil nahm die schnurrende Katze auf den Arm. »Will sagen: wenn man jemanden an sich ranlässt, ob Mensch oder Tier, übernimmt man automatisch Verantwortung.«

»Ich habe sie lediglich vor einem Absturz gerettet«, sagte ich. Abgesehen davon habe ich in nächster Zeit nicht vor, irgendwas oder irgendwen an mich heranzulassen. Schließlich hatte ich Punkt 1. »Alles, was ich zur Abwechslung möchte, ist Ruhe zum Arbeiten. Du kannst sie also gerne mitnehmen. Ihr seid ein hübsches Paar!«

»Keine Chance«, brummte Phil. »Ich bin viel zu viel unterwegs. Das kann ich keinem Tier zumuten.«

»Schade. Weißt du zufällig, ob es hier im Haus einen geheimen oder gar verhexten Durchgang gibt? Obwohl ich Türen und Fenster verriegle, schafft sie es immer wieder, sich ins Haus zu schmuggeln.«

Phil lachte. »Die Küste hier war früher als *Schiffsgrab der Nationen* gefürchtet und eine Domäne der Schmuggler und Strandräuber. Der Coast Path, an dem du sie gerettet hast, wurde ursprünglich angelegt, um ihnen das Handwerk zu legen. Wusstest du das?«

Nein, wusste ich nicht.

»Also handelt es sich aller Wahrscheinlichkeit nach um eine Schmugglerkatze. Die kommen überall rein.« Er drehte das Tier, bis es wie ein Baby bei ihm im Arm lag. »Obwohl … siehst du diese kleinen Pelzklunkerchen?« Er zeigte zwischen die Hinterbeine der Katze.

Ich nickte.

»Es ist ein Kater. Aber weshalb ich eigentlich gekommen bin: Isst du gerne?«

Der Mann verstand sich auf Themenwechsel. »Wieso?«

»Paul kam mittwochs immer zu mir zum Essen. Und

ich wollte fragen, ob wir diese Tradition, solange du hier bist, fortsetzen wollen?«

An sich eine nette Idee, doch im nächsten Moment schrillten meine Alarmglocken.

Nein. Nein. Nein. Keine neuen Verpflichtungen.

»Im Augenblick passt das leider gar nicht«, begann ich. »Ich habe festgestellt, dass ich in meinem Manuskript eine Menge umschreiben muss. Und wenn ich einmal drin bin, ist es schlecht, wenn ...«

»Kein Problem«, sagte Phil freundlich. »Bis morgen Abend ist ja noch eine Weile hin. Solltest du wider Erwarten doch Zeit haben, gib mir einfach Bescheid, okay?« Er drückte mir den Kater in die Arme. »Frohes Schaffen!«

Verunsichert blieb ich zurück. Hatte ich überreagiert? Sah ich schon wieder Gespenster? Nein, ich hatte meine Gründe. Und die Sache mit der Arbeit war weiß Gott nicht gelogen.

»Deshalb sollte ich auch gleich loslegen! Du kleiner Schmuggler. You little *smuggler*!«

So, wie das kleine Biest mich ansah, hätte ich schwören können, dass es grinste.

»Ich werde dich einfach Smuggler nennen. Als Arbeitstitel sozusagen. Bis wir herausgefunden haben, wo du hingehörst.« Ich öffnete die Haustür und setzte ihn auf die Stufen. »Aber noch schöner wäre es, wenn du das selber erledigen könntest.«

Im Wintergarten fuhr ich mein Laptop hoch und checkte meine Mails. Eine freundliche Anfrage von meiner Lektorin, ob ich gut vorankäme, (»Danke, fabelhaft!«), und eine Nachricht von Paul:

Liebe Nora,
ich hoffe, Du fühlst Dich wohl in Cove View und hast Deinen Kummer in Deutschland zurücklassen können. Kommst Du mit Phil zurecht? Er wirkt oft ziemlich unwirsch, aber das ist nur die raue Schale. Er ist einer der liebsten Männer, den ich je kennengelernt habe. Grüß ihn von mir und fühl Dich umarmt von
Paul
PS.: Sollte Dir zwischendrin die Inspiration ausgehen, mach einen Ausflug nach St. Agnes. Dort stehen einige stillgelegte Zinnminen am Meer, in denen krimitechnisch eine Menge passieren könnte …

Ich drückte sofort den Antwort-Button.

Lieber Paul,
alles bestens hier. Phil ist in der Tat gewöhnungsbedürftig, aber ich bin ja nicht hergekommen, um mich um den Nachbarn zu kümmern. Was mich übrigens sehr interessieren würde: Gibt es in Deinem Keller eine Öffnung, durch die eine Katze rein- und rausgehen könnte? Ich habe hier ungebetenen Besuch und weiß nicht, wie ich ihn loswerden kann.
Alles Liebe,
Nora
PS.: Danke für den Tipp, St. Agnes ist notiert!

Beim Verschicken der Mail fiel mir Phils Zitat wieder ein. Ich gab den Satz bei Google ein und tatsächlich, er hatte richtig zitiert. Beim Herunterscrollen der Saint-Exupéry-Seite stieß ich auf ein anderes Zitat aus dem *Kleinen Prinzen*:

»Aber wenn du mich zähmst, wird mein Leben wie durchsonnt sein. Ich werde den Klang deines Schrittes kennen, der sich von allen unterscheidet.«

Konnte man Kater überhaupt zähmen? *Wollte* ich das überhaupt? Ich schob den Gedanken beiseite. Im Augenblick war ein anderes Tier wichtiger. Ich musste dringend herausfinden, wo in meinem Plot der Hund begraben lag.

Gegen drei rauchte mir der Kopf, und ich beschloss, einen Ausflug ins benachbarte Helston zu machen und bei der Gelegenheit die Supermarktlage zu checken.

An der Abzweigung nach Norden setzte ich den Blinker nach rechts und guckte wie gewohnt nach links. Ich wollte schon Gas geben, als plötzlich ein Auto von rechts an mir vorbeiraste. Erschrocken schrie ich auf und würgte den Motor ab. Es dauerte länger, bis meine Herzfrequenz sich wieder beruhigt hatte. Dann startete ich den Motor und machte einen zweiten Versuch.

Linksverkehr, Nora. Linksverkehr! In England kommt die Gefahr von der anderen Seite. Merk dir das!

Ich nahm mir vor, mir zuerst den Ort anzuschauen, und folgte dem Hinweis »Town-Center«. Helston schien hauptsächlich aus drei größeren Straßen zu bestehen, die allesamt nicht sehr einladend wirkten. Aber wer weiß, vielleicht stolperte ich beim Bummeln doch noch über etwas Interessantes.

Drei Charity Shops, zwei Tearooms und einen Pub später war ich am Ende der Meneage Street angekommen. Dort wechselte ich die Straßenseite und trödelte lustlos zurück. Ein DVD-Verleih, ein Geschäft mit Glückwunschkarten, eine Boots-Filiale, alles andere als anregend. Bis ich ein winziges Geschäft entdeckte, dessen Schaufenster bis obenhin mit Süßigkeiten aller Art dekoriert war. Wie ein kleines Kind drückte ich meine Nase an das Sprossenfenster und betrachtete staunend die Ware.

Es gab Schokoriegel in allen Geschmacksrichtungen, große Gläser mit bunten Bonbons, Lutscher, Toffees und Puffreis, Zuckerstangen und Pralinen. Ganz vorne, neben einer Tüte Lakritzmischung, lagen dicke, weiß beschichtete Barren, die mit braunen Linien dekoriert waren. »Double deadly chocolate« stand auf dem handgeschriebenen Zettel. Wenn das nicht interessant klang … Vielleicht würde ich es sogar schaffen, mit Hilfe dieser Kalorienbombe mein Hirn wieder flott zu kriegen.

Mit dem großen Stück Schoko-Fudge ging ich beschwingt zum Auto zurück. Jetzt noch eine Runde durch den Supermarkt drehen und mich dann nicht mehr vom Schreibtisch wegbewegen, bis die Geschichte auf soliden Beinen stand.

Das Warenangebot im Sainsbury's Supermarkt war überwältigend, wenn auch lange nicht so kreativ zusammengestellt wie bei Mrs Ashe. Ich holte mir einen Wagen und stürzte mich tapfer ins Gewühl.

Tomaten, Kartoffeln, Champignons, Frühlingszwiebeln, Erdbeeren, Spinat …

Schon die Gemüseabteilung weckte die Lust in mir, wieder zu kochen. Schluss mit den Abenden, an denen ich schnell ein Fertiggericht in den Ofen geschoben hatte, weil ich zu müde war, selber etwas zuzubereiten. Diese Zeiten waren vorbei. Endlich.

Nach einem Besuch bei den Kühltheken landete ich in der Brotabteilung. Und musste feststellen, dass Toast nicht einfach Toast war. Nein, es gab Weißbrot in allen denkbaren Variationen, doch es war mir ein Rätsel, wodurch sie sich voneinander unterschieden. Ich beschloss, mit einer harmlos klingenden Sorte anzufangen und mir dann systematisch einen Überblick zu verschaffen.

Ich schob meinen Wagen weiter. Vorbei an Marmelade, Keksen, Kaffee und Mineralwasser. Kaum hatte ich mich von den Weinpreisen erholt und steuerte auf die Tierfutterabteilung zu, meldete sich mein Buchproblem wieder zu Wort.

In einer der Überarbeitungsphasen hatte ich meinem Antiquar auf Wunsch der Lektorin einen Dackel zur Seite gestellt. Im bisherigen Verlauf der Geschichte starb das Tier beim Versuch, einen eindringenden Gangster aufzuhalten. Der Dackel kläffte, biss ihn ins Bein, wurde jämmerlich abgemurkst, und der Bösewicht konnte sich ungestört Walter Millar und dessen Sohn Ben vornehmen.

Abgesehen davon, dass ich diese Szene ohne einen Funken Emotion geschrieben hatte, konnte ich sie genauso gut streichen. Sie brachte die Story kein bisschen voran.

Wenn, dann brauchte Millar ein Haustier, das ihn beschützen konnte. Oder noch besser: eines, das für eine überraschende Wendung sorgte. Ich blendete meine Umgebung aus und versetzte mich gedanklich in die Geschichte hinein.

Wir sind im Flur seines Antiquariats, gehen weiter, nicht wissend, dass derjenige, der uns gefolgt ist, ebenfalls im Haus ist. Überall um uns herum hohe Regale, die so vollgestopft sind, dass sie fast auseinanderbrechen.

Auf dem Boden stapeln sich Bücher und Zeitschriften. Zwischen den Räumen hängen lange, grob gewebte Vorhänge. Es ist still. Man hört nur Walters Schritte. Er spürt zwar, dass etwas nicht stimmt, weiß aber nicht, dass er gleich niedergeschlagen werden soll …

Welches Tier könnte hier eingreifen? Eine Würgeschlange? Nein, zu abgefahren. Aufmerksam sichtete ich das Haustierfuttersortiment vor meiner Nase. Kaninchen waren zu lahm, Schildkröten erst recht, auch Meerschweinchen schieden aus. Vögel? Hatte Hitchcock schon gehabt. Abgesehen davon hielt kein Mensch riesige Schwärme im Haus, und es würde zu sehr an Daphne du Maurier erinnern, die ihrem Roman hier in Cornwall geschrieben hatte.

Ich nahm eine Tüte Trockenfutter aus dem Regal, dachte dabei an Smuggler und … Da war sie, die Lösung! Ein Kater, der eine Stoffbahn, in diesem Fall einen Vorhang hinaufklettert und sich dann, im entscheidenden Moment …

Hastig wühlte ich in meiner Handtasche nach Papier und Stift. Ich fand beides, doch der Kuli fiel zu Boden und rollte unter das Regal. Verdammt. Ich ging in die Knie, meine Idee wie ein Mantra wiederholend.

Kater, der einen Vorhang hinaufklettert und sich im entscheidenden Moment …

Kater, der einen Vorhang hinaufklettert und sich im entscheidenden Moment …

Ich lag schon halb auf dem Boden und langte verzweifelt nach dem Stift, als ich eine bekannte Stimme hörte. »Wenn du die Sonderangebote suchst, die sind weiter vorne!«

Endlich bekam ich den Kuli zu fassen, und während

ich mich in die Vertikale zurückkämpfte, wanderte mein Blick von zwei großen Turnschuhen über eine schwarze Jeans und ein blaues Sweatshirt hinauf. Bis ich Phils Grinsen im Visier hatte.

»Mo-ment«, sagte ich, während ich den Zettel auf den Karton mit Trockenfutter legte. »Mir ist gerade etwas eingefallen. Ich habe die Katze ja mit Hilfe meines Schals gerettet.« Ich schrieb, so schnell ich konnte. »Verstehst du?«

»Kein Wort«, gab Phil zu.

»Diesen Schal habe ich bis zu der Stelle hinuntergelassen, wo sie saß. Sie hat sich daran festgekrallt, und ich habe sie hochgezogen«, erklärte ich ungeduldig, während meine Ideen sich überschlugen. »Katzen klettern auch gern an Vorhängen hoch.«

»Paul hat doch gar keine Vorhänge.« Phil verstand die Welt nicht mehr.

»Darum geht es auch nicht!« Ich rollte die Augen. »Ich rede von dem Kater in meinem Krimi. Der hat diese Angewohnheit, und als der Gangster ins Haus kommt, springt er dem Mann aus dem Vorhang mitten ins Gesicht.«

»Autsch«, sagte Phil.

»Eben. Und viel interessanter als ein toter Dackel, findest du nicht?«

»Wenn du das sagst …«

»Zumal dieser Eindringling danach völlig zerkratzt ist. Man wird ihn anhand seiner Verletzungen sofort wiedererkennen.«

»Du scheinst den Dreh gefunden zu haben. Und wie sieht es mit dem Abendessen aus? Ich liebe Krimis und würde gern mehr von deinem Projekt erfahren.«

Das Abendessen. Herrgott Nora, du führst dich auf wie eine verschreckte Jungfrau im Mittelalter. Dabei ist der Typ doch sympathisch.

»Morgen könnte klappen«, sagte ich. »Aber ich kann nicht versprechen, dass ich es jeden Mittwoch schaffe.«

»Keine Bange«, sagte Phil. »Es soll kein Ja-Wort fürs Leben sein!«

Ich dachte an das Foto von Paul und Phil. Nein, er würde definitiv nicht um meine Hand anhalten. Und das war auch gut so.

»Hast du in der Zwischenzeit schon was von Paul gehört?«, fragte Phil.

»Er hat mir heute gemailt. Ich soll dich grüßen. Habt ihr keinen Kontakt?«

»Im Augenblick nicht. Und das wird sich wohl auch nicht so schnell ändern. Wenn Paul verliebt ist, meldet er sich pausenlos. Aber sonst ist er eine treulose Tomate.«

Als ich meine Supermarktnotizen auf den Schreibtisch legte, musste ich feststellen, dass der Korbstuhl für Smuggler nicht mehr interessant war. Stattdessen lag er nun zusammengerollt in der A4-großen Schachtel, in dem ich die ausgedruckten Seiten meines Manuskriptes aufbewahrte.

»He! Das ist kein Schlafplatz!«, sagte ich, fest entschlossen, ihm zu zeigen, wer hier der Boss war. Wenigstens an diesem Tisch. »Du dringst hier nicht nur unerlaubt ein, sondern mischst auch schon meinen Krimi auf. Allmählich reicht's, findest du nicht?«

Smuggler blinzelte. Dann drehte er sich auf den Rücken, streckte alle viere hoch und gähnte.

»Verstehe.« Ich kraulte ihm den warmen weißen Bauch. »Ich Trottel bin für deine Extrawünsche zuständig. Und wer kümmert sich zur Abwechslung um mich?« Smuggler streckte mir mit seligem Gesichtsausdruck eine dicke Vorderpfote entgegen.

»Vermutlich hast du recht«, sagte ich. »Irgendwas mache ich falsch ...«

5

Mittwochabend klingelte ich Punkt sieben bei Phil an der Tür. Er wohnte ebenfalls in einem schön renovierten Cottage. Fenster und Türen leuchteten in einem satten Taubenblau, ein schöner Kontrast zu den rankenden Kletterrosen und der Clematis in Rosa- und Lilatönen.

Phil, ein rotkariertes Geschirrtuch um die Hüften, öffnete die Tür. »Willkommen in *Hillside*!« Er lotste mich in die Wohnküche, wo der Tisch für zwei Personen gedeckt war. »Ich hoffe, du magst Lamm?«

»Wenn es so schmeckt, wie es riecht, auf jeden Fall.« Ich setzte mich auf den Hocker neben der Anrichte. »Kann ich dir noch was helfen?«

Phil schüttelte den Kopf. »Das Ratatouille und die Lammsoße müssen noch ein wenig einkochen.« Er warf einen Blick in die Röhre, wo eine ovale Form mit Kartoffeln vor sich hin brutzelte. »In zehn Minuten können wir essen.«

Ich drehte mich um und sah aus dem kleinen Fenster. Von hier blickte man auf den Hafen. »Laut Vorhersage hält sich das Wetter in den nächsten Tagen.«

»Möchtest du einen Ausflug machen?«

»Nein, aber ich habe mir vorgenommen, jeden Tag ein Stück zu laufen, damit meine Kondition wieder in die Gänge kommt. Außerdem ist es ein guter Ausgleich zum Dauersitzen am Schreibtisch.«

»Auf den offiziellen Wetterbericht kann man sich hier nicht verlassen«, sagte Phil, während er eine Flasche Rotwein entkorkte. »Genauso gut könntest du die Vorhersage würfeln.«

»Oder man fragt Mrs Ashe!«

Phil lachte, und wieder bildeten sich kleine Fältchen um seine Augen. »Ich sehe schon, die wichtigen Leute hast du bereits kennengelernt.« Er zog eine Schublade auf und nahm einen Zettel heraus. »Schau dir das mal an. Diese Vermisstenanzeige habe ich heute an der Bushaltestelle in Ruan Minor entdeckt.«

Junger, schwarz-weißer Kater vermisst. Rücken schwarz, Pfoten und Schnauze weiß. Hört auf den Namen Sammy.

»Da gehe ich morgen gleich vorbei. Weißt du, wo ich das Haus finde?«

»Es liegt oberhalb vom Coast Path Richtung Kennack Sands.« Phil öffnete den Ofen und nahm die Schale mit den Kartoffeln heraus. Es roch intensiv nach Rosmarin. Mir lief das Wasser im Mund zusammen.

»Das könnte hinhauen«, sagte ich. »Dort habe ich Smuggler gefunden.«

»Ooo, er hat schon einen Namen?«

»Ich kann ihn ja schlecht *Kater* nennen, oder?« Ich nahm ihm die Gläser und die Weinflasche aus der Hand und stellte sie auf den Tisch.

»Und wie geht es dem kleinen Eindringling?«

»Prima. Ich setze ihn regelmäßig vor die Tür und genauso regelmäßig kommt er zurück.« Ich steckte den Zettel in die Hosentasche. »Aber vielleicht ist das Spiel morgen zu Ende.«

Das Essen schmeckte köstlich. »Auf den Koch!« Ich hob mein Glas und prostete ihm zu.

»Auf meine neue Nachbarin!« Phil lächelte. »Hoffentlich haben wir noch oft Gelegenheit zusammen zu essen.« Er wischte sich mit einer Serviette das heute glattrasierte Kinn ab. »Kommst du mit deiner Arbeit voran?«

»Es geht so. Eigentlich müsste ich mir das Grundgerüst der Story im Ganzen anschauen. Ich konnte in den vergangenen Jahren nie länger dranbleiben und sehe erst jetzt, was da für ein Flickwerk entstanden ist.«

»Und wenn du den Verlag um eine Verlängerungsfrist bittest?«

»Es wurde schon zweimal verschoben. Das Thema ist endgültig ausgereizt.«

Phil sah mich nachdenklich ab. »Vielleicht kann ich dir helfen? Mit Dramaturgie kenne ich mich aus. Ein Freund von mir ist Regisseur, und viele Produktionen haben wir gemeinsam entwickelt.«

»Gerne. Aber lass uns heute Abend über etwas anderes reden.« Ich sah mich um. »Erzähl du doch mal. Wie bist du hier gelandet?«

»Über Paul natürlich. Ich war oft bei ihm zu Besuch, und als die Besitzer dieses Hauses verkaufen wollten, habe ich spontan zugeschlagen. Das war vor etwa fünf Jahren.«

»Und wie war das dann, plötzlich mit Paul Tür an Tür zu wohnen?«

»Wenn er nicht so untreu wäre, wäre es für mich erheblich leichter gewesen.« Er schenkte mir Wein nach. »Aber er ist nun mal, wie er ist.« Wieder hob er das Glas. »Richten wir lieber den Blick nach vorn. Mögen die Puzzleteilchen deines Krimis bald an die richtigen Stellen fallen!«

»Apropos Arbeit, was machst du denn so alles?«

»Ich zeige dir gleich mal meinen aktuellen Showreel«, sagte Phil, während er das Geschirr abräumte.

»Deinen *was*?«

»Eine Zusammenstellung von Arbeitsproben. Kurze Ausschnitte aus der eigenen Produktionspalette. So eine Art Portfolio.«

Er legte eine DVD ein, und wir setzten uns auf die Couch vor dem großen Flachbildschirm.

Zuerst kamen ein paar witzige Szenen, die er bei einem Filmfestival für Schwule gedreht hatte, dann ein Interview mit einem Musiker. Ich spürte, wie ich mich mehr und mehr entspannte, und freute mich, dass ich diese Einladung doch noch angenommen hatte.

Ein neuer Wechsel. Zuerst flogen wir dicht über eine bunte Blumenwiese. Summende Insekten, die von Blüte zu Blüte flogen. Kameraschwenk nach oben. Immer höher, über die Baumkronen eines tiefgrünen Waldes, bis nur noch blauer Himmel zu sehen war.

Plötzlich wurde das tiefe Blau zu einem Grau, und ich landete ohne Vorwarnung in einer schwarz-weißen Welt, die mir vertraut ist, zu vertraut.

Der graue Himmel verwandelt sich in einen endlosen Flur. Glänzendes Linoleum, an der Wand ein langer Handlauf aus Holz, darüber ein paar verblasste Kunstdrucke in randlosen Rahmen. Ich habe Angst, in den Film hineingesogen zu werden, kralle mich mit einer Hand an der Sofalehne fest.

Schwitzend verfolge ich, wie die Kamera in Zeitlupe weitere Gegenstände erfasst. Collagen und vergilbte Postkarten zwischen den geschlossenen Einheitstüren, ein vertrockneter Farn auf dem Fensterbrett, ein glänzender

Metallwagen auf Rädern. Dann schwenkt die Kamera nach oben und erfasst die länglichen Deckenleuchten. Eine nach der anderen, immer weiter, bis man glaubt, dass sie ineinander übergehen.

Die süßliche Mischung aus Kantinenessen, Krankenhaus und Urin steigt mir in die Nase, und ich höre die unpersönliche und so verhasste Stimme.

»Frau Beck, könnte ich Sie kurz sprechen?!«

»Nein!!!« Mein Brustkorb zieht sich zusammen, und ich bekomme kaum noch Luft.

»Nora, was ist los?« Phils besorgtes Gesicht tauchte vor mir auf.

Ich muss hier weg, sofort weg!

»Asthma.« Ich beugte den Kopf nach vorne, hörte meinen pfeifenden Atem.

»Kann ich irgendwas tun? Brauchst du Medikamente? Soll ich einen Arzt rufen?«

»Es – es geht schon wieder.« Vorsichtig stand ich auf. »Wenn ich mein Spray genommen habe …«

Und die Bilder, die Stimme aus meinem Kopf verscheucht habe.

»Ich komme mit rüber.« Phil begleitete mich zur Tür. »Nicht, dass du mir unterwegs noch zusammenklappst.«

Ich schüttelte den Kopf. »Es ist gleich wieder besser. Wahrscheinlich das ungewohnte Klima hier.« Ich sah, dass er mich nur ungern allein gehen ließ. »Wirklich, ich komme schon klar.«

Nachdem ich inhaliert hatte, beruhigte sich meine Atmung, und ich lief durch den dunklen Flur in den Wintergarten. Ich öffnete die Tür zum Garten und sah in die

Dämmerung hinaus. Langsam atmete ich ein und aus und spürte, wie mein Herzschlag sich normalisierte.

Es ist alles vorbei, du bist hier in Sicherheit.

Plötzlich ein greller Blitz, der sich wie ein Spinnennetz über den Himmel legte, dann ein dumpfes Donnern. Kurz darauf brach das nächste gleißend helle Licht durch die Wolken. Das Donnern wurde lauter.

Ich ging hinein und schob den Korbstuhl direkt ans Fenster. Die Füße auf der Fensterbank verfolgte ich, wie sich die schwarzen Wolken heranschoben.

»Mau!«

»Ach!«

Der Kater sprang auf den Stuhl neben mir und begann, sich zu putzen. »Du weißt schon, wo dein Schlafplatz ist, oder?«

Smuggler hielt kurz inne und guckte mich an.

»Im Schuppen.«

Er sah hinaus, ich folgte seinem Blick. Eine dunkelgraue Regenwand zog den Hang hinauf, Sekunden später schüttete es wie aus Kübeln.

»Okay, Satz und Sieg für dich. Aber morgen setze ich dich wieder raus!«

Als das Gewitter abgezogen war, schaltete ich mein Laptop ein. Und siehe da: Paul hatte geantwortet. In der Hoffnung, dass der nächste Sieg an mich ging, klickte ich auf die Nachricht.

Liebe Nora,
mir sind keine geheimen Eingänge bekannt, bisher kamen all meine Besucher durch die Haustür. An Deiner Stelle würde ich es aber als Kompliment auffassen, dass die Katze Dich auserwählt hat. Für viele Autoren

ist sie das größte Musentier überhaupt, und mich stört es nicht, dass sie im Haus ist.
Ich hoffe, Du kommst mit allem gut voran.
Liebe Grüße,
Dein Paul.

Als wüsste er, was Paul geschrieben hatte, sprang Smuggler auf den Tisch und setzte sich in den Karton mit den Manuskriptblättern.

»Das ist lediglich Pauls Meinung«, sagte ich streng. »Solange ich hier das Sagen habe, gelten andere Regeln. Runter vom Tisch.«

Smuggler gähnte herzhaft, dann rollte er sich zusammen. Bevor er die Augen schloss, blinzelte er mir zu. Als wollte er andeuten, dass die Frage, wer hier am längeren Hebel saß, noch lange nicht geklärt war.

Im nächsten Moment schlief er tief und fest. Bei mir dagegen war an Schlaf noch lange nicht zu denken. Zu groß war die Furcht vor den Bildern, die sich in einer Endlosschleife in meinem Kopf breitzumachen drohten. In der Hoffnung, sie so unter Verschluss halten zu können, surfte ich eine Weile im Internet.

Über meine Autorenseite bei Facebook war eine Interviewanfrage hereingekommen. Ich verfolgte Ricardas Blog *Herzgedanke* seit langem und freute mich über ihre Mail. Genau das schrieb ich ihr zurück und hatte kurz darauf einen Fragenkatalog in der Mailbox. Ich speicherte den Anhang mit dem Interview. Gleich morgen würde ich mich darum kümmern.

Zum Schluss las ich mein Horoskop für den kommenden Tag: »In letzter Zeit hat es mit der Motivation gehapert. Heute können Sie aber mit klugen Schachzügen an

Ihrer Karriere basteln, denn Sie setzen Ihr Können wie auch Ihre Talente clever, fundiert und überzeugend ein. Es geht voran!«

Richtig! Es war höchste Zeit, mein Leben wieder in Griff zu kriegen und zur Normalität zurückzugehen. Und diesen jahrelangen Albtraum endlich hinter mir zu lassen.

6

Am nächsten Tag wurde ich von einem Gejaule geweckt, das mir das Blut in den Adern gefrieren ließ. Schlaftrunken stürzte ich ans Fenster. Unten im Garten saß Smuggler. Ihm gegenüber stand ein grau getigerter Kater, der um ein Vielfaches größer war und in Zeitlupe auf ihn zu schlich. Wer von beiden diese grässlichen Laute produzierte, konnte ich nicht sagen, aber mir war klar, dass Blut fließen würde, wenn ich nicht sofort eingriff.

Ich rannte hinunter in den Garten. Auch wenn ich Smuggler loswerden wollte, war das kein Grund zuzuschauen, wie dieses Monster ihn zerfleischte.

Die Tiere standen sich mit gesträubtem Fell gegenüber und es war absehbar, wer hier den Kürzeren ziehen würde.

»Hau ab!« Wild mit den Händen fuchtelnd ging ich auf den Eindringling zu. Das Tier wich zwar zurück, ließ Smuggler aber keine Sekunde aus den Augen. Hektisch überlegte ich, was ich tun konnte. Lauter schreien? Fauchen?

Wasser. Ich hatte mal gelesen, dass man Katzen damit wirkungsvoll in die Flucht schlagen konnte. Zum Glück standen bei Paul eine Menge Gefäße im Garten, die nach dem Regen der letzten Nacht randvoll waren. Ich entschied mich für eine Plastikamphore und schüttete den Inhalt kurzerhand über das Biest aus.

Es funktionierte. Rambo fauchte mich an, aber er rannte davon. Smuggler blieb wie gelähmt auf dem Rasen sitzen, das Fell in alle Richtungen aufgestellt, den Blick starr nach vorne.

»He, Kleiner, alles gut. Der Typ ist weg!« Ein kleinlautes »Mau« war alles, was er von sich gab, während er weiterhin auf das Gebüsch starrte, hinter dem der Schläger verschwunden war.

»Ich muss dich darauf aufmerksam machen, dass du dein Rettungsabo schon ziemlich ausgereizt hast. Aber jetzt mache ich uns Frühstück, und du schläfst eine Runde.« Ich streichelte ihn und nahm ihn vorsichtig hoch.

Smuggler schien wieder zu sich zu kommen. Er warf mir einen kurzen Blick zu und kuschelte sich schnurrend in meine Armbeuge.

Ich seufzte. So weit war es bereits gekommen: Ich trug den Kater *ins* Haus, statt hinaus …

Ich war schon fast in der Küche, als das Telefon zu läuten begann. Sofort wurde mir speiübel. Ich setzte Smuggler auf den Boden und hielt mich am Türrahmen fest. Ein Anruf um diese Zeit kann nur eines bedeuten.

Das Telefon klingelt weiter. Laut und schrill. Jedes Klingeln bringt mich näher zurück. Ich kann die abgestandene Luft in dem kleinen Zimmer riechen, sehe meine Mutter im Stuhl vor dem Fenster sitzen. Zitternd gehe ich auf das Tischchen zu, auf dem die Basisstation steht. Schritt für Schritt.

»Nora? Wo bin ich denn? Ich weiß es nicht mehr. Ich weiß gar nichts mehr …«

Langsam strecke ich die Hand nach dem Telefon aus.

»Nora? Das Radio ist kaputt. Und der Fernseher geht auch nicht mehr!«

Auf das Schlimmste gefasst, drücke ich den grünen Knopf, um das Gespräch anzunehmen.

»Hallo?«

»Nora? Hier ist Phil. Geht es dir wieder besser? Ich musste heute sehr früh los und wollte dich nicht wecken.«

Seine tiefe, warme Stimme zog mich sanft zurück in die Gegenwart.

»Ja. Es – es ist alles – in bester Ordnung.«

»Ich habe dir die Wegbeschreibung zu dem Cottage mit der vermissten Katze in den Briefkasten gesteckt. Damit du nicht lange suchen musst. Also, viel Glück und bis morgen!«

»Bis morgen.«

Ich legte das Telefon auf seinen Platz zurück und rieb mir die Augen. Versuchte, mich auf Phils Stimme zu konzentrieren, damit die andere verstummte.

»Mau?« Smuggler sah mit großen Kugelaugen zu mir herauf.

»Alles wieder gut, Kleiner.« Ich ging in die Hocke und streichelte ihm über den Kopf. »Anscheinend wurde die Gespensterstunde heute vorverlegt. Aber nun ist sie vorbei, wir essen was.«

Nach dem Frühstück machte ich mich gleich auf den Weg. Die Sonne blinzelte zwischen den Wolken hervor und ließ die Tropfen, die noch an den Sträuchern hingen, funkeln. Ich blieb oben an der Einfahrt stehen und sah hinunter auf den kleinen Hafen. Als hätte das gestrige Gewitter die Luft gereinigt, war die Sicht glasklar, und ich bildete mir ein, die drei Männer an ihrem Stammplatz sitzen sehen zu können.

Die Straße führte an einigen Wiesen vorbei, doch bald wurde sie schmaler. Dem lauten Gezwitscher nach zu urteilen, hatten die Hecken, die zu beiden Seiten wuchsen, mehr Einwohner als ein Hochhaus am Potsdamer Platz.

Mit Hilfe von Phils Skizze hatte ich mein Ziel bald erreicht. Ein Haus aus grauen Granitsteinen inmitten eines großen Gartens. Ich öffnete das schmiedeeiserne Tor und ging die Einfahrt hinauf. Zwischen den Blumenbeeten stand ein Trampolin auf dem Rasen, und neben der Haustür lehnte ein rotes Kinderfahrrad an der Wand. Ich klingelte. Ein kleines Mädchen öffnete mir die Tür.

»Hallo! Mir ist ein Kater zugelaufen, und ich wollte nachfragen, ob es eurer ist.« Ich zeigte ihr die Suchanzeige.

»Du hast Sammy gefunden?!« Die Kleine strahlte.

»Sicher weiß ich das nicht. Und dummerweise habe ich das Foto vergessen. Aber du hast sicher ein Bild von ihm, oder?«

Sie nickte und rannte nach ihrem Daddy rufend ins Haus.

Kurz darauf war sie wieder da, ihren Vater im Schlepptau. »Das ist Sammy!« Das Tier auf dem Bild sah Smuggler zwar ähnlich, aber mehr auch nicht.

»Der Kater, den ich gefunden habe, hat einen schwarzen Klecks auf der Nase und eine schwarze Unterlippe«, sagte ich. »Tut mir schrecklich leid.«

Die Augen des Mädchens füllten sich mit Tränen.

»Sammy ist schon seit einer Woche weg«, sagte der Vater leise. Er legte seiner Tochter einen Arm um die Schulter. »Wir machen uns schreckliche Sorgen.«

»Das kann ich gut verstehen«, sagte ich. »Aber ich

weiß ja jetzt, wie er aussieht, und halte die Augen auf.« Mit diesem Versprechen verabschiedete ich mich, fest entschlossen, eine Suchanzeige zu gestalten. Nicht auszudenken, dass ein anderes Kind sich die Augen ausweinte, weil es Smuggler so vermisste.

»Eines steht fest«, sagte ich zu meinem schlafenden Untermieter. »Du heißt nicht Sammy. Aber ich werde einen Steckbrief von dir machen und überall aufhängen.« Ich fuhr mein Laptop hoch und machte mich an die Arbeit.

Wer vermisst mich?, lautete die Überschrift. Dann fügte ich das Foto von Smuggler ein. *Kleiner schwarz-weißer Kater, vor fünf Tagen in Cadgwith zugelaufen. Eigentümer bitte melden!* Darunter Pauls Adresse und meine Handynummer, fertig. Zufrieden druckte ich die Seite zehnmal aus und beschloss, sie an strategisch wichtigen Stellen aufzuhängen.

Vorher war ich aber mit Walter Millars Sohn verabredet. Ich las die letzten Seiten durch, korrigierte ein paar Schreibfehler, dann konzentrierte ich mich auf die neue Szene.

Es war schon nach Mitternacht, doch Ben fand keinen Schlaf. Immer wieder dachte er an die Schritte, die er gehört hatte. Gegen eins wälzte er sich aus dem Bett, knipste die Stehlampe im Wohnzimmer an und stellte sich ans Fenster. Plötzlich glaubte er eine Bewegung im Hinterhof wahrzunehmen, gleich bei den Mülltonnen.

Den Schatten nach mussten es Menschen sein. Erschrocken tastete Ben nach dem Schalter und machte das Licht aus. Dann ging er auf Zehenspitzen ans Fenster zurück.

Smuggler war aufgewacht. Sein Schwanz schlug peitschend auf den Tisch. Übertrug sich die Spannung der Szene etwa auf ihn?

Ein Blick aus dem Fenster lehrte mich eines Besseren. Neben einem großen Busch am Rand des Gartens stand Rambo. Vielleicht bildete ich es mir nur ein, aber er blickte noch eine Spur fieser drein als heute Morgen. In Zeitlupentempo setzte er eine Pfote nach der anderen auf den Rasen und spähte dabei nach links und rechts. Vor dem Schuppen streckte er den Schwanz in die Höhe, hob das Hinterteil an und markierte die Holztür mit einem langen, kräftigen Strahl.

Das gefiel Smuggler gar nicht. Er machte kehlige Brummgeräusche, die tief aus seinem Bauch zu kommen schienen, sein Schwanz schlug immer hektischer.

Etwas bewegte sich hinter dem Komposthaufen. Ein zweiter Kater betrat die Bühne. Er hatte weißes Fell mit schwarzen Flecken, das linke Auge war fast geschlossen. Wäre er ein Mann, hätte er sicher eine Augenklappe getragen, und ich wäre ihm nur ungern im Dunkeln begegnet. Und schon gar nicht nachts im Hof hinter meinem Antiquariat!

Bingo! Ben sah die Schatten der Männer nicht auf einmal, sie tauchten nacheinander auf. Das steigerte die Spannung. Zusätzlich zeigten sie ihm ihre Visagen im Schein der Funzel, die über der Kellertreppe brannte.

Ich klopfte alles direkt in die Tasten. Rambo konnte ich 1:1 übernehmen: ein korpulenter Grauhaariger mit übler Visage, der vor Kraft kaum laufen konnte. Für Einauge musste ich mir etwas anderes überlegen. Eine Augenklappe war mir zu trivial. Stattdessen verpasste ich ihm eine Brille mit dicken Gläsern und schwarzem Gestell.

Als hätte er nur gewartet, bis ich alles aufgeschrieben

hatte, kam nun ein dritter Kater ins Bild. Der Boss der Bande, denn Rambo und der Pirat hielten respektvoll Abstand.

Es war ein wuchtiges, schwarzes Tier mit einigen kahlen Stellen am Nacken. Sein dichter Schnurbart hing tief hinunter, sodass es aussah, als hätte er dicke Hängebacken. Spontan erinnerte er mich an Marlon Brando, und ich taufte ihn den *Paten*.

Smuggler schien sich enorm zu fürchten. Das Fell aufgestellt, war er fast doppelt so dick wie sonst und jaulte leise vor sich hin.

»Keine Bange, du bist in Sicherheit.« Ich streichelte ihn sanft. »Die verschwinden bestimmt gleich wieder!«

Und so war es: Der Pate drehte eine majestätische Runde, markierte die Steinsäule, auf dem Sokrates thronte, dann machte er den Abgang. Dicht gefolgt von seinen Bodyguards.

»Ben Millar wird es wie dir ergangen sein«, sagte ich zu Smuggler und übertrug das, was ich beobachtet hatte, sofort auf die Menschenwelt.

... Plötzlich nahm der Typ mit der Brille ein Farbspray aus der Tasche und sprühte etwas auf die Backsteinwand. Dann wurden die Männer von der Dunkelheit verschluckt und ließen Ben mit seinen Ängsten allein zurück ...

Allein – das war das Stichwort, das meine Alarmglocken in Schwingung versetzte. Was, wenn diese Biester wiederkämen und Smuggler allein da draußen war? Nicht auszudenken, was sie mit ihm anstellen würden!

Auch Smuggler schien sich darüber Gedanken zu machen. Er tigerte unruhig auf der Fensterbank hin und her und spähte immer wieder durch die Scheibe.

Das Internet würde mir sicher weiterhelfen können.

Ich gab den Begriff »Katerkämpfe« ein und erfuhr, dass es sich um Revierkämpfe handelte und vor allem unkastrierte Kater in solchen Angelegenheiten nicht zimperlich vorgingen. Als wirkungsvolle Abhilfe wurde immer wieder Wasser erwähnt.

Leider fühlte ich mich trotz dieser Informationen so hilflos wie Ben Millar. Wasser hatte ich genug, aber weder Zeit noch Lust, mich mit vollen Eimern oder Pseudo-Amphoren abzumühen. Unternahm ich aber nichts, war es nur eine Frage der Zeit, bis die Pelzmafia Smuggler dreiteilen würde.

Ich sah nach, ob irgendwo ein Wasserschlauch hing, aber so etwas gab es in Pauls Haushalt nicht. Plötzlich hatte ich eine Idee.

»Ich bin gleich wieder da«, sagte ich zu Smuggler, der verloren in seinem Karton hockte. »Ich muss dich allerdings kurz einsperren, denn ich bin nicht scharf darauf, englische Tierärzte kennenzulernen.« Dann zog ich die Wintergartentür hinter mir zu und machte mich auf den Weg.

Wenn Mrs Ashe über meinen Kauf erstaunt war, so ließ sie es sich nicht anmerken. »Haben Sie den Besitzer des Tiers denn schon ausfindig machen können, es ist verrückt, wie Leute heutzutage mit ihren Tieren umgehen, ich verstehe das beim besten Willen nicht«, meinte sie, während sie den Betrag in die Kasse tippte.

»Niemand scheint eine Katze zu vermissen«, sagte ich.

Dafür werden es immer mehr …

»Aber ich werde diese Steckbriefe verteilen.« Ich zeigte ihr die Ausdrucke. Eine gute Idee, fand sie. Und gab mir Tipps, wo ich sie aufhängen sollte.

Der Pate und seine Adjutanten ließen sich an diesem Tag nicht mehr blicken, und Smuggler entspannte sich zusehends. Auch Ben und Walter Millar entspannten sich. Trotz der beunruhigenden Botschaft: »*Wir holen uns, was uns gehört!*«, glaubten sie fest daran, dass die Männer hinter einem anderen her waren.

An diesem Abend zweifelte ich zum ersten Mal an meinen Protagonisten. Hatte ich sie zu blauäugig angelegt?

7

Es wurde eine unruhige Nacht. Immer wieder schreckte ich hoch, weil ich unheilvolles Jaulen zu hören glaubte. Jedes Mal griff ich nach der mit Wasser gefüllten Pumpgun, die ich bei Mrs Ashe gekauft hatte und die einsatzbereit neben meinem Nachtkästchen stand. In den wenigen Stunden, in denen ich schlief, träumte ich von brutalen Gangsterbanden, die im Haus Drohungen an die Wand sprühten.

Kein Wunder, dass mein Herz fast stehen blieb, als mir in der Morgendämmerung etwas mitten auf die Brust sprang. Schreiend fuhr ich hoch.

»Mau?«

Smuggler thronte auf mir und sah mich putzmunter an. Als ich meinen Fuß unter der Decke bewegte, machte er einen weiteren Sprung und attackierte den vermeintlichen Feind. Dann setzte er sich auf das Schränkchen am Ende meines Bettes. Gespannt darauf, wie das Spiel weitergehen würde.

Ich ließ mich in die Kissen zurückfallen. Dabei zog ich mit einer Hand den Saum meines Schlafshirts gerade. Eine Bewegung unter der Decke, auf die Smuggler nur gewartet hatte.

Mit funkelnden Augen stürzte er sich auf die Beute und biss begeistert in die Bettdecke. Dann sprang er in hohem Bogen vom Bett und sauste laut maunzend in den Flur. Es klang, als würde er »Paaaar-tyyy!!« rufen. Müde schloss ich die Augen. So viel Lebensfreude war um diese Tageszeit schwer zu ertragen. Aber ich war froh, dass er die Nacht heil überstanden hatte.

»Das heißt aber noch lange nicht, dass ich dich behalte«, sagte ich, als er wieder hereinstürzte. »Es ist nur eine Sache von Tagen, bis jemand dich auf den Plakaten erkennt und abholt!«

Smuggler schien das völlig egal zu sein. Er sprang ins Bett und stupste mit seinem Kopf an mein Kinn. Das einzige, was ihn interessierte, war Frühstück.

Sein Hunger war enorm. Maunzend strich er mir um die Beine, als hätte er seit Wochen nichts bekommen.

Ich füllte seinen Teller mit Trockenfutter, doch Smuggler ging das nicht schnell genug. Er jaulte noch eine Spur lauter, kletterte behände an meinem Hosenbein hoch und sprang von meiner Hüfte direkt auf die Anrichte.

Sofort war ich wieder bei Walter Millar. »Danke, dass du mich daran erinnerst, diese Idee einzubauen«, sagte ich, während ich ihn wieder auf den Boden setzte. »Aber kleine Kater haben hier oben nichts zu suchen!«

Während der Kaffee durchlief, war ich in Gedanken wieder bei meinem Krimi. Die Sache mit den Vorhängen durfte ich nicht vergessen. Aber noch waren die Millars und ich nicht so weit. Mit meiner Kaffeetasse und einer Scheibe Brot begab ich mich an den Schreibtisch.

Beim Durchlesen der Szenen von gestern bestätigte sich mein Verdacht: Ein wenig mehr Skepsis würde ihnen gut stehen, und ich schrieb das Ende um. Ben Millar zweifelte nun nicht mehr daran, dass die Botschaft an sie gerichtet war, überzeugte seinen Vater, und die beiden machten in dieser Nacht kein Auge zu.

Auch am nächsten Morgen zerbrach Walter Millar sich den Kopf, was es mit der Botschaft an der Wand auf sich hatte. Alle Bücher, die in den Regalen standen, hatte er ordnungsgemäß bezahlt. Er hatte keine Ahnung, was diese Kerle von ihnen wollten.

»Vielleicht findet Ben den Grund heraus. Und sollten sie in der Zwischenzeit hier auftauchen, werde ich das in Ruhe mit ihnen klären«, murmelte er, als er das Bimmeln der Ladenglocke hörte. Kundschaft.

Smuggler gab einen erstickten Laut von sich, auch wir hatten Kundschaft: Rambo.

Schnell schrieb ich den Satz zu Ende. Dann rannte ich die Treppe hoch, holte die Pumpgun und stellte sie griffbereit neben meinen Schreibtisch. Anschließend schrieb ich weiter und beobachtete nebenbei, was im Garten vor sich ging.

Als Millar sah, wer den Laden betreten hatte, zog sich sein Magen zu einem Knoten zusammen. Es war der Grauhaarige, den er in der Nacht im Hinterhof beobachtet hatte. Und er machte nicht den Eindruck, als könne man in Ruhe etwas mit ihm klären ...

Auch an Rambos Gehabe hatte sich nichts geändert. Betonte Lässigkeit und ein fieser Blick, der besagte, dass besonnene Gespräche nicht sein Ding waren.

»Wir warten kurz ab, ob die anderen da sind«, flüsterte ich Smuggler zu. »Und dann geben wir ihnen volle Breitseite!«

Smuggler schien kein Verständnis für meine Strategie zu haben. In Walter Millar brodelte es ebenfalls:

»Kann ich Ihnen behilflich sein?« Millars Stimme war nurmehr ein Krächzen, und er hatte das Gefühl, seine Beine könnten jeden Augenblick nachgeben.

»Ich glaube schon ...« Der Grauhaarige sprach mit leiser, monotoner Stimme und kam langsam auf Millar zu.

»Sie haben die Bibliothek von Eduard Winter gekauft. Nicht wahr?«

Millar nickte. »Die Familie hatte mich gebeten, die Bücher …«

Rambo markierte die Rosen.

»Dann haben Sie etwas, das mir gehört«, flüsterte der Mann.

Millar wich zurück. »Ich weiß nicht, was Sie meinen.« Er überlegte fieberhaft.

Der Pirat trat durch die Sträucher.

»Vielleicht müssen wir Ihrem Gedächtnis ein wenig auf die Sprünge helfen!« Der Mann mit der Brille trat plötzlich hinter einem Buchregal hervor. Die starken Gläser vergrößerten seine Augen unnatürlich, eine Narbe zog sich durch die linke Augenbraue bis an den Haaransatz. »Dafür haben wir so unsere Methoden …« Er kam näher und näher. »Es geht um einen aufwändig gestalteten Folianten. Klingelt es bei Ihnen?«

Nun trat der Pate durch das Gebüsch. Ich sicherte meinen Text und stand auf. »Es geht los, Kleiner …« Die Pumpgun schussbereit in der Hand öffnete ich leise die Tür zum Garten. »Jetzt werden wir denen zeigen, wo der Hammer hängt …«

Hinter den Kletterrosen ging ich in Deckung und wartete, bis alle drei in Reichweite waren. Bis zu acht Meter versprach der Hersteller dieser grau-orangefarbenen Wunderwaffe. Ich legte an.

Der erste Schuss traf den Piraten voll ins Ohr, er blieb wie gelähmt stehen. Dann nahm ich den Rest der Mafia unter Beschuss. Den Paten traf ich mitten auf die Stirn, Rambo unter dem Schwanz, was ihn zu lustigen Hopsern animierte. Ich reckte die Faust zum Siegesgruß.

Nun wurde es Zeit, den Ton zum Film einzuschalten: Mit einem lauten Kampfschrei verließ ich mein Versteck und rannte schießend auf die Katerbande zu. Für einen Augenblick glotzten sie mich entgeistert an, dann rasten sie davon.

Schade, dass Walter Millar keine Pumpgun hatte. Dann wären wir beide schnell fertig. Er mit den Gangstern im Laden, und ich mit dem Krimi. Obwohl, ich könnte ihn auf die Flucht schicken. Vor der Polizei, die die Leichen im Antiquariat finden würde *und* vor den Komplizen der Toten. Aber so wie die beiden gestrickt waren, hätte man sie an der nächsten Straßenecke schon geschnappt, und der Leser würde das Buch enttäuscht zuklappen.

Als ich sicher war, die Biester erfolgreich vom Grundstück gejagt zu haben, ging ich ins Haus zurück. Wobei ich mich kurz fragte, warum ich einen Kater verteidigte, den ich gar nicht in mein Leben lassen wollte.

Smuggler schien beeindruckt von der Aktion. Er kam schnurrend auf mich zu und gab Köpfchen.

»Danke für die Blumen«, sagte ich. »Schauen wir mal, wie lang die Wirkung anhält.«

In diesem Moment klingelte es an der Tür.

»Good morning!« Neugierig schaute ich auf den Brief, den der Postbote in der Hand hielt. Der Mann machte aber keinerlei Anstalten, ihn mir auszuhändigen. Stattdessen starrte er auf die große Wasserpistole, die ich immer noch unter dem Arm hielt.

»Was ... machen Sie damit?«

Lieber Gott, Nora, lass dir was einfallen. Du willst doch nicht zum Dorfgespräch werden!

»Ich schieße auf ...« Das Wort *Katzen* schluckte ich

im letzten Augenblick hinunter und überlegte fieberhaft nach einem vernünftigen Ersatz.

»... auf die Blumen im Garten. Dort ist es sehr trocken!« Ich versuchte ein überzeugendes Lächeln.

»Tatsächlich ...« Der Briefträger schielte mit einem Auge auf die große Regenpfütze neben seinem Schuh, und ich wusste, mein Ruf war dahin. Abgeschossen wie die Kater im Garten. »Sind Sie Nora Beck?«

Ich nickte.

Dann drückte er mir den Brief in die Hand und ging kopfschüttelnd die Auffahrt hinauf.

Der Brief war nachgeschickt worden. Die Schrift war mir unbekannt, doch als ich den Stempel auf der Rückseite sah, verschwammen die Buchstaben vor meinen Augen. Wieder hörte ich Stimmen, die ich nicht mehr hören wollte. Ich atmete schwer.

Verdammt noch mal: Nein! Es ist alles vorbei!

Es war vorbei. Ich stopfte den Umschlag tief in die Laptoptasche, zog den Reißverschluss zu und setzte mich.

Smuggler sah mich groß an.

»Ich werde die Vergangenheit nicht los, weißt du?« Ich ließ ihn auf meinen Schoss klettern und streichelte ihn gedankenverloren. »Egal, wo ich bin, sie holt mich wieder ein.«

8

Nachdem ich eine Weile hinausgestarrt hatte, setzte ich den Kater auf den Boden. An Schreiben war nicht mehr zu denken, und ich überlegte, dass es mir guttun würde, mich etwas zu bewegen. Vorsichtshalber machte ich noch einen Kontrollgang durch den Garten. Die Katermafia war nicht zu sehen, und ich hoffte, dass wenigstens dieses Kapitel abgeschlossen war.

Vor der Tür atmete ich tief ein und aus. Dann lief ich zügig und mit großen Schritten die Straße zum Hafen hinunter. Vorbei an Touristen, die alles fotografierten, was ihnen vor die Linse kam. Unten am Pub spürte ich, wie meine Beine schwer wurden, und verlangsamte das Tempo. Der Brief hatte mir jeglichen Schwung genommen. Daher entschied ich mich gegen den Coast Path und kletterte auf den hohen Felsen am Hafen, der wie eine Landzunge ins Meer ragte und die Bucht zur rechten Seite schützte. An der Kante setzte ich mich ins Gras und beobachtete das Treiben am Strand.

Die Fischer von Cadgwith kamen nach und nach mit ihrem Fang nach Hause. Begeistert wurden sie von den umherfliegenden Möwen begrüßt, an der Flutlinie warteten Männer in Gummistiefeln. Langsam, nach einer uralten Choreografie, wurde jedes einzelne Boot mit Hilfe einer Seilwinde über querliegende Baumstämme an Land gezogen. Handgriffe, die sich seit langer Zeit bewährt hatten, Männer, die sich stumm aufeinander verlassen konnten. Ein schwarzer Hund begrüßte die Kutter. Freudig bellend, als hätte er seit den frühen Morgenstunden auf sie gewartet.

Die Selbstverständlichkeit, mit der die Fischer ihre Arbeit verrichteten, und die spürbare Zusammengehörigkeit hatten etwas Beruhigendes. Plötzlich sehnte ich mich danach, einer solchen Gemeinschaft anzugehören. Zu wissen, wo mein Platz war, auf wen ich mich verlassen konnte. Dieses Gefühl war mir in den vergangenen Jahren abhandengekommen, und unfreiwillig hatte ich mich zu einer Einzelkämpferin entwickelt.

Zum Schluss wurde ein rotweißes Boot an den Strand gezogen. Unter den Augen der Möwen wurden die Körbe mit dem Tagesfang von Bord genommen. Manche Vögel pickten in den Netzen herum, in der Hoffnung, einen vergessenen Fisch zu finden.

Ich stand auf und streckte mich. Meine innere Unruhe hatte sich gelegt. Ich kletterte vom Felsen hinab und mischte mich unter die Käufer, die sich am Strand eingefunden hatten. Eigentlich wurde der Fisch erst nachmittags in einem kleinen Lädchen angeboten, aber ich konnte einen schönen Seeteufel ergattern.

Nachdem ich bezahlt hatte, wurde mir klar, dass ich keine Ahnung hatte, wie ich ihn zubereiten sollte. Aber vielleicht hatte Phil ja Lust, zum Essen zu kommen.

Ich schaute kurzerhand bei ihm vorbei, um ihn einzuladen. Er schien erfreut, mich zu sehen. »Ich hatte vorhin schon bei dir geklingelt. Heute kam eine DVD mit der Post, und ich wollte fragen, ob du vielleicht Lust hast, den Film mit mir anzuschauen.«

»Was ist es denn für ein Film?« Manche Themen waren im Augenblick Tabu für mich.

»Nomaden der Lüfte.« Phil zeigte mir die Hülle. »Ein toller Dokumentarfilm über Zugvögel.«

»Klingt so, als hätte ich das ideale Abendessen dazu.« Ich zeigte ihm die Tüte mit meiner Beute.

»Mmmmh! Seeteufel! Um sieben bei mir?«

Ich wollte schon nicken, als mir Smuggler einfiel. »Mir wäre es lieber, wenn du zu mir kommen könntest. Ich habe Ärger mit der Katermafia von Cagdwith und lass den Kater nur ungern allein.«

»Das sind ja ganz neue Entwicklungen«, sagte Phil. »Wolltest du ihn nicht loswerden?«

»Schon. Aber die Vorstellung, dass sie ihn fertigmachen, während wir vor dem Fernseher hängen ...« Ich erzählte ihm von den Jagdszenen im Garten.

Phil kicherte. »Und ich dachte schon, der Briefträger sei betrunken gewesen. Er erzählte, du hättest ihn mit einer MP an der Tür begrüßt und von der großen Trockenheit in deinem Garten erzählt.«

»Erstens ist es eine Pumpgun«, sagte ich. »Und zweitens konnte ich ihm ja schlecht erzählen, dass ich damit auf Katzen schieße. Aber sollten die Biester heute Abend wieder auftauchen, führe ich dir die Wunderwaffe gern vor!«

Gegen sechs kam Phil mit einem großen Korb. Er packte Weißwein, Ciabatta, Zitronen, Kräuter, Creme fraîche und frische Erdbeeren aus, stellte alles auf den Küchentisch und nahm ein großes Brett von der Anrichte. »Dann wollen wir mal. Hast du Zwiebeln im Haus?«

»Ja. Und Champignons. Die könnten wir für die Soße verwenden.«

»Klingt gut«, sagte er, und bevor ich bis drei zählen

konnte, arbeiteten wir in trauter Harmonie, als würden wir seit Jahren zusammen kochen. Phil bereitete den Fisch vor, während ich Frühlingszwiebeln und Pilze kleinschnitt und in Butter andünstete. Dazu gab es kalten Veltliner.

Während wir in der kleinen Küche herumwirbelten, bewunderte ich, mit welcher Eleganz der große, muskulöse Mann sich bewegte. Seine kurzen Haare wurden an manchen Stellen bereits grau, was einen hübschen Kontrast zu seiner gebräunten Haut bildete. In dem engen T-Shirt sah er so sexy aus, dass ich mich fragte, was Paul veranlasst haben mochte, sich von diesem Mr. Darcy zu trennen.

»Ein Glück, dass du gern isst«, sagte Phil, während er die Seeteufelscheiben in Mehl wendete. »Wenn mir irgendwas auf die Nerven geht, sind es Leute, die ständig auf Diät sind.«

»Da brauchst du bei mir keine Angst zu haben.« Ich zeigte auf einen Deckenbalken. »Es ist mir allerdings ein Rätsel, warum Paul sich diese teuren Kupferpfannen angeschafft hat. Wenn ich mich recht erinnere, kann er außer Rühr- und Spiegeleiern gar nichts zubereiten.«

»Die stammen aus seiner Zeit mit Rick.« Phils Miene nach zu urteilen ein heikles Kapitel. »Nicht, dass *der* kochen konnte, aber Rick fand es schick, wenn es aussah, als ob, und hat sie alle dekorativ an diese Haken gehängt. Schon verrückt, wenn man bedenkt, dass ... He! Was machst du denn da?« Smuggler war auf die Anrichte gesprungen und seinen weit aufgerissenen Augen nach zu urteilen, wähnte er sich im Paradies.

»Hast du gesehen, wie er hinauf geschwebt ist?«, fragte Phil verblüfft. »Als hätte er Sprungfedern unter den

Pfoten.« Er nahm den Kater und streichelte ihn mit mehlbedeckten Händen, bis Smuggler weiße Stellen hinter den Ohren hatte. Dann setzte er ihn auf den Boden und legte ihm ein paar kleingeschnittene Fischreste auf seinen Teller. »Bitte schön. Damit du groß und stark wirst!«

Nach einem Essen zu dritt schoben wir Pauls Sofa vor den Flachbildschirm, und Phil legte die neue DVD ein. Smuggler machte einen Verdauungsspaziergang, und ich stellte die aufgefüllte Pumpgun griffbereit neben die Tür zum Wintergarten.

Die Doku zeigte in beeindruckenden Bildern die jährliche Wanderschaft von Zugvögeln. Bereits nach den ersten Minuten wusste ich, dass es genau der Film zum Abschalten war. Ich schwebte mit den Vögeln davon und genoss die großartigen Landschaftsbilder.

»Wie kann ein Kamerateam derart tolle Aufnahmen machen?«, fragte ich den Fachmann neben mir.

»Die haben von einem Ultraleichtflugzeug aus gefilmt«, erklärte Phil. Dann lachte er.

»Was ist?«

Phil zeigt auf die Wohnzimmertür. »Dein Kater wird später bestimmt Ornithologe!«

»Er ist nicht mein Kater«, sagte ich automatisch. Doch dann sah ich, was Phil meinte. Smuggler saß im Türrahmen und starrte auf den großen Bildschirm. Sein Gesichtsausdruck sprach Bände: Vögel? Hier im Haus?

Als eine große Gruppe Kraniche auf einer Wiese landete, sprang er zu uns auf die Couch und verfolgte die Szenen mit größtem Interesse. Immer wieder guckte er uns an und gab ein erstauntes »Mau?« von sich.

»Das sind Riesenmöwen«, erklärte ihm Phil. »Und das da sind Störche. Die bringen die Babykatzen!«

Gänse hatten es Smuggler besonders angetan. Wenn sie schnatterten, streckte er den Hals weit nach vorn, und seine Ohrmuscheln drehten sich wie Radarschirme. Dazu machte er Keckergeräusche, die ich vorher noch nie von ihm gehört hatte. Als in der nächsten Sequenz ein riesiger Schwarm Entenvögel auf dem Wasser landete, hielt es ihn nicht mehr auf dem Sofa. Er sprang auf den kleinen Tisch vor den Fernseher und verfolgte das Spektakel aus nächster Nähe. Sein Schwanz peitschte so gefährlich hin und her, dass wir unsere Weingläser vorsichtshalber in die Hand nahmen. Gerade rechtzeitig, denn im nächsten Augenblick erhob sich der Vogelschwarm aus dem Wasser und flog nach links. In der Hoffnung, einen von ihnen zu erwischen, machte Smuggler einen Satz in die gleiche Richtung. Und landete auf dem Boden, wo er verwirrt sitzen blieb.

»Wer sagt's denn? Ein Film für die gesamte Familie!«, sagte Phil fröhlich. »Als Nächstes kaufe ich einen Mäusethriller.«

Nach den letzten Bildern gingen wir in den Wintergarten, wo Phil staunend vor meinem Schreibtisch stehen blieb. Smuggler, dem es nach der Entenszene gereicht hatte, lag auf den Rücken gedreht in seinem Karton, die Vorderpfoten weit über den Kopf nach hinten ausgestreckt. »Sieh dir das an. Yoga pur!«

»Das liegt an den Blättern, auf denen er schläft«, sagte ich, während ich das Sofa ans Fenster schob und mich darauf fallen ließ. »Die erste Fassung meines Krimis: Langweilig und vorhersehbar. Da ruht man sehr entspannt.«

Phil setzte sich in den Korbstuhl mir gegenüber. »Hast du dir die Dramaturgie noch mal angeschaut?«

»An manchen Stellen schon. Aber dadurch, dass ich lange Zeit nicht konsequent weiterarbeiten konnte, ist es zu einem Flickwerk verkommen. Den Protagonisten würde ich samt Sohn und dessen Freunden am liebsten auf den Mond schießen. Damals fand ich seine Art, die Dinge anzugehen, sympathisch. Aber im Grunde sind es die reinsten Weicheier.«

»Das Wichtigste sind eine gute falsche Fährte«, sagte Phil, »und überraschende Wendungen. Hast du so etwas auch drin?«

Ich zog die Beine unter mich und lehnte mich auf eines der großen Kissen. »Nicht so richtig.« Ich hatte zwar eine falsche Fährte, aber sie glich eher einer lahmen Spur. Und eine Wendung gab es schon gar nicht.

»Wenn du mich fragst, bleibt dir nichts anderes übrig, als die Story in ihre Einzelteile zu zerlegen«, sagte Phil. »Reduzier deine Geschichte auf drei Punkte: Konflikt – Handlung – Ziel. Kennst du diese Vorgehensweise?«

Ich zog eine Grimasse. »O ja. Aus einem früheren Leben.«

»Ein Beispiel zur Veranschaulichung«, sagte Phil. »Nehmen wir den Film ›Schindlers Liste‹. Konflikt ist: Schindler stellt sich gegen die Nazis. Handlung: Er riskiert sein Leben und seine Firma. Ziel: Das Leben von Juden zu retten.« Er sah mich an. »So. Und jetzt du!«

Phils Elan war ansteckend. Ich schloss die Augen und konzentrierte mich. »Walter Millar, der mit seinem Sohn Ben ein Antiquariat betreibt, kauft den Nachlass eines Kriminellen. Allerdings wissen sie nicht, dass ein mit wichtigen Codes versehener Foliant darunter ist, der für eine Gangsterbande überlebenswichtig ist. Später wird den beiden klar, dass sie einigen Menschen das Leben retten können, wenn sie die Codes in dem Buch als Erste knacken. Dabei geraten sie und ein paar von Bens Freunden in Lebensgefahr.«

»Na also«, sagte Phil. »Klingt, als würde Weichei eine durchaus interessante Wandlung durchmachen. Aber wenn du den jetzt gegen einen anderen Charakter austauschst …«

»… verändere ich die Geschichte, weil der Charakter einer Figur die Handlung bestimmt«, ergänzte ich seinen Satz. »Ich weiß. Aber ein Charakter entsteht erst, wenn man begreift, was ihm fehlt. Und solange ich nicht genau weiß, wie dieses Defizit aussieht, weiß ich auch nicht, was er will. Verstehst du? Wahrscheinlich ist er deshalb bisher so ein Schlappi.«

»Wenn man einem Schlappi ein paar Konflikte um die Ohren haut, kommt der schon in die Gänge«, brummte Phil. »Ich habe mal an einem Film mitgearbeitet, in dem es um einen Mann ging, der große Angst davor hatte, sich als schwul zu outen. Er befürchtete, alles würde zusammenbrechen.«

»Und dann hat ihn ein anderer geoutet?«

»Genau. Und so wurde dieser passive Typ zum Handeln gezwungen. Das klassische Beispiel, aber es hat gut funktioniert.«

Schweigend hingen wir unseren Gedanken nach und beobachteten, wie die Sonne nach Westen wanderte, das Licht über dem Meer weicher wurde.

»Das ist eine gute Idee. Ich traue mich morgen und zerlege die Geschichte in ihre Einzelteile«, nahm ich den

Faden wieder auf. »Würdest du mir helfen, wenn ich nicht weiterkomme?«

»Na klar. Vielleicht beginnst du damit, dass du alles Mögliche über die Familie Millar zusammenträgst. Was essen, was trinken sie gern? In welchen Fächern waren sie gut in der Schule? Wovon träumen sie? Welche moralische Werte stehen für sie an erster Stelle, was ist ihnen wichtig in einer Beziehung?«

»Wenn das so einfach wäre ...« Ich nahm einen Schluck Wein.

»Beginnen wir doch mit dir«, sagte Phil. »Erzähl mir sieben Sachen über Nora!«

Ich überlegte kurz. »Nora ist achtundvierzig Jahre alt, Einzelkind und in Berlin aufgewachsen ...«

Phil schüttelte den Kopf. »Ich meine eher persönliche Dinge. Die nicht in deinem Lebenslauf stehen.«

Ich rief mir seine Vorschläge für die Millars ins Gedächtnis. »Bratkartoffeln gehen immer, und ich liebe dunkle Schokolade. Vor allem in Kombination mit einem guten Bordeaux oder einem rauchig-torfigen Whiskey. In der Schule habe ich gern Sprachen gelernt, obwohl da nicht allzu viel hängen geblieben ist. Mathe fand ich zwar spannend, aber bis ich alles kapiert hatte, war der Lehrer bereits zwei Kapitel weiter.« Ich nahm einen Schluck Wein. »Damit wären wir schon bei meinen Träumen. Immer, wenn ich gestresst bin, träume ich, dass ich ins Abitur muss. Ich habe keine Ahnung vom Stoff, weiß nicht, wie ich vorzensiert bin, und bin kilometerweit von meiner Schule entfernt.«

Phil grinste. »Das kommt mir bekannt vor. Bei mir sind es Lateinprüfungen, und ich wache schweißgebadet auf.« Lachend stießen wir an.

»Und was Beziehungen betrifft …« Ich schaute aufs Meer hinaus. »Ehrlichkeit ist mir wichtig. Ich möchte mich auf Freunde verlassen können. Leider habe ich in den vergangenen Jahren schlechte Erfahrungen gemacht und muss erst wieder üben, jemandem zu vertrauen.« Ich sah Phil an. »Möchtest du noch mehr wissen?«

»Dein Freund hat dich einfach sitzen lassen?«

»Einfach war in dieser Beziehung gar nichts. Paul hat mir Thomas bei einer Vernissage vorgestellt. Er war verheiratet, aber wir haben uns verliebt. Es war alles wie verhext. Als Thomas bei mir einzog, rechnete ich stündlich damit, dass er mich wieder verlässt. Doch das geschah erst, als ich ihn wirklich in mein Leben gelassen hatte und hoffte, er würde mir in einer schweren Zeit zur Seite stehen. Genau dann verschwand er. So plötzlich, wie er gekommen war.«

»Zurück zu seiner Frau.«

Ich nickte. »Er hatte sich bei der Trennung ihr gegenüber sehr unfair verhalten. Ich hätte also wissen müssen, dass mich nichts Besseres erwartete.«

Dass er mich aber just dann verlassen würde, als mein gesamtes Leben aus den Fugen geriet, damit hatte ich nicht gerechnet. Auch nicht damit, dass alles so weiterging, als wäre nichts passiert. Es wurde hell, es wurde dunkel und dazwischen funktionierte ich, so gut ich konnte. Ich versuchte zu schreiben, kaufte ein, kochte, aß, las die Zeitung und sah mir ab und zu im Fernsehen die Nachrichten an. Aber es fühlte sich an, als wäre ich in ein Vakuum geraten. Seit dem Augenblick, als er die Tür hinter sich zuzog. Seit sich seine Schritte treppabwärts entfernten.

»Aber das ist Vergangenheit«, kürzte ich das Thema

ab. »Erzähl mir lieber von Phil. Und wie es ihn nach England verschlagen hat.«

»Mit meinem Freund Stefan kam ich zuerst nach London. Eigentlich war nur ein halbes Jahr geplant, aber ich bin hängengeblieben. Im Lauf der Zeit ging jeder von uns seinen eigenen Weg, aber wir arbeiten hin und wieder zusammen. Er produziert Filme fürs Fernsehen.« Phil überlegte. »Über ihn habe ich auch Paul kennengelernt. Und wie schon erzählt, habe ich dann spontan zugeschlagen, als das Cottage zum Verkauf stand. Wie das Leben eben so spielt.«

»Leider spielt es manchmal verrückt«, sagte ich gähnend. Der Wein stieg mir allmählich zu Kopf, und ich war hundemüde.

Phil gähnte ebenfalls. »Dann folgen wir einfach Smugglers Beispiel.« Er stand auf und blieb vor meinem Schreibtisch stehen. »Gute Nacht, Kleiner.« Zärtlich strich er dem Kater über den Kopf, und ich ertappte mich bei dem Gedanken, dass Phil bestimmt ein sehr zärtlicher Liebhaber war.

Wir traten vor die Tür. Der Himmel über uns war klar, erste Sterne kamen zum Vorschein.

»In Berlin hat man nachts nie so einen Blick.«

»Da wird es auch nie richtig dunkel.« Phil fasste mich sanft an der Schulter. »Schlaf gut. Und danke für den Fisch und den schönen Abend!«

»Ich danke dir!« Spontan stellte ich mich auf die Zehen und drückte ihm einen Kuss auf die Wange. Es geht doch nichts über schwule Freunde, mit denen man über Gott und die Welt reden kann, ohne dass sie einem zu nahe kommen.

Im Wintergarten saß Smuggler auf der Fensterbank und putzte sich. Ich setzte mich zu ihm. Es war fast zehn. Morgen war der längste Tag des Jahres, und ein paar Häuser leuchteten im letzten Abendlicht.

»Schade, dass ich dich nicht interviewen kann«, sagte ich. »Ich würde gern erfahren, wie du auf diesem winzigen Vorsprung gelandet bist. Und wo du eigentlich hingehörst.«

Wie zur Antwort sprang Smuggler auf meinen Schoß und rieb sein Köpfchen an meinem Arm. »Nein, hier gehörst du nicht hin«, widersprach ich. Aber er rollte sich zusammen und seufzte zufrieden. In dem Punkt waren wir wohl unterschiedlicher Meinung …

9

Smuggler konnte meine Fragen zwar nicht beantworten, doch glaubte ich, ihn von Tag zu Tag besser verstehen zu können. Mau war nicht Mau, so viel hatte ich bereits gelernt. Und er wurde immer gesprächiger.

Wenn er frühmorgens durch das Haus fegte, stieß er begeisterte Schreie aus, die wie »Rah-wau!« klangen. So, als wolle er mir mitteilen, dass ein neuer Tag geliefert worden war und wir das auf der Stelle feiern sollten. Es gab Momente, in denen er leise vor sich hinmurmelnd durchs Haus tigerte, als würde er das Für und Wider einer Sache mit sich selber diskutieren. Und es gab das Begrüßungsmiauen, das oft so fragend klang, dass ich ihm automatisch erzählte, wo ich gewesen war.

Überhaupt ertappte ich mich immer häufiger dabei, dass ich mit ihm redete wie Mrs Ashe: »Na, wo hast du dich jetzt wieder herumgewälzt, lass mal sehen, du Fusseltiger, nein, so kannst du nicht auf den Tisch, putz dich erst mal, genau, so ist schon besser. Ja, wunderbar, ab in den Karton mit dir, he, lässt du den Stift in Ruhe!?«

Wenn Smuggler Hunger hatte und ich ihm seine Wünsche nicht sofort erfüllte, stieß er Schreie aus, als hätte er schon tagelang nichts bekommen. Begleitet wurde dieser Protest von einem Blick, der besagte, dass er kurz davor wäre, Amnesty anzurufen, um sich über diesen katzenfeindlichen Haushalt zu beschweren. Ging ich dann mit ihm in die Küche, waren alle Vorwürfe vergessen, und er sprang mir freudig um die Beine.

Hatte er bisher alles, was ich ihm hingestellt hatte, begeistert weggeputzt, änderte sich das am Tag nach seiner ersten Fischmahlzeit. Offensichtlich hatte er kapiert, dass das, was die Zweibeiner auf dem Teller hatten, viel interessanter war und er sah mich an, als wolle er mir sagen, es sei Zeit zu tauschen – ab heute Schinken für ihn und Thunfisch-Brekkies für mich.

»Das kannst du vergessen«, sagte ich streng. Um ihm im nächsten Augenblick ein kleines Stückchen Schinken zu geben.

»Geht doch«, besagte sein Blick. Dann machte er sich zufrieden über das Trockenfutter her, als gäbe es nichts Besseres auf der Welt.

»Heute werde ich mir den Aufbau meiner Geschichte genau anschauen«, sagte ich, als wir in den Wintergarten gingen. »Heute werde ich alles geraderücken. Danach wird das Schreiben ein Spaziergang sein.« Hoffte ich.

Ich öffnete die Datei. Doch als ich sah, dass Alex mir geschrieben hatte, beschloss ich, das Sezieren der Handlung noch ein wenig hinauszuschieben.

Liebe Nora,
da staune ich nicht schlecht. Kaum bist Du in Cornwall, hast Du Dir auch schon einen Kerl angelacht. Das freut mich für Dich. Du behauptest zwar immer, von Männern die Nase voll zu haben, aber es klingt so, als würde der verschmuste Typ Dir guttun. Daher verstehe ich nicht, warum Du ihn unbedingt bald loswerden willst. Also, meine Liebe, her mit den kleinen intimen Details! Ich warte …
Gar nicht neugierig: Alex

Hallo?! Ließ meine letzte Mail wirklich darauf schließen, dass ich einen *Lover* hatte?

Liebe Alex,
ich glaube, hier liegt ein Missverständnis vor. Phil ist in der Tat ein hinreißender Typ, der auch Dir gefallen würde: Er ist groß und schlank, hat kurze dunkle Haare, mit vereinzelten grauen Strähnen und einen wunderbar trockenen Humor. Abgesehen davon kocht er hervorragend, trinkt gern Wein, und man kann sich gut mit ihm unterhalten. Er ist zwar Kameramann, aber auch in Sachen Dramaturgie bewandert und hat mir schon ein paar sehr wertvolle Tipps für meinen Krimi gegeben. Doch geschmust wird kein bisschen, denn er ist schwul. In meiner Mail war die Rede von Smuggler, der sich immer nachts ins Haus schleicht ... Was ich dagegen unternehmen kann, weiß ich nicht.
Ich hoffe, Du bist nun mit den Einzelheiten zufrieden?
☺ Nora

Kaum hatte ich mein Manuskript aufgerufen, kam eine Antwort von Alex herein:

Nora!!!
Jetzt verstehe ich gar nichts mehr. Es gibt einen Schmuggler, der sich nachts zu Dir ins Haus schleicht? Du lieber Himmel, ist das gruselig! An Deiner Stelle würde ich kein Auge zumachen! Jetzt verstehe ich allmählich, warum es immer heißt, Cornwall sei sagenumwoben ...
Sehr beunruhigt: Alex
Ich lachte so laut, dass Smuggler, der sich gerade in

seinem Karton zusammengerollt hatte, erschreckt zu mir aufsah.

»Sorry, Kleiner, aber du sorgst gerade für eine Menge Missverständnisse!« Ich strich ihm beruhigend über das weiche Fell. »Schlaf ruhig weiter, ich kläre das schon.«

Ich wollte Alex gleich antworten, sah jedoch, dass eine weitere Nachricht eingegangen war. Von Ralf, mit dem ich vor gefühlten hundert Jahren zusammen gewesen war.

Liebe Nora,
ich bin gerade in Süd-England unterwegs und habe erfahren, dass Du zur Zeit in Pauls Haus wohnst. Was dagegen, wenn ich vorbeikomme? Wir haben uns so lange nicht gesehen, und ich würde mich sehr freuen, Dich zu treffen. Alles Liebe, Ralph

O nein … Wenn irgendjemand nicht mit meiner Liste vereinbar war, dann Ralf. Er war unsensibel, selbstverliebt und seine Vorfreude auf ein Wiedersehen teilte ich kein bisschen.

Liebe Alex,
Smuggler ist kein Schiffe plündernder Mann, sondern ein kleiner Kater, dem ich vor ein paar Tagen das Leben gerettet habe. Blöderweise weicht er mir seitdem nicht mehr von der Seite. Egal, wie oft ich ihn vor die Tür setze, er findet einen Weg zurück ins Haus. Ich habe keine Ahnung, wie ihm das gelingt. Du brauchst Dir also keine Gedanken machen. Ich bin nicht in Gefahr. Sollte sich die Situation ändern, melde ich mich unverzüglich. LG, Deine Nora.

PS. Ralf (ja, DER Ralf) hat gehört (verdammt von wem???), dass ich bei Paul wohne, und will mich besuchen. Wie kann ich das bloß abbiegen?

Alex war sofort zur Stelle.

Ach Nora,
ein Katerchen ... wie süß! Danke für die Aufklärung, meine Liebe ☺
Die Sache mit Ralf habe ich verbockt. Vor ein paar Tagen habe ich ihm abends in der Kneipe getroffen. Er wollte wissen, wie es Dir geht, und ich habe erzählt, dass Paul in Kanada sei und Du in seinem Haus in Cornwall bist, um zu schreiben. Daraufhin überlegte er halblaut, wo Paul wohne, und ich Trottel habe ihm den Ort in der nächsten Sekunde genannt. Im nächsten Moment verkündete er freudig, dass er bald in die Gegend fahren müsse und Dich ja besuchen könne. Das ist sicher wieder eine seiner Schnapsideen. Verlass war auf den Typen schließlich noch nie. Jetzt aber schnell an die Arbeit!
Bis bald! Alex

Alex hatte recht: Ralf hatte immer viele Pläne gemacht, aber selten umgesetzt. Und sollte er hier tatsächlich aufkreuzen, würde ich weitersehen. Jetzt aber wartete meine Geschichte. Nur rasch eine Tasse Kaffee holen.

Als ich zurückkam, saß Smuggler neben der Laptoptastatur und verfolgte mit einer Pfote die Bewegungen meines Bildschirmschoners.

»O nein! Da hast du nichts zu suchen! Wenn wir einen Film schauen, darfst du gerne in der ersten Reihe sitzen, aber auf diesem Tisch gelten andere Gesetze.« Ich packte den Kater und setzte ihn in seine Schachtel. »Entweder hier, oder du fliegst raus. Kapiert?«

Smuggler sah mich an, als würde er jedes einzelne Wort verstehen. Und wieder einmal fragte ich mich, ob *ich* hier vielleicht der Untermieter war. Surfte er nachts im Internet herum, während ich schlief?

»Ist schon gut«, sagte ich versöhnlich. »Aber wenn du mich bei der Arbeit störst, gibt es kein Pardon. Denk an meine Liste!«

Ich ließ das gestrige Gespräch mit Phil Revue passieren und nahm mit Walter Millar Kontakt auf. Allerdings nicht mit Hilfe der Interview-Variante, sondern mit einer anderen Übung, bei der man sich in die Figur hineinversetzte.

Ich schloss die Augen und versuchte es zuerst mit Walter Millar. Ich ging im Antiquariat umher, roch die staubigen Bücher in den Regalen und spürte seine große Unsicherheit. Stellte fest, dass der Laden wie eine Festung für mich war. Dass ich erst gar nicht vor die Tür gehen wollte, weil ich nicht wusste, was mich da draußen erwartete.

»Ich heiße Walter Millar und die Welt macht mir Angst. Am liebsten bleibe ich in meinen eigenen vier Wänden und lasse die Leute zu mir kommen.« Ich dachte an die Gangster, die ich ihm auf den Hals gehetzt hatte. »Wenn ich in Gefahr bin, leugne ich das. Versuche, meine Welt so zu gestalten, wie sie mir besser gefällt.«

Mit einem Ruck setzte ich mich auf. Verdammter Schlappschwanz! Was hatte mich damals bloß dazu getrieben, mir so einen Protagonisten zurechtzuschreiben? Wie monoton schon sein Name klang: Wal-ter Mil-lar. Zum Einschlafen langweilig.

»Kann gut sein, dass ich dir eine völlig neue Identität verpasse, mein Lieber«, sagte ich ins Leere hinein. »Ein guter Autor liebt alle seine Figuren. Aber so kriege ich das beim besten Willen nicht hin!«

Als weitere Versuche, mich Millar zu nähern, ebenfalls scheiterten, beschloss ich, mich zuerst um Dramaturgie und Szenenplan zu kümmern. Millars Defizit musste warten.

Die Anfangsszene, die den Leser in die Geschichte hineinziehen sollte, gefiel mir nach wie vor gut und ich ließ sie unverändert. Danach nahm ich das Ereignis unter die Lupe, das die Geschichte ins Rollen brachte, und schrieb es in Stichpunkten nieder: Die Familie des verstorbenen Eduard Winter ruft Millar an, Millar und Sohn Ben fahren hin und machen sich keine weiteren Gedanken darüber, ob das Konsequenzen für sie haben könnte. Warum auch.

Nächste Szene: Die Leute, die Winter erschossen haben, beobachten, wie die Millars die Bücher einladen. Sie sind ihnen zuvorgekommen und haben nun das Buch in ihrem Besitz, hinter dem die Bösen her sind. Die Spannung steigt. Jetzt die Sache mit den Schritten, die Ben auf dem Heimweg zu hören glaubt, die Männer im Hinterhof und die Drohung an der Wand. Dann der Besuch eines der Männer bei Millar im Antiquariat.

Automatisch sah ich nach, ob die Katermafia sich im Garten herumtrieb, aber die Luft war rein. Ein Glück, denn Smuggler war zu einem Spaziergang aufgebrochen, ohne dass ich es bemerkt hatte.

Allmählich flutschte die Arbeit. Ich schrieb, bis die Blockseiten zu klein waren. Ich brauchte Platz.

Ich schob Stuhl und Sofa zur Seite, schrieb Szenen und

Querverweise auf einzelne Zettel und legte sie in der richtigen Reihenfolge auf die Fliesen.

Es ging weiter: Millar erzählte dem Besucher in seiner Angst von einem Lager, in dem er die Bücher vor dem Katalogisieren lagert. Dabei handelt es sich um eine alte Garage, aber er will die Männer von seinem Geschäft weglocken. Es scheint ihm zu gelingen. Schnitt.

Als Nächstes führt er sie auf die falsche Fährte, indem er einen Karton mit wertlosen Taschenbüchern dort abstellt. Natürlich wird er beschattet. Hinweis auf das Aussehen der Typen für den Leser. Und Spitznamen, die er ihnen verpasst.

Naiv, wie er ist, glaubt er, die Männer los zu sein, als Polizisten vor der Tür stehen. Die alte Garage ist in Flammen aufgegangen und sie ermitteln. Millar weiß angeblich von nichts. Ben wird aber klar, dass diese obskuren Gestalten keiner harmlosen Straßengang angehören und versucht, seinem Vater das verdeutlichen. Schnitt.

Der Boden wurde immer voller, und die Arbeit begann, mir wirklich Spaß zu machen. Endlich kam ich voran, endlich sah ich Licht am Horizont.

Inzwischen hatte Millar die codierten Seiten kopiert, und während ich mir überlegte, wo er sie verstecken könnte, fiel mein Blick auf Smugglers Schlafkarton. Das war's! An so einer Stelle würde kein Mensch nach wichtigen Unterlagen suchen. Ich notierte die Idee auf einem weiteren Blatt, legte es an die richtige Stelle und freute mich, den Dackel gegen einen Kater ausgetauscht zu haben.

Gedankenverloren ging ich die lange Notizenstraße entlang, verschob Hinweise, fügte weitere Schnipsel und Pfeile hinzu und wunderte mich, dass ich diese Arbeitsweise nicht schon eher für mich entdeckt hatte.

Als ich fast bei der Terrassentür angelangt war, stieg ich vorsichtig über die Zettel der Gliederung hinweg und setzte mich an den Schreibtisch. Jetzt war es an der Zeit, alles festzuhalten.

Meinen Laptop auf dem Schoß schrieb ich los. Bis mich etwas aufhorchen ließ.

Nein. O NEIN!

Zu spät. Mit einem begeisterten »Ra-wau!« stürzte Smuggler aus dem Wohnzimmer herein, fegte durch mein Tageswerk und kam erst kurz vor der Gartentür zum Stehen.

Unfähig, mich zu rühren, beobachtete ich, wie die Zettel durch die Luft wirbelten und an völlig falschen Stellen wieder landeten. Eine Szene landete direkt auf Smugglers Kopf, bevor sie ihm auf die Pfoten rutschte.

Mir schossen die Tränen in die Augen. Die ganze Arbeit war für die Katz gewesen. Im wahrsten Sinne des Wortes.

Smuggler gab ein verunsichertes »Mau?« von sich. Er verstand, dass etwas falsch gelaufen war.

»Komm her ...« Lockend streckte ich die Hand nach ihm aus. Als Smuggler schnurrend vor mir stand, packte ich ihn unsanft, stieg über den Informationswust am Boden und öffnete die Tür zum Garten.

»Genau aus diesem Grund gibt es bei Punkt 1 den Zusatz *Und schon gar keine Katze*. Weil sie nur Ärger machen!«

Dann warf ich ihn hinaus und schloss die Tür. Die Tür zum Wohnzimmer schloss ich ebenfalls.

Wie gern hätte ich die Tür zum Wintergarten jetzt hinter mir zugemacht und wäre gegangen. Doch genauso würde Millar reagieren. Endlich konnte ich das Defizit meiner Hauptfigur benennen: Er ging Problemen grundsätzlich aus dem Weg. Er musste lernen, sich ihnen zu stellen und sich durchzubeißen.

Ich ging ihm mit gutem Beispiel voran. Ich sammelte sämtliche Zettel ein, sortierte sie vor und legte sie wieder in richtiger Reihenfolge auf den Boden. »Bleib ruhig, Nora. Du hast alle Zeit der Welt und keiner stört dich.«

Letzteres stimmte nicht ganz. Smuggler war ins Haus zurückgekehrt. Und während ich mit dem Zettelchaos kämpfte, attackierte er die geschlossene Tür zum Wintergarten. Dabei jaulte er, als würde die Welt untergehen.

»Du hast deinen Privateingang. Das Essen steht in der Küche!«, rief ich ihm zu und kehrte zu meiner Geschichte zurück, wo die Situation immer brenzliger wurde. Millar überlegte allen Ernstes, ob er den brisanten Folianten nicht lieber herausrücken sollte.

Da hatte er die Rechnung ohne mich gemacht. Über Ben und dessen Freunde verklickerte ich ihm, dass er damit das Leben unschuldiger Menschen aufs Spiel setzte. Als er das endlich verstanden hatte, wischte ich seine Bedenken fort und verpasste ihm eine große Portion Durchhaltevermögen und Grips.

Auch Smuggler war weit davon entfernt, aufzugeben. Er kratzte wie besessen an der Tür, aber ich dachte nicht im Traum daran, ihn hereinzulassen. Vielmehr setzte ich mich an mein Laptop und schrieb die Reihenfolge der Szenen mit allen Querverweisen und Gedankengängen in eine neue Datei.

Eine Stunde später sah mein Krimi schon anders aus. Und die Familie Millar ebenso.

Auch Smuggler hatte in der Zwischenzeit dazugelernt. Nachdem alles Kratzen und Jammern vergeblich war, sprang er nun maunzend an der Tür hoch. Und just als ich die Datei sicherte, hatte er es geschafft, die Klinke herunterzuziehen und die Tür zu öffnen. Mit einem lauten Jubelschrei sprang er auf den Schreibtisch und setzte sich in seine Schachtel. »Da staunst du, was?«, sagte sein Blick.

Allerdings …

10

Es dauerte nur wenige Tage, bis Smuggler alle Türen öffnen konnte. Aus diesem Grund mutierte ich zur Frühaufsteherin, denn nur die Haustür und die Tür zum Garten ließen sich absperren.

Das Spiel begann in der Regel gegen sechs: Meine Schlafzimmertür schwang auf, und Smuggler teilte mir lauthals mit, dass es höchste Zeit sei, aufzustehen. Um seiner Forderung Nachdruck zu verleihen, tobte er solange auf der Bettdecke herum, bis ich hellwach war und mit ihm hinunter in die Küche ging.

Überhaupt: Für den Kater war das Leben ein Spiel, und er spielte es furchtbar gern. Lag Trockenfutter neben seinem Teller, schnickte er es durch die Küche, baute dabei Hindernisse ein und hatte einen Heidenspaß.

Noch schöner war es, wenn ich eine der gefüllten Knuspertaschen in den Flur warf. Dann raste er hinterher, konnte auf den glatten Holzdielen nur schlecht bremsen und knallte nicht selten gegen die Haustür. Doch das schien ihm nicht das Geringste auszumachen. Sobald er die kleine Leckerei gefuttert hatte, sauste er zu mir zurück, und wir gingen in die nächste Runde.

Es war eine echte Win-win-Situation. Er hatte Spaß, und der Schinken blieb dort, wo er hingehörte: auf meinem Teller.

»Ich werde anregen, dass diese Disziplin bei der Olympiade zugelassen wird«, sagte ich, während ich die nächste Knuspertasche in den Flur warf. »In der vierpfotigen Leichtgewichtsklasse gewinnst du sicher Gold.«

Doch nicht nur die Sache mit den Türklinken hatte er verstanden. Seit dem Abend, als ich mit Phil zusammen gekocht hatte, war bei Smuggler ein Sensor aktiviert worden: Sobald er Schneidegeräusche auf dem Küchenbrett oder Messerwetzen hörte, kam er angeflitzt. Egal, wie tief er zuvor geschlafen hatte.

Nach unseren Frühstücksritualen gingen wir zusammen zur Arbeit. Ich schlug mich mit Millar und Konsorten herum, während Smuggler die bereits geschriebenen Seiten im Karton noch mal überschlief. Wobei erwähnt werden sollte, dass er in seiner Disziplin wesentlich erfolgreicher war als ich in der meinen.

In den letzten Tagen war ich dank meiner neuen Herangehensweise gut vorangekommen, doch nun trat ich wieder auf der Stelle. Die Originalidee war ja eine völlig andere gewesen. Aber weil ich auf eindringlichen Wunsch des Verlags ein paar Jugendliche mit ins Boot genommen hatte, schlug ich mich nun mit Charakteren herum, die komplett überflüssig waren.

»Und was wäre, wenn du dem Verlag mitteilst, dass du das Projekt cancelst?«, meldete sich eine leise Stimme im meinem Kopf. »Was kann schon groß passieren?«

Darauf hatte ich die übliche Antwort parat: Ich hatte dem Verlag mein Versprechen gegeben, das Buch rechtzeitig fertigzustellen. Ich konnte das Lektorat nicht enttäuschen. Schließlich hatten sie immer Verständnis für meine Situation gezeigt.

Außerdem war da der Leitsatz, den meine Mutter schon von ihren Eltern eingetrichtert bekommen hatte und der auch mir in Fleisch und Blut übergegangen war: Was du einmal angefangen hast, bringst du gefälligst zu Ende.

Nachdem ich eine Weile auf den Bildschirm gestarrt hatte, setzte ich mich in den Garten auf die Bank. Möwen flogen über meinem Kopf hinweg und ließen sich laut schreiend vom Wind in die Bucht hinunter tragen. Die Sonne verschwand hinter grauen Wolken, die träge landeinwärts zusammengeschoben wurden. Sie erinnerten an eine dicke Watteschicht. Ich stellte mir vor, dass es in meinem Kopf ähnlich aussah.

Ich hoffte, dass ein starker Kaffee die Hirnwatte verdrängen konnte. Doch als ich mit meiner Tasse in den Wintergarten zurückkam, musste ich feststellen, dass Smuggler sich meinem Problem bereits angenommen hatte. Laut schnurrend lief er über die Tastatur des Laptops und hatte einen angefangenen Satz von Walter Millar auf eigene Art ergänzt: »agcntl78öpÄHgnlödvcC<N V-ÄOÜ8PÖ«

»He!« Erschrocken packte ich den Kater. »Da hast du nichts verloren, hörst du? Solltest du je irgendeine Datei löschen, sieht es schlecht für dich aus!«

Smuggler war nicht im Geringsten von meinem Ärger beeindruckt. Er gähnte, streckte sich ausgiebig und verschwand. Rasch kontrollierte ich, ob seine Mitarbeit weitere Folgen gehabt hatte, aber das war zum Glück nicht der Fall.

Erleichtert beschloss ich, die Sache jetzt konsequent durchzuziehen.

Das gelang mir sogar. Bis Smuggler, der alles andere als konsequent war, mich unterbrach. Wenn er mich in

Maunznähe entdeckte, war der Trick mit der Türklinke vergessen, und ich durfte Portier spielen. Auch jetzt, als ich gerade einem üblen Verbrecher eine Falle stellte, saß er maunzend vor der Tür zum Garten.

»Willst du raus? Na komm, schnell!« Ich öffnete die Tür. Der Kater sah mich an, als wäre ich verrückt geworden.

»Dann eben nicht.« Ich setzte mich wieder an den Schreibtisch und tippte weiter. Was ein sofortiges Jaulen zur Folge hatte.

»Was denn? Hast du Hunger?«

»Mau!« Aha.

Als er keine Ruhe geben wollte, gingen wir in die Küche. Wo ich feststellen musste, dass sein Teller gut gefüllt war. »Also?«

»Ra-wau!«

»Vielleicht ein paar Dreamies? Ein Sahnehäubchen? Ein Sträußchen Petersilie?«

»Mau!«

»Verstehe.« Ich gab ein paar von seinen geliebten Knuspertaschen auf das Futter und fragte mich, wie ich auf die dumme Idee gekommen war, ihm diese Leckerlis zu kaufen. Smuggler machte sich begeistert über das her, was er soeben verschmäht hatte, während ich mich wie ein Vollidiot fühlte und mich wieder an den Schreibtisch setzte. Weit kam ich allerdings nicht.

»Mau!« Jetzt wollte der junge Herr in den Garten. Selbstverständlich öffnete ich ihm die Tür. Kaum draußen saß er krakelend auf der Fensterbank. Draußen war es gar nicht so angenehm. Und ich verstand den Spruch, den ich früher belächelt hatte: »Hunde haben Herrchen, Katzen haben Personal.«

Während Smuggler sich einer ausgiebigen Katzenwäsche unterzog, verstand das Personal, dass es mit der Arbeit vorerst vorbei war. Der Hausherr hatte die zarten Ideen, die ich zum Thema *falsche Fährte* gehabt hatte, erfolgreich abgeschossen und sie waren mausetot.

Ich sicherte die Datei. Zur Feier des Tages würde ich selber inkonsequent sein. Zum Teufel mit meiner Arbeitsmoral und dem Leitsatz meiner Mutter. Ich würde nach Helston fahren und dort inkonsequente Recherche betreiben. Diese Kleinstadt war ähnlich spannend wie mein Krimi, aber wer weiß? Vielleicht fand ich gerade dort die nötige Inspiration. Abgesehen davon war der Kühlschrank leer.

11

Dem kornischen Wetter waren Leitsätze völlig fremd. Stand ihm der Sinn nach Sonne, ließ es sie spontan vom Himmel scheinen. War ihm eher nach Untergangsstimmung, zauberte es tiefschwarze Wolken aus dem Nichts. Einerlei, was die Meteorologen im Vorfeld dazu gesagt hatten.

So auch, als ich mich gegen zwei auf den Weg machte. Kaum saß ich im Auto, kam ein Platzregen herunter, der seinem Namen alle Ehre machte. Doch so plötzlich die Wolkendusche losgegangen war, so schnell war sie wieder vorbei und fast erwartete ich ein höfliches »I beg your pardon!« von oben.

Kurz vor Helston warf ich meine Pläne ein weiteres Mal über den Haufen. Wenn schon inkonsequent, dann richtig. Vielleicht war das der Trick, aus diesem Teufelskreis herauszukommen?

Ich bog am nächsten Kreisel Richtung Porthleven ab und fuhr durch eine parkähnliche Landschaft meinem neuen Ziel entgegen. Die Straße, die in den kleinen Ort führte, war komplett zugeparkt, aber neben einem kleinen Supermarkt fand ich einen Parkplatz. Ich fütterte den Automaten mit einer Pfund-Münze und wandte mich dem Hafen zu.

Es war nicht viel los. Bunte Boote wiegten sich in den Wellen, und an der Kaimauer tauschten ein paar alte Männer Neuigkeiten aus. Die schmale Harbour Road war gesäumt von Souvenir- und Kunsthandwerkläden, bevor sie an einer langen Reihe von kleinen weißgetünchten Cottages in die Hafeneinfahrt mündete.

Der Wind nahm zu, die Wellen wurden höher und höher. Ich schlug meinen Kragen hoch und lief am Clock Tower hinaus auf den Pier. Trotz des Wetters waren einige unerschrockene Windsurfer unterwegs. Große Kerle mit kurzen Haaren, die mich an Phil erinnerten.

Ich hatte ihn in den vergangenen Tagen nicht zu Gesicht bekommen und mir immer wieder den Kopf darüber zerbrochen, ob ich ihm mit meinem spontanen Kuss zu nahe getreten war. Diese Unsicherheit hatte mich auch davon gehalten, ihn um Rat zu bitten.

»Eigentlich brauchst du ihn gar nicht«, sagte ich, während ich zurückging. »Du weißt selber, wie der Hase läuft. Wichtiger ist es, die Scheren aus deinem Kopf zu verbannen, dich stur an deinen Szenenplan zu halten und endlich loszuschreiben. Da kann nichts schiefgehen.«

Schwerbepackt und guter Dinge, kam ich gegen fünf nach Hause. Ich hatte alles für die kommenden Tage eingekauft und würde mich von Früh bis Abend auf meine Arbeit konzentrieren. Nur ein Spaziergang am Mittag, sonst war keine Ablenkung erlaubt. Und sollte das wider Erwarten nicht funktionieren, würde ich zu Phil gehen und seine Hilfe in Anspruch nehmen.

Ich war mit den Einkäufen auf dem Weg in die Küche, als ich ein seltsames Geräusch vernahm. Ich stellte die Taschen ab. Wieder hörte ich es. Neugierig ging ich ins Wohnzimmer, um zu sehen, was los war, aber ich kam nicht weit. Eine Riesenspinne auf langen Beinen krabbelte direkt auf die Schiebetür zwischen Wintergarten und Wohnzimmer zu. Angewidert überlegte ich, wie ich dieses Monster loswerden konnte. Wir beide in einem Raum: nie im Leben!

Bevor mir eine Lösung eingefallen war, übernahm Smuggler die Regie, und ich verstand, was ich vorher gehört hatte. Er sprang auf die Spinne zu und mit einem lässigen Tatzenhieb wischte er sie zurück in den Wintergarten. Leise schlich ich mich heran, um ihn zu beobachten.

Es war ein einfaches Spiel. Sobald Smuggler die Spinne dort hatte, wo er sie haben wollte, drehte er ihr den Rücken zu und putzte sich. Doch kaum wähnte die Spinne sich in Sicherheit und wollte flüchten, sprang er herum und holte sie zurück.

»Die perfekte falsche Fährte.« Fasziniert sah ich zu, wie er diese Strategie wiederholte. Bis er sie mit einem letzten Schlag erledigte.

Während der Kater das Biest mit großem Appetit verspeiste, setzte ich mich an den Schreibtisch und machte mir Notizen. Wer konnte in der Geschichte Spinne, wer Smuggler sein? Wer wähnte sich unbeobachtet? Glaubte Millar, dass die Bande ihn endlich in Ruhe ließ, obwohl sie ihn genau im Visier hatte? Oder sollte ich hier die Freunde von Ben mehr in den Fokus rücken? So konnte ich die eine oder andere Figur elegant einführen, ohne sie groß beschreiben zu müssen und ihre Spitznamen würden sich von selber erklären.

Ich schloss die Augen und klopfte meine Story in Gedanken nach einer geeigneten Stelle ab. Plötzlich schepperte es im Flur. Erschrocken sah ich nach, was passiert war. Smuggler hatte die Tasche mit den Flaschen umgeworfen. Er stand inmitten der Einkäufe und hatte soeben festgestellt, dass er Camembert mochte.

»Nein!« Wütend packte ich ihn, riss die Haustür auf und setzte ihn auf die Stufen. »Jetzt reicht es. Endgültig!«

In Windeseile verstaute ich die Lebensmittel und fuhr mein Laptop hoch. Doch kaum hatte ich die Seiten auf dem Bildschirm, herrschte in meinem Kopf gähnende Leere. Sosehr ich auch grübelte, es fiel mir beim besten Willen nicht mehr ein, wo ich die Idee hätte einfügen können.

Verdammt! Dieser Kater brachte mich noch an den Rand des Wahnsinns.

Buch und Smuggler waren definitiv nicht kompatibel, so viel stand fest. Aber wohin mit ihm? Aussperren war keine Option, genauso wenig wie aussetzen. Ich konnte nur hoffen und beten, dass sich endlich der Besitzer meldete und ihn mit nach Hause nahm. Doch bis es so weit war, würde ich ihn immer wieder vor die Tür setzen. Vielleicht verstand er dann, dass er hier nicht mehr willkommen war.

Mit dem Krimi würde es heute jedenfalls nichts mehr. Stattdessen machte ich mir einen Tee und öffnete die Datei mit den Interview-Fragen von Ricardas Lesern, damit sie nicht ewig warten musste.

Die einfachen Fragen zuerst, beschloss ich.

Wie sieht ein normaler Schreibtag bei Ihnen aus? Und was ist Ihnen dabei wichtig?

Die Antwort war klar: *Meistens beginnt mein Schreibtag früh im Bett. Dort kommen mir erste Ideen, die ich auf mein Diktafon spreche. Dann frühstücke ich und gehe sofort an den Schreibtisch. Besonders wichtig ist mir dabei, dass ich keine anderen Termine im Hintergrund habe, sondern mich völlig auf den Text konzentrieren kann.*

Das entsprach zwar meinem Wunsch, aber die Realität sah im Augenblick ein bisschen anders aus. Dazu passte die nächste Frage ausgezeichnet:

Was würden Sie in Ihrem momentanen Leben gerne ändern?

Konnte ich auf diese Frage ehrlich antworten? *Zuerst würde ich den Kater, der mich immer wieder aus der Konzentration reißt, auf den Mond schießen*, kam sicher nicht gut an. Ebensowenig, dass es ein Traum wäre, Walter Millar in die Wüste schicken zu können. Schließlich hatte ich ihn selber erschaffen. Ich grübelte noch kurz weiter, dann wandte ich mich der nächsten Frage zu: *Jeder Mensch hat seine Eigenarten. Welche haben Sie?*

Du lieber Himmel ... Sollte ich wirklich meine Macken ausbreiten? Nein. Ein paar Eckpunkte sollten reichen: *Ich trinke meine Tassen nie leer – und werfe sie dann mit Vorliebe um. Ich lese zwanghaft Korrektur, sogar bei Speisekarten im Restaurant. Schiefhängende Bilder treiben mich in den Wahn, und ich gebe erst Ruhe, wenn ich sie geradegerückt habe und ...* Okay, Nora, vor diesem Publikum kannst du's ja zugeben: *Ich kontrolliere regelmäßig das Amazon-Ranking meiner Bücher, obwohl ich weiß, dass es nichts aussagt.*

So. Genug Seelenstriptease. Nächste Frage:

Woher nehmen Sie Ihre Inspiration? Die Frage »*Wer nimmt Ihnen die Inspiration?*« wäre einfacher zu beantworten. Obwohl ich zugeben musste, dass Smuggler auch seine inspirierenden Seiten hat. Wäre da nicht sein Talent, mich jedes Mal wieder ...

Die Klingel bewahrte mich vor weiteren Überlegungen, und ich öffnete die Haustür. Da standen sie, beide in Schwarz-Weiß-Ausführung. Ein großer Zweibeiner und ein Kleiner auf vier Pfoten.

»Ihr könntet als Geschwister durchgehen«, sagte ich lachend. »Weiße Füße, weiße Brust und der Rest in Schwarz. Dir fehlen allerdings die großen Ohren und der Klecks auf der Nase.«

»Der junge Herr tauchte bei mir auf und beschwerte sich«, sagte Phil. »Würde mich nicht wundern, wenn er heute noch nichts zu fressen bekommen hat.«

»Doch, das hat er. Außerdem hatte er zur Tea Time eine fette Spinne und mir hat er anschließend einen halben Camembert weggefressen.«

»Käse schließt den Magen.«

»Und wer zu viel nervt, fliegt raus.« Ich warf Smuggler einen strengen Blick zu. »Frische Luft soll sehr gesund sein für kleine Kater.«

»Soll auch für Schriftsteller gelten«, sagte Phil. »Hast du Lust, mit ins Pub zu gehen? Ich weiß nicht, was in den kommenden Tagen alles auf mich zukommt. Daher schlage ich vor, unser Mittwochessen auf Dienstag zu legen. Was meinst du?«

Wir zogen zu dritt los, doch bald trennten sich unsere Wege. Während Phil und ich den Weg nach Cadgwith hinuntergingen, blieb Smuggler auf einer frisch gemähten Wiese zurück.

»Vielleicht gibt es frische Maus zum Nachtisch«, sagte Phil. »So eine Spinne hält ja nicht lange vor. Hast du bemerkt, wie schnell er wächst?«

Ich nickte. »Hast du eine Ahnung, wie alt er sein könnte?«

Phil überlegte. »Ich schätze, etwa drei bis vier Monate.«

»Ich kann nur hoffen, dass es nicht so was wie ein *Intercat* gibt, wo man, ähnlich wie bei Facebook, andere Katzen zu einer wilden Sause einladen kann. Unter dem Motto: He Freunde, die Zweibeiner sind ausgeflogen. Ab acht Party in Cove View! Und dazu jede Menge Smileys mit Schnurrhaaren.«

Phil ließ sein schönes Basslachen hören. »Du hast wirklich eine blühende Fantasie!«

»Das ist mein Kapital.« Wobei ich ihm verschwieg, dass ich gerade rote Zahlen schrieb.

Unten im Ort war einiges los. Eine Gruppe englischer Jugendlicher saß in der Abendsonne und trank Weißwein, an der Flutlinie stritten sich ein paar Möwen lauthals um einen Fischrest. Phil und ich kletterten auf den Felsen neben dem Hafen und setzten uns auf die Bank.

Es war Ebbe und ein salziger Algengeruch hing in der Luft. »Manchmal glaube ich, dass ich nie mehr in einer Großstadt leben kann«, sagte ich. »Diese Farben, dieses Licht, das Meer ...«

»Dann bleib doch einfach hier.« Phil saß mit geschlossenen Augen neben mir, das Gesicht der Abendsonne entgegengestreckt. »Im Prinzip kannst du doch überall arbeiten, oder?«

»Im Prinzip schon.« Ich beobachtete seine ebenmäßigen Gesichtszüge und überlegte, ob er liiert war. Bestimmt, schloss ich und gratulierte im Stillen dem Mann, der dieses Los gezogen hatte. Dann stand ich auf und verscheuchte die Gedanken aus meinem Kopf. »Aber darüber denke ich ein anderes Mal nach. Jetzt habe ich Hunger!«

Die Jugendlichen waren vom Hafen auf die überdachte Terrasse des Pubs übergesiedelt und saßen vor Tellern mit riesigen Burgern und Fritten.

»Gibt's nur Fast Food?« Das war das Letzte, wonach mir heute der Sinn stand.

Phil schüttelte den Kopf. »Hier gibt es alles, was das Herz begehrt.«

Auch Phil war hier begehrt. Einer der Männer, der an der Theke saß, stand auf und umarmte ihn mehr als herzlich. »Du machst dich rar, mein Lieber«, sagte er. »Wo hast du dich herumgetrieben?«

»Das erzähle ich dir bei Gelegenheit«, sagte Phil. »Heute habe ich Damenbesuch.« Dann führte er mich in den Bereich gegenüber. Wie im eigentlichen Pub zierten auch hier unzählige Bilderrahmen die Wände. Fotos von Rettungsbooten, Jubiläen, singenden Kneipenbesuchern und Riesenfischen im Hafen.

Es war nicht viel los, und die Bedienung wies uns einen der blank gescheuerten Tische hinten am Fenster zu. Dann brachte sie uns die Karten. »Die Tagesgerichte finden Sie dort!« Die junge Frau zeigte auf eine Schiefertafel neben der Tür.

»Das ist ja wie im Schlaraffenland«, sagte ich, während ich das Angebot las. »Wer hätte gedacht, dass es in diesem kleinen Kaff ein so großartiges Restaurant gibt.«

»Der Fisch und die Krustentiere kommen direkt aus dem Meer.« Phil zeigte auf die Tafel. »Auch die Pasteten sind sehr zu empfehlen.«

»Ich nehme ein frischgezapftes Bier und die Scholle. So frisch krieg ich die mein Lebtag nicht mehr.«

»Und? Kommst du jetzt voran?«, fragte Phil, als die Pints vor uns auf dem Tisch standen.

»Wenn Smuggler mich in Ruhe lassen würde, wäre ich sicher schon weiter.« Ich hob mein Glas. »Aber es wird. Und was hast du in den letzten Tagen getrieben?«

»Ich war beim Sommertreffen der Druiden«, sagte Phil nach einem tiefen Schluck.

»Willst du mich auf den Arm nehmen?«

»Nein, im Ernst. Am vergangenen Samstag war Sonnwende, und in dieser Nacht ist in Stonehenge allerhand los. Mein alter Freund Stefan rief überraschend an. Er sollte einen Bericht machen, aber sein Kameramann war ausgefallen. Da bin ich eingesprungen.«

»Ist Stonehenge wirklich so beeindruckend?« Ich war erstaunt gewesen, als ich mich auf dem Weg hierher im Stau direkt vor diesem Monument wiedergefunden hatte. »Ich hatte mir das viel spektakulärer vorgestellt. Und nicht direkt an der A 303, sondern irgendwo am Ende der Welt.«

»An den Sonnwendtagen ist es schon beeindruckend«, sagte Phil. »Die Druiden haben ihren großen Auftritt, die Leute feiern, und man darf ausnahmsweise bis an die Steine herangehen. Manche meditieren still, andere trinken und singen. Aber mit oder ohne Drogeneinfluss, alle sind freundlich und warten auf die erste aufgehende Sommersonne. Und die war in diesem Jahr spektakulär.«

»Aber danach warst du hinüber, oder?«

»Halb so wild. Stefan hatte sein Wohnmobil dabei. Da konnten wir uns gleich aufs Ohr legen.«

Bevor ich mir weitere Gedanken über die beiden Männer machen konnte, kam die Bedienung mit zwei großen Tellern an unseren Tisch. Ein Seafood Medley für Phil und eine Scholle mit neuen Butterkartoffeln für mich. Wir bestellten zwei weitere Pints und begannen zu essen.

Auf meinem Fisch lag ein grünes Gemüse, das ich noch nie im Leben gesehen hatte. Neugierig spießte ich ein paar der streichholzdicken Sprossen auf und steckte sie in den Mund. Sie hatten einen zart-salzigen Geschmack und eine leichte Pfeffernote.

»Kannst du mir verraten, was das ist?«

»Samphire«, sagte Phil. »Meeresspargel. Wächst hier an der Küste. Schmeckt es dir?«

»Ungewohnt, aber lecker.« Schweigend aßen wir, bis beide Teller leer und nur Gräten und Schalen übrig waren. Auf der Terrasse saß niemand mehr, nur eine große Spinne seilte sich langsam vor unserem Fenster ab.

Ich zeigte sie Phil. »Ob ich die Bedienung bitten kann, die als *Catbag* für Smuggler einzupacken?«

Phil grinste. »Vielleicht ist er dann beschäftigt und lässt dich in Ruhe arbeiten. Geht er dir sehr auf die Nerven?«

»Sagen wir es so: Einerseits ist er eine große Bereicherung. Aber er hat das Talent, mich in dem Augenblick zu stören, wenn ich eine Idee einbauen möchte. Und bis er wieder Ruhe gibt, habe ich vergessen, wo.«

»Klingt, als würdest du immer noch kleinteilig herumpuzzeln.«

»Ja, stimmt. Und ich verfluche den Tag, an dem ich mich von meiner Lektorin habe überreden lassen, die Geschichte zu ändern.«

»Da hilft nur eins, Nora. Bau die Einzelteile auseinander, überhole die Szenen und setz erst dann alles wieder zusammen. Dann läuft die Karre und du brauchst keine Angst zu haben, unterwegs liegen zu bleiben.«

»Zum Teil habe ich das ja schon gemacht«, sagte ich. »Aber du hast recht. Morgen mache ich mich sofort an die zweite Hälfte, bevor ich auch nur eine Silbe im Text weiterschreibe.« Ich trank mein Glas aus. »Und was steht bei dir als Nächstes an?«

»Stefans Mitarbeiter ist länger krank, ich werde in nächster Zeit wohl öfter für ihn einspringen.« In diesem Moment klingelte Phils Handy. Er schaute auf das Display. »Wenn man vom Teufel redet.«

Minuten später war er wieder da. »Tut mir leid, ich muss den Abend leider abkürzen. Wir müssen die nächsten Jobs planen, und dafür brauche ich meinen Kalender und den PC. Ist es okay, wenn wir gleich aufbrechen?«

Ein pastellfarbener Abendhimmel begleitete uns auf dem Weg nach Hause. Auf halbem Weg klingelte Phils Handy erneut. Während er telefonierte, drehte ich mich um und schaute auf die Bucht hinunter, wo das Meer hell und ruhig dalag.

»Und ob ich mich gefreut habe, dich wiederzusehen«, hörte ich Phil sagen. »Ja, ich bin bald wieder mit Stefan unterwegs.« Er lachte leise. »Wenn dein Liebster nichts dagegen hat, komme ich gerne.« Er tippte mir auf die Schulter und zeigte mit der freien Hand zu den beiden Cottages oben am Berg. Ich nickte, und während er dem Anrufer weiter zuhörte, setzten wir unseren Heimweg fort.

In der Einfahrt beendete er das Gespräch und steckte das Smartphone in die Tasche. »Entschuldige, so war das alles nicht geplant.« Er sah mich bedauernd an. »Jetzt muss ich mich gleich wieder ans Telefon hängen. Ich hoffe, du bist mir nicht böse.«

»Kein Problem«, sagte ich. »Ich habe noch genug zu

tun.« Ich zog das Schlüsselmäppchen aus meiner Hosentasche. »Wir sehen uns!«

Widerwillig stellte ich fest, dass ich doch enttäuscht war. Ich war gern mit Phil zusammen und hätte nichts dagegen gehabt, mich noch länger mit ihm zu unterhalten.

»Was soll's. Er läuft dir ja nicht davon«, sagte ich laut in den dunklen Flur hinein. »Außerdem bist du nicht auf der Suche nach einem Kerl. Sondern nach einem funktionierenden Ablauf für deinen Krimi!«

Ich knipste ein paar Lichter an und sah nach, ob Smuggler schon nach Hause gekommen war. Er war noch unterwegs, was an den vergangenen Abenden öfter vorgekommen war. Dabei fiel mir die Altersangabe ein, die Phil über ihn gemacht hatte, und ich fuhr mein Laptop hoch. Ich gab *Menschenalter–Katzenalter* ein und erfuhr, dass die vier Katzenmonate meines Mitbewohners einem Menschenalter von sieben bis acht Jahren entsprachen.

Ich dachte an die Zeit zurück, als ich so alt gewesen war. Ich war in die dritte Klasse gegangen, hatte mir sehnlich einen Hund und eine Forschungsreise nach Afrika gewünscht und war unsterblich in einen Jungen im Nachbarhaus verknallt gewesen. Und um diese Uhrzeit hätte ich niemals draußen herumstreunen dürfen. Aber gut, andere Arten, andere Sitten.

Da ich noch kein bisschen müde war, entschied ich mich für einen kleinen Absacker in Form eines Schlucks Laphroiag und öffnete die Datei mit den Interviewfragen.

Ich las die letzte Antwort durch, stellte einen Satz um und war im nächsten Moment mit einer meiner Macken beschäftigt: Ich schaute bei Amazon nach, wie das Ranking meiner Bücher war. Bei einem Krimi, der im letzten Jahr erschienen war, gab es eine neue Rezension. Sowohl die fünf Sterne als auch die Begründung dafür versetzten mich in Hochstimmung: *Überzeugend erzählt, komplex, spannend. Mit vielen überraschenden Wendungen!*

Siehst du, Nora? Es geht doch. Glücklich nippte ich an meinem Whiskey und nahm mir die nächste Interviewfrage vor:

Unter welchen Gesichtspunkten wählen Sie die Handlungsorte Ihrer Bücher aus? Entsteht die Story während der Recherche, oder ist es eher umgekehrt?

Bisher spielten alle meine Bücher in Berlin, wo ich mein bisheriges Leben verbracht hatte. Bei dem aktuellen Projekt hatte ich eine Ausnahme machen wollen und die Handlung ursprünglich nach Nürnberg verlegt. Doch das Lektorat hatte sich auch hier sofort eingemischt: Berlin sei hipper und beliebter als das behäbige Nürnberg. Und ich hatte mich wieder brav gefügt. Wie schon bei der Zielgruppe und dem Dackel für Walter Millar. Verdammt, das musste sich ändern! Ich nahm mir fest vor, beim nächsten Projekt einzig und allein meinem Bauchgefühl zu folgen, und zog eine einfachere Frage vor: *Welche Bücher haben Sie als Kind verschlungen?*

Ich schloss die Augen und war sofort im Paradies meiner Kindheit: die Amerika-Gedenkbibliothek am Halleschen Tor, wo ich viele Nachmittage zwischen den Regalen gewohnt hatte. Schon damals las ich mit Begeisterung Krimis, die Antwort war daher einfach: *Ich liebte es, meine Zeit mit Inspektor Dixon und den Fünf Freunden von Enid Blyton zu verbringen, und träumte davon, ein Mädchen wie George zu sein.*

Ach, die gute alte George. Die hätte sich niemals in ihre Geschichte reinquatschen lassen, dachte ich, während ich müde mein Laptop zuklappte.

Ich brachte das Glas in die Küche, wo mein Blick auf Pauls Haushaltskalender fiel. Morgen kam die Müllabfuhr. Um sie diese Woche nicht wieder zu verpassen, nahm ich die Plastiktasche für Leergut und Altpapier und den vollen Müllbeutel und trug alles die Einfahrt hinauf.

Während ich die Tüte in die Tonne stopfte, sah ich, dass bei Phil in der Küche noch Licht brannte. Ob ich klingeln sollte? Lieber nicht. Wahrscheinlich telefoniert er mit seinem Ex, den er in den kommenden Tagen zu besuchen gedachte, und das wollte ich gar nicht hören. Ich rollte die Mülltonne vor das Tor und sah hinunter auf die vereinzelten Lichter in der Bucht.

Überzeugend erzählt, komplex, spannend. Mit vielen überraschenden Wendungen. Leise wiederholte ich den Inhalt der Rezension. Fest entschlossen, bei meinem neuen Krimi noch einen draufzusetzen.

12

Es war die Ruhe, die mich am nächsten Morgen aus dem Schlaf riss. Kein Amselgesang, kein Möwengeschrei, kein Kater, der maunzend das Bett enterte. Nichts.

Verwirrt schaute ich auf den Wecker. Gleich acht. So lange hatte ich nur an den ersten Tagen geschlafen. Ich ließ mich in die Kissen zurückfallen und dachte an Smuggler. Seltsam, dass er noch nicht aufgetaucht war. Ob ihm etwas zugestoßen war? Mein Magen verkrampfte sich, aber gleich hatte ich eine logische Erklärung für sein Verschwinden: Er hatte endlich den Weg nach Hause gefunden und lag zufrieden bei seinen Leuten auf der Couch. Kein Grund zur Sorge, Nora. Steh lieber auf, der Szenenplan wartet.

Während ich mir ins Gedächtnis rief, wo ich gestern aufgehört hatte, wanderte mein Blick zu der Landkarte neben meinem Bett.

Pigeon Ogo, Gew-graze, Vellan Head, Predannack Wollas …

Mittlerweile klangen die Namen vertraut, obwohl ich die Orte nicht kannte. Aber das würde ich bald ändern. Sobald ich die nächste Etappe geschafft hatte, würde ich mir einen Wandertag schenken. Beflügelt von diesem Gedanken sprang ich unter die Dusche.

Ich steckte gerade zwei Brotscheiben in den Toaster, als ich einen dunklen Schatten im Augenwinkel wahrzunehmen glaubte.

»Na, da bist du ja endlich!« Ich wollte schon eine

Knuspertasche in den Flur werfen, als ich sah, dass ich das Wort an den Mülleimer gerichtet hatte, den ich an der Tür hatte stehen lassen.

»So blöd muss man erst mal sein …« Ich nahm Butter und Schinken aus dem Kühlschrank, stellte sie auf den Tisch und setzte mich. Doch etwas fehlte. Smuggler. Ich musste zugeben, dass ich mir verloren vorkam, so ohne Spiel und Ansprache.

»Andererseits komme ich endlich wieder dazu, beim Frühstück zu lesen. Und kann den Schinken unbeaufsichtigt auf dem Tisch stehen lassen. Auch nicht schlecht!«

Trotz all dieser Vorteile war es ungewohnt, dass er nicht da war. Die Arbeit rief und ich ging in den Wintergarten. Ich checkte meine Mails.

Meine Lektorin wollte wissen, ob ich gut vorankam. Ich antwortete ihr, dass es richtig flutschte. Dann schrieb ich Alex ein paar Zeilen zurück und öffnete die Krimi-Datei.

»Weißt du, jetzt zerlege ich die zweite Hälfte in Einzelteile. Dann überprüfe ich die Dramapunkte und schon kann es losgehen!«

Das bestätigende »Mau!« von Smuggler blieb aus. Es stand nur eine leere Schachtel auf dem Tisch.

»Sei froh, dass du endlich deine Ruhe hast. Keiner bringt dich aus dem Konzept und du kannst dich auf Millar und Konsorten konzentrieren!«

Es lief, wie ich es der Lektorin berichtet hatte, gut. Ich konnte mich völlig in die Arbeit versenken, jeden Gedanken zu Ende denken, ohne dass einer in den Garten oder etwas fressen wollte. Ich machte mir eine Liste mit Stichworten zu den jeweiligen Szenen, ergänzte, strich, und das Gefühl für die Geschichte kam endlich zurück.

Zwischendurch kam es mir immer wieder so vor, als sei Smuggler nach Hause gekommen. Ich hörte ihn an der Gartentür kratzen, sah ihn um die Ecke biegen, und einmal rannte ich sogar in die Küche, weil ich glaubte, dass dort etwas zu Bruch gegangen war. Doch es war lediglich der Wind, der durch das gekippte Fenster das Rollo hatte klappern lassen.

»Er hat den Weg nach Hause gefunden«, sagte ich nach jedem falschen Alarm. »Das ist gut so. Bestimmt freut sich irgendwo eine Familie wie verrückt, dass er endlich wieder da ist.«

Dennoch konnte ich nicht leugnen, dass ich ihn vermisste. Ein klitzekleines bisschen …

Nach einer kleinen Frischluftpause draußen fiel mir auf, wie viel Katzenspielzeug auf dem Boden lag. Überall flogen Bänder und kleine Papierknäuel herum, und unter dem Korbstuhl lagen angeknabberte Zweige, die Smuggler hereingebracht hatte. Außerdem war alles voller Katzenhaare. Ich nahm die Manuskriptseiten aus seiner Schlafschachtel und schüttelte sie draußen aus. Den Rest würde ich überarbeiten, wenn ich mit den Szenen durch war.

Das war wider Erwarten bereits gegen fünf der Fall, und ich konnte mein Glück kaum fassen. »Hab ich dich, Walter Millar!«, rief ich. »Das muss gefeiert werden!«

Ich machte ein paar ausgelassene Tanzschritte hinaus in den Garten. Endlich hatte ich die Blockade überwunden, endlich konnte es weitergehen. Wie flott man doch arbeitete, wenn man nicht gestört wurde. So machte Schreiben Spaß!

Es war angenehm warm, und ich setzte mich auf die Bank. Voller Vorfreude auf den morgigen Tag genoss ich die Sonne. Dachte an die Orte auf der Karte. Vielleicht sollte ich bis ans Südende von England wandern. Lizard Point war nicht sehr weit, und ich könnte unterwegs ein Picknick auf einer der Klippen machen. Vielleicht hatte Phil sogar Zeit und Lust, mich zu begleiten.

Diese Aussicht stimmte mich noch fröhlicher. Doch bevor ich ihn fragte, wollte ich mein Tagwerk noch einmal durchlesen und mich über diesen Meilenstein freuen. Ich kehrte zurück ins Haus.

Entspannt überflog ich die einzelnen Seiten, las die Stichworte leise vor. »Hier kommt der Pirat zu Millar und erpresst ihn ... Im nächsten Kapitel die Sache mit Ben und seinem Kumpel Mammut, der Pirat bringt Mammut um, Schnitt ... Gespräch zwischen dem Paten und Bens Freunden Yep und Gooley ... Dann Walter Millar mit dem Folianten, Ben und Mammut nehmen sich den Piraten zur Brust ...«

Plötzlich schnappte ich nach Luft. Was jedoch nicht an der spannenden Wendung lag, sondern daran, dass mir etwas seltsam vorkam. War Mammut nicht schon längst ... Alarmiert scrollte ich zum dritten Kapitel zurück. Verdammter Mist! Verdammte Spitznamen! Ich hatte Mammut dort bereits sterben lassen! Was bedeutete, dass er im fünften Kapitel keinen mehr zur Brust nehmen konnte.

Entsetzt machte ich eine weitere Stichprobe. Und fand einen zweiten Fehler. Noch ein Toter, der fünfzig Seiten später quicklebendig wieder mitmischte. Noch schlimmer war: er hatte in dieser Szene eine Funktion, die keiner der anderen einfach übernehmen konnte. Wie hatte das passieren können?

Die Antwort war schnell gefunden: Ich hatte in den verschiedenen Phasen der Überarbeitung die Echt- und Spitznamen meines Personals mehrmals geändert und dies nur auf einzelnen Zetteln festgehalten. Nun waren Figuren unterwegs, die seit mehreren Kapiteln schon das Zeitliche gesegnet hatte. Ich war über meine eigenen falschen Fährten gestolpert.

Ich sah den gesamten Plot in sich zusammenfallen. Spürte, wie sämtliche Energie aus mir wich. Fühlte mich wie ein Trapezkünstler, der ins Wanken gekommen war. Wieder nur Arbeit. Keinen freien Tag, keine Wanderung, kein Picknick mit ...

Phil! Mein Retter in der Not! Ich konnte ihn bitten, mir bei dem Namenschaos zu helfen. Mit ihm zusammen würde ich die Sache bestimmt schnell im Griff haben. Schließlich hatte er Abstand zur Story, und ich hatte ja schon viel Vorarbeit geleistet.

Doch diese Hoffnung wurde im Keim erstickt. Vor der Tür seines Hauses stand ein großer Koffer, und Phil packte gerade seine Ausrüstung ins Auto.

»Sieht fast so aus, als wärst du auf der Flucht«, sagte ich.

»Ich wäre schon noch vorbeigekommen, um mich zu verabschieden.« Genervt versuchte er, eine große Reisetasche auf der Rückbank unterzubringen. »Gibt's was Besonderes?«

»Nein, nein, alles paletti.«

Er hielt kurz inne und musterte mich. »Dein Gesichtsausdruck sagt aber etwas anderes.«

»Ach, ich bin gerade auf einen saublöden Fehler im Manuskript gestoßen«, sagte ich lässig. »Habe die Spitznamen ein paarmal zu oft geändert, mir kaum Notizen gemacht, und es mischen plötzlich Leute mit, die längst mausetot sind.«

Phil grinste. »Mit anderen Worten, du hast das Genre gewechselt.«

»Wie bitte?«

»Klingt, als wäre es jetzt eine Zombiegeschichte. Mit Untoten und so 'nem Kram.«

»Sehr komisch. Und was hast du vor?«

»Ich habe dir doch erzählt, dass ich für diesen Kollegen einspringen muss, oder?«

»Schon. Aber nicht, dass du sofort abhaust.«

»Ich komme ja wieder.« Phil legte seine Jacke auf den Beifahrersitz. »Ich hoffe, du findest bald eine Möglichkeit, den Namensfehler auszubügeln.«

Ich schnäuzte mir umständlich die Nase. »Ich auch. Und bevor du weiterfragst: Ja, ich habe die sogenannte Karre auseinandergebaut und auch wieder zusammengesetzt. Aber sie ist trotzdem liegengeblieben.«

»Du schaffst das schon«, sagte Phil.

Ich wartete, bis sein Auto aus der Einfahrt verschwunden war, dann ließ ich meiner Wut freien Lauf. »Dieser Klugscheißer! Was glaubt er eigentlich, wer er ist? Erst große Töne spucken, aber wenn man auf das Angebot zurückgreifen will, speist er einen mit witzigen Bemerkungen ab. Hat andere Verpflichtungen ...« Ungehalten warf ich die Haustür ins Schloss. »Hoffentlich lässt dieser Lover ihn im letzten Moment hängen. Damit er weiß, wie sich das anfühlt!«

Ich verstand, dass ich Phil Unrecht tat, aber die Enttäuschungen der vergangenen Jahre brachen mit aller Wucht hervor. Es war zum Verrücktwerden! Immer, wenn ich glaubte, mich auf jemanden verlassen zu können, wurde ich ohne Vorwarnung im Stich gelassen.

Niedergeschlagen kehrte ich in den Wintergarten zurück. Sofort hatte ich die Übersicht des neunten Kapitels wieder vor der Nase. Alles Mist. Ich klickte die Datei weg und überlegte, ob ich Alex von meinem Desaster erzählen sollte. Nein, lieber nicht. Die hatte auch so schon genug um die Ohren.

In der Hoffnung, eine weitere mutspendende Rezension zu entdecken, rief ich die Amazon-Seite mit meinen Titeln auf. Tatsächlich: Das Buch, das gestern fünf Sterne eingeheimst hatte, war erneut besprochen worden. Gespannt klickte ich auf den Link. Und bereute es in nächster Sekunde.

Zwei kümmerliche Sterne, mit einer Begründung, die mich an guten Tagen zum Grinsen gebracht hätte. Doch heute gab sie meiner Laune den Gnadenschuss: *Eigentlich mag ich gar keine Krimis, aber dieses Buch bekam ich geschenkt. Von diesem Titel hatte ich mir mehr erwartet. Die Handlung ist wenig überzeugend, das Ende vorhersehbar. Zum Glück habe ich für das Buch kein Geld ausgeben müssen!*

13

»Es tut mir sehr leid, Nora, aber auf Grund der Vorzensuren können wir Sie weder zur Prüfung noch zur Manuskriptabgabe zulassen. Schauen Sie doch selber. Es würde keinen Sinn machen!« Meine Deutschlehrerin wirft mir einen Stoß Ausdrücke vor die Füße und stemmt beide Hände in die Seiten. »Einen kümmerlichen Schnitt von 1,7 Sternen. Damit ist kein Blumentopf zu gewinnen! Sie werden wiederholen müssen. Schließlich sollen Sie das, was Sie angefangen haben, ordentlich zu Ende bringen, nicht wahr?«

Verwirrt sammele ich die Rezensionen vom Boden auf, will noch etwas zu meiner Verteidigung sagen, aber meine Stimme gehorcht mir nicht.

Ich wachte schweißgebadet in meinem Bett auf, ihre gellende Stimme noch im Ohr. Während ich mich von dem Albtraum erholte, schaute ich auf die Landkarte.

Hugga Driggee, Lankidden, Black Head …

Black Head wäre das ideale Ziel für den heutigen Tag. Ich hätte auch die passenden Gedanken dazu. Stattdessen würde ich Stunden am Schreibtisch verbringen und zusammen mit Walter Millar Listen anfertigen. Eine Liste mit Überlebenden und eine für die Toten. Und ein Blatt, auf dem alle Namen samt Spitznamen aufgeführt waren.

Mutlos stieg ich aus dem Bett und stellte mich ans Fenster. Wenigstens das Wetter war auf meiner Seite. Dunkle Wolken trieben vom Meer ins Landesinnere, und der

Wind war stürmisch. »Bring's hinter dich, Nora«, sagte ich mit munterer Stimme. »Auf geht's!«

Das klang nach einem guten Plan – bis ich sah, welches Chaos in der Küche herrschte. Ich hatte gestern Abend noch aufwändig gekocht und dazu meinen Katzenjammer mit Wein betäubt. Und da es keinen Kater mehr gab, der auf Tisch oder Anrichte sprang, hatte ich alles stehen lassen.

Erst würde ich im Haus Klarschiff machen, dann mich um die Arbeit kümmern.

Nach dem Frühstück legte ich los. Ich saugte die Zimmer, brachte das Bad auf Hochglanz und putzte den Wintergarten. Das systematische Aufräumen tat mir gut, und meine Gedanken kamen langsam zur Ruhe. Das einzige, was mich in diesem Augenblick interessierte, war ein sauberes und aufgeräumtes Haus. Ohne Zeitungsstapel, Katzenhaare und Altglas.

Gegen Mittag hatte ich mein Ziel fast erreicht. Nur die Küche war noch übrig.

Ich nahm eine Plastiktüte aus dem Schrank und kippte die Reste des gestrigen Abendessens hinein. Dabei fiel mein Blick auf die Packung Dreamies. Sollte ich sie aufheben? Nein, Smuggler würde ich sicher nicht mehr zu Gesicht bekommen. Nachdem ich das dreckige Geschirr in die Maschine geräumt hatte, lichtete sich auch hier das Chaos.

Die Tomaten, die ich letzte Woche gekauft hatte, wurden schon weich. Ich würde sie heute Abend zu einer Nudelsoße verarbeiten. Zusammen mit einer Zwiebel legte ich sie zur Seite.

Im Kühlschrank war ein Becher Crème fraiche umgefallen. Ich räumte den Glasboden leer, stellte ihn in die

Spüle und ließ heißes Wasser darüber laufen. Dann kontrollierte ich den restlichen Inhalt. Zum Schluss zog ich die Gemüseschublade auf.

Dort fand ich das Stück Parmesan, das ich gesucht hatte. Ich legte es zu den Nudelzutaten. Das Gleiche wollte ich mit einer roten Paprika machen, als ich den grauen Flaum am spitzen Ende entdeckte. Bitterer Schimmelgeruch steigt mir in die Nase und wie von einem Stromschlag getroffen, lasse ich sie fallen.

Erinnerungen strömen auf mich ein, versetzen mich nach Berlin zurück, in die kleine Küche meiner Mutter.

»Nora? Wo bleibst du denn?«

Unfähig zu antworten, starre ich in das Gemüsefach. Es ist gefüllt mit Zwiebeln, Paprika, Tomaten und Zucchini, deren Haut von einem dicken, grauen Flaum überzogen ist. Der bittere Geruch lässt mich würgen.

Meine Mutter kommt in die Küche. »Was machst du denn so lange? Dein Kaffee wird kalt!«

»Es ist – es ist alles verdorben.«

Meine Mutter wirft einen kurzen Blick auf das Gemüse. »Quatsch. Das ist genau richtig für eine Suppe.« Ungehalten schließt sie den Kühlschrank. »Aber wenn du keine Lust hast zu kochen, kannst du mir das auch einfach sagen.«

»Mama, die Sachen sind verschimmelt. Damit kann man nichts mehr machen!«

»Was willst du damit andeuten?«

Dass du dich seit Monaten veränderst, den Überblick verlierst, dass …

»Dass wir uns für das Abendessen etwas anderes überlegen müssen.«

»Dafür ist es jetzt zu spät. Ich habe keine Lust, noch mal einkaufen zu gehen.« Sie lässt mich stehen.

Angewidert räume ich den Kühlschrank leer, wasche ihn aus und stelle die Müllbeutel vor die Tür. Als ich ins Wohnzimmer komme, sitzt meine Mutter in ihrem Sessel am Fenster. Mechanisch streichelt sie Aruscha, die auf ihrem Schoß liegt, und starrt hinaus.

»Ich könnte uns eine Pizza holen!« Ich versuche, meiner Stimme einen unbeschwerten Klang zu geben. »Was hältst du davon?«

Sie schweigt. Bis sie sich mit einem Ruck zu mir dreht.

»Du glaubst, ich bin verrückt, oder? Glaubst, ich kann nicht mehr für mich sorgen.«

»Das habe ich doch gar nicht behauptet, Mama. Ich habe nur gesagt, dass das Gemüse …«

»Das brauchst du nicht zu wiederholen.« Ihre Stimme wird schrill. »Ich kann mir schon merken, was du gesagt hast. Und jetzt lass mich in Ruhe!«

Ich nahm ein Küchentuch und warf die Paprika in die Mülltüte. Versuchte, die Bilder dorthin zurückzudrängen, wo ich sie unter Kontrolle gehabt hatte. Doch sie führen mich zurück, von der Wohnung meiner Mutter in die U-Bahn, nach Hause, wo ich mit bleiernen Beinen die Treppen hinaufsteige und auf den blinkenden Anrufbeantworter schaue, den Knopf drücke.

»Sie haben fünf neue Nachrichten. Nachricht eins. Samstag, den 11. Februar. 16:34.«

»Hallo Nora, hier ist Mama. Wolltest du heute nicht vorbeikommen? Ich bin zu Hause!«

»Nachricht zwei. Samstag, 11. Februar. 16:37.«

»Nora? Wo bleibst du denn? Ich hatte mich so gefreut, dass du kochst.«

»Nachricht drei. Samstag, 11. Februar. 16:44.«

»Nora, hier ist Mama. Wahrscheinlich bist du schon unterwegs. Ich freue mich schon!«

»Nachricht vier. Samstag, 11. Februar. 16:47.«

»Herrgott, Nora! Du könntest wenigstens Bescheid sagen, wenn dir etwas dazwischengekommen ist! Ich habe auch noch anderes zu tun, als den ganzen Nachmittag hier auf dich zu warten, hörst du?!«

»Nachricht fünf. Samstag, 11. Februar. 16:55.«

»Nora ... Nora? Ist was passiert? Hast du einen Unfall gehabt? Bitte melde dich, ich habe solche Angst ...«

Ich zittere am ganzen Körper, setze mich. Was mache ich jetzt? Was mache ich, wenn das hier erst der Anfang ist?

Ich stelle mir vor, wie sie in Tränen aufgelöst neben dem Telefon sitzt, und wähle mit klopfendem Herzen ihre Nummer.

»Ja? Hier ist Beck?«

»Mama, ich bin's, Nora! Ich wollte dir nur sagen, dass du dir keine Sorgen machen musst. Ich bin gut nach Hause gekommen.«

Schweigen. »Das verstehe ich nicht«, sagt meine Mutter gereizt. »Was sollte dir denn schon passiert sein?«

Das ist vorbei, Nora. Das ist alles vorbei.

Ich machte die Mülltüte zu. Dann wischte ich mit dem Schwammtuch die Arbeitsfläche. Hatte ich mich wirklich genug um sie gekümmert? Wäre es besser gewesen, sie bei mir wohnen zu lassen? Hätte das den Verlauf der

Krankheit stoppen können? Ich hielt das Tuch unter den Wasserhahn, wrang es aus, wischte weiter.

Der Film ist noch nicht zu Ende. Von der Zeit, in der sich diese Vorfälle mehren, bis zu dem Augenblick, an dem wir beide die Macht über unser Leben verlieren.

Mein Alltag gerät durch eine kontrollierte Sprengung aus den Fugen. Von außen betrachtet ist alles in Ordnung. In mir liegt aber kein Stein mehr auf dem anderen, und die Fluchtwege sind verschüttet. Kaum ist der erste Schock gewichen, muss ich mich auf einen radikalen Rollentausch im Mutter-Kind-Spiel einlassen. Ein Spiel, dessen Regeln ich nur mühsam erlerne, bei dem die Mannschaft des Pflegepersonals ständig wechselt, und meine Mutter sich von Tag zu Tag weiter entfernt.

Zuerst wird sie nur für Momente in eine unbekannte Welt gesogen. Bald werden die Phasen länger. Bis die Augenblicke, in denen sie erreichbar ist, zur Ausnahme werden.

Meine Freundinnen sind immer für mich da. Aber die Hoffnung, dass mein Freund Thomas mir in dieser schweren Zeit zur Seite steht, erweist sich als Trugschluss. Er wird zu einem Kleinkind, das nicht genügend Aufmerksamkeit bekommt. Bald versöhnt er sich mit seiner Frau und lässt mich zurück. Mit der neurotischen Katze meiner Mutter, die mich hasst. Mit Buchprojekten, die ich immer wieder verschieben muss, und einer Panik, die mir die Luft abschnürt.

In meiner Hilflosigkeit lege ich mir einen festen Panzer zu. Rücken und Schultern leiden unter dem Gewicht, aber ich nehme die Schmerzen in Kauf.

Nora ist stark, Nora schafft das schon.

Ich atme tief durch, wiederhole die Worte, aber sie haben keine Gültigkeit mehr. Aus Angst, weiter in die Tiefe gerissen zu werden, halte ich mich an der Anrichte fest. Beobachte die Regentropfen, die am Küchenfenster herunter laufen. Wie Tränen, die ich nie geweint habe.

Es klingelte. Der Vater des kleinen Mädchens stand vor der Haustür.

»Ist Sammy wieder da?«, fragte ich, doch er schüttelte den Kopf.

»Sie haben eine Katze, die so ähnlich aussieht, oder?«

Ich nickte.

»Oben an der Straße liegt so eine. Da habe ich gedacht, ich frage Sie mal. Nicht, dass es …«

»O nein!« Ohne auf den Regen zu achten, rannte ich an ihm vorbei, die Einfahrt hinauf. »Wo denn?«

Er zeigte nach rechts. Ich rannte weiter, bis ich ein Fellbündel an der Hecke liegen sah.

Bitte lieber Gott, lass es nicht Smuggler sein. Bitte! Bitte!

Ich kniete mich hin, berührte das Fell der kleinen Katze. Ihr Körper war schon steif und völlig durchnässt. Vorsichtig hob ich das Köpfchen an. Kein schwarzer Fleck auf der Nase. Und statt vier nur drei weiße Pfoten.

Ein Schluchzer entfuhr mir. Doch die Erleichterung wurde von der verdrängten Trauer überlagert. Endlich konnten die Tränen sich ihren Weg bahnen.

»Ist es Ihre Katze?« Der Mann ging neben mir in die Hocke, legte mir seine Hand auf den bebenden Rücken. Ich schüttelte den Kopf.

Ein letztes Mal streichelte ich den kalten Pelz. Dann stand ich auf und hob die Hand zum Abschied. Unfähig, ein Wort hervorzubringen.

Auf unsicheren Beinen ging ich zurück, sah zu Phils Cottage hinüber. Warum war er ausgerechnet jetzt nicht da? Jetzt, wo ich ihn so sehr brauchte. Eine tröstende Umarmung brauchte wie selten zuvor. Doch die Fenster waren dunkel, und alles, was ich hören konnte, war der Regen, der leise in den Dachrinnen murmelte.

Ich wusste nicht, wie lange ich für den Rückweg gebraucht hatte, aber als ich die Haustür hinter mir schloss, war ich bis auf die Haut durchnässt.

Im Spiegel über dem Waschbecken blickte mir ein graues Gesicht entgegen. Ich wischte die feuchten Strähnen aus dem Gesicht und versuchte, ihm ein aufmunterndes Lächeln zu schenken …

… so, wie ich es sonntags und mittwochs vor der verglasten Schiebetür im Eingangsbereich tue. Herr Metzner sitzt wie immer in seinem Rollstuhl neben der Zimmerpalme.

»Na, war Sophia gestern zu Besuch?«

»Ja! Und stellen Sie sich vor, sie kann schon ein paar Schritte allein gehen!« Lachend schlägt er sich auf die Knie. »Im Gegensatz zu mir. Nächste Woche zeige ich Ihnen neue Fotos von ihr!«

»Ich freue mich schon«, sage ich und gehe den bunt dekorierten Flur entlang. Werfe im Vorbeigehen einen Blick in den Bastelraum, höre fröhliches Lachen und Schnattern. In der Halle bei der Rezeption tollen zwei Kinder im Kreis umher. »Omi, fang uns doch!« Omi, weit über achtzig, steht mit ihrem Rollator am Rand und lacht. Ihre wachen Augen verfolgen jede Bewegung der Mädchen, sie nickt mir zu.

»Frau Beck, Post für Ihre Mutter!« Petra von der Rezeption winkt mich zu sich. Froh über die Verzögerung, bleibe ich stehen und tausche Belanglosigkeiten mit ihr aus. Ich stecke die offiziell aussehenden Umschläge ein, bevor ich zu den Fahrstühlen gehe, meine Schritte langsam und langsamer werden.

Die Türen schließen automatisch. Vorsicht bei der Abfahrt. Mein Mund wird trocken. Ausreden wirbeln mir durch den Kopf, Fluchtgedanken. Ich umklammere den Handlauf aus Metall und lese das Unterhaltungsangebot: Montagnachmittag Chor im Saal, Dienstag Bingo, Mittwoch Handarbeiten im fünften Stock und Donnerstag Gymnastik im Sitzen. Freitag Kartenspiele. Ein letzter Kontrollblick in die verspiegelte Rückwand der Kabine. Ein letztes Justieren der Mundwinkel.

»Hallo, Frau Beck! Schön, dass Sie da sind!« Conny kommt mir mit dem alten Herrn Schmidt am Arm entgegen. »Da wird sich Ihre Mutter sicher freuen. Sie ist heute sehr verwirrt. Wanderte schon um fünf im Schlafanzug über den Flur.«

Der Drang umzukehren wird übermächtig. Doch ich hänge meinen Mantel an die Garderobe und gehe hinein.

Neun Menschen sitzen in bequemen Sesseln. Der Fernseher in der Ecke ist stumm geschaltet. Niemand schenkt den Bildern Beachtung. Eine CD mit alten Musicalmelodien läuft. Frau Schilling wiegt sich summend hin und her. Herr Lorenz kämpft verbissen mit der Tageszeitung, lässt sie Seite für Seite zerknüllt auf den Boden fallen. Eine süßliche Mischung aus Kantinenessen, Krankenhaus und Urin hängt in der Luft.

Frau Bauer winkt mir fröhlich zu. Meine Mutter bemerkt mich nicht.

Ich setze mich neben sie, streiche ihr sanft über den Arm. »Na, Mama, wie geht es dir?«

Meine Mutter sieht mich überrascht an. »Wie hast du mich denn gefunden? Ich bin im Wald und sammle Pilze.«

»Mama, im Dezember wachsen keine Pilze. Aber früher, da waren wir oft zusammen im Wald, weißt du noch? Da haben wir Himbeeren gesammelt.«

Meine Mutter überlegt, dann nickt sie. »Himbeeren und Brombeeren. Da haben wir uns alte Hosen angezogen, und die Beeren haben wir in Rührschüsseln gesammelt. Die Himbeeren rochen immer so gut!«

Ich bin erleichtert, dass es ihr viel besser geht, als Conny behauptet. »Na, siehst du, wie gut du dich erinnern kannst. Weißt du noch, wie schlimm die Mücken manchmal waren? Vor allem, wenn es schwül war.«

»Wo?«

»Im Wald!« Ich ziehe die Mundwinkel weiter nach oben. »Und wenn wir genug Beeren gesammelt hatten, sind wir nach Hause gefahren und haben Marmelade gekocht. Manchmal sechs oder sieben Gläser.«

Meine Mutter sieht mich an. »Marmelade?«

»Ja. Himbeermarmelade.«

»Im Wald?«

»Nein, die Marmelade haben wir in der Küche gemacht.«

»Wohne ich im Wald?« Mit aufgerissenen Augen greift meine Mutter nach meiner Hand.

»Nein, du wohnst jetzt hier.« Ich zeige auf ihre Nachbarin. »Schau, Frau Bauer wohnt auch hier. Gleich im Zimmer neben dir. Und Herr Lorenz auf der anderen Seite.« Die Kiefer tun mir vor Lächeln weh.

»Nein! Ich wohne nicht im Wald! Ich muss jetzt nach Hause!« Sie sieht sich panisch um, will aufstehen. »Ich muss zum Bus! Wenn ich wieder zu spät komme, schimpft Mutti mit mir!«

»Mama, du bist doch schon zu Hause. Und deine Mutter lebt schon lange nicht mehr.«

»Mutti ist tot?« Meiner Mutter laufen die Tränen über die Wangen. »Aber das kann doch nicht sein. Sie wollte mich vom Bahnhof abholen!«

Ich versuche, sie zu beruhigen, zu trösten. Nach einiger Zeit versiegen die Tränen, und sie dämmert weg. Verschwindet dorthin, wo ich ihr nicht folgen kann.

Ich brauche lange, um diese andere Welt anzuerkennen.

Ich brauche Zeit, bis ich verstehe, dass ich die Wahl habe: sie zu belehren oder sie die wenigen Schritte bis zum Grenzübergang zu begleiten.

Es dauert, bis ich akzeptiere, dass das verknotete Strickzeug und der Roman neben ihrem Stuhl eine wichtige Verbindung zu einer vergangenen Zeit darstellen. Dass sie signalisieren sollen, dass sie früher eine Andere war.

Ich begreife, dass es ihr nicht hilft, wenn ich ihr sage, dass ihre Mutti nicht mehr lebt. Sondern wie wichtig es ist, sie dann in den Arm zu nehmen und sie von Mutti erzählen zu lassen.

Ich merke mir, dass ich nicht fragen darf, was sie zu Mittag gegessen hat. Sondern mich besser danach erkundige, was ihr Lieblingsfach in der Schule ist. Und wie ihr Hund heißt.

Meine Augen brannten. Ich drehte den Hahn auf und spritzte mir kaltes Wasser ins Gesicht, bis das Brennen nachließ.

Von dem Panzer, der mich in den vergangenen Jahren heil durch den Alltag gebracht hatte, waren nur noch Fetzen übrig. Ich fühlte mich verletzlich und erschöpft, wie selten zuvor.

In diesem Moment konnte ich nachvollziehen, wie es Smuggler zu Mute gewesen sein muss, als ich ihn am Meer entdeckte. Und ich konnte endlich zugeben, dass ich den kleinen Störenfried schrecklich vermisste.

Ich dachte an die tote Katze oben an der Straße, und plötzlich schien es mir völlig abwegig zu glauben, er sei nach Hause zurückgekehrt. Genauso gut konnte die Katermafia ihn erwischt haben, und er lag verletzt unter einem Busch. Vielleicht waren auch Katzenfänger unterwegs. Sammy war schließlich noch immer verschwunden.

Je länger ich darüber nachdachte, desto größer wurde meine Panik. Ich musste ihn finden, so viel war klar. Doch wo sollte ich suchen, und wie konnte ich mich bemerkbar machen? Als ich Wanderschuhe und Regenjacke anzog, fiel mir ein, wie ich ihn anlocken konnte: mit dem Geräusch von wetzenden Messern!

Ich nahm zwei Messer aus der Schublade und suchte zuerst unter den Sträuchern im Garten. Als ich dort nicht fündig wurde, ging ich am gemähten Feld vorbei, weiter zum Hafen hinunter. Laut rufend, die Messerrücken aneinanderwetzend. Immer wieder blieb ich stehen, lauschte, ob irgendwo eine Katze schrie. Doch ich hörte lediglich das Rauschen des Regens.

Cadgwith war wie ausgestorben. Nur die drei alten

Männer standen dichtgedrängt unter dem Vordach des kleinen Fischgeschäftes und rauchten.

Tropfnass ging ich auf sie zu. »Haben Sie einen kleinen schwarz-weißen Kater gesehen?«

»Wollten Sie den nicht loswerden?«, fragte der Mann mit der Knubbelnase.

»Wollen Sie ihn jetzt essen?« Sein Freund zeigte auf die Messer in meiner Hand.

»Nein, natürlich nicht.« Ich überlegte angestrengt, wie ich die Sache mit den Messern erklären konnte. »Er mag das Geräusch.« Als sie zu lachen begannen, gab ich auf. Ich verabschiedete mich höflich und machte mich an den Aufstieg zum Coast Path.

Verzweifelt schaute ich unter den Hecken nach, lehnte mich über die nassen Klippen. Rief immer wieder seinen Namen, bis ich so erschöpft war, dass ich die Suche einstellte. Smuggler war und blieb wie vom Erdboden verschwunden.

Nass und verdreckt ging ich den steilen Weg zurück und versuchte mein Glück noch bei Mrs Ashe. Die Messer ließ ich allerdings in meiner Jackentasche verschwinden.

Mrs Ashe schüttelte bedauernd den Kopf. »Es ist mit den Katzen immer wieder das Gleiche, aber denken Sie daran, dass sie zäh sind und sieben Leben haben, und meistens kommen die Biester von selber zurück, stehen plötzlich wieder vor der Tür, als wäre nichts gewesen.« Sie musterte mich. »Aber wollten Sie das Tier nicht loswerden?«

»Ja .... Aber ich mache mir trotzdem große Sorgen.« Ich kam mir ziemlich dämlich vor und ließ das Thema fallen. Ich überlegte, was ich heute Abend essen könnte.

Zum Kochen war ich zu müde, aber ich brauchte dringend etwas Warmes. In der Tiefkühltruhe wurde ich fündig. Dort gab es Shepherd's Pie, Lammhack mit einer dicken Schicht Kartoffelpüree und Käse.

»Ein gute Wahl, Darling, meine Mutter hat das oft für mich gemacht, wenn es mir nicht gutging, ein trostspendendes Essen gemacht für Tage wie diese.« Mrs Ashe tätschelte meine Hand. »Stellen Sie die Schale einfach in eine feuerfeste Form und dann in die Röhre. Und wenn ich etwas höre, sage ich sofort Bescheid!«

Mrs Ashe hatte recht. Das Gericht hatte eine beruhigende Wirkung. Als ich satt war, stellte ich den Rest auf die Anrichte und versuchte, noch ein wenig zu lesen. Draußen regnete es nach wie vor, und obwohl es erst neun war, dämmerte es bereits. Immer wieder fielen mir die Augen zu, so ging ich bald darauf ins Bett.

Mutter hat ihren Schlafanzug schon an, sitzt auf der Bettkante und betrachtet müde ihre Knie.

»Ich wäre gern tot«, flüstert sie. »Ich will nicht mehr.«

Ich lege ihr den Arm um die Schulter. »Das kann ich gut verstehen.«

Ihr Kopf schnellt herum. »Nein«, sagt sie scharf. »Das kannst du nicht verstehen! Du hast keine Ahnung, wovon ich rede.« Ein wacher Blick. Ein heller Moment.

»Du hast recht«, sage ich leise. »Ich kann es mir tatsächlich nicht vorstellen.«

»Sei froh.« Sie legt sich hin und ist im nächsten Moment eingeschlafen.

Es ist das letzte Mal, dass wir direkten Kontakt haben. Bald darauf wird sie schwer krank. Dank ihrer klar formulierten Patientenverfügung darf sie sterben. Das

Morphium nimmt ihr die Schmerzen, und ich verlege mein Leben an ihr Bett. Ihre letzten Tage brechen an, Stunden bekommen eine neue Länge.

Ihr Zimmer im Pflegeheim ist voller persönlicher Gegenstände: Der kleine runde Tisch, den sie von ihrem allerersten Gehalt gekauft hat, Bilderrahmen mit dem Hochzeitsfoto ihrer Eltern, einem Babyfoto von mir, Schnappschüsse von alten Kollegen. Die antike Zinnkanne auf dem Vertiko, eine angelaufene Silberschale, ein Katzenkalender aus dem vergangenen Jahr. Im schmalen Bücherschrank stehen Romane, Krimis und Fotobände, daneben eine Musikanlage und Unmengen klassischer CDs. Erinnerungen an eine Zeit, in der sie eine starke und selbstbewusste Frau war.

Nun liegt sie schwer atmend in den Kissen, winzig in einem Hightechbett. Ich lege ihre Lieblingskantaten von Bach auf und lese ihr ab und zu aus dem Buch vor, das lange neben ihrem Stuhl lag. Erzähle, dass ich für Aruscha ein gutes Zuhause gefunden habe. Tupfe ihr mit einem kalten Waschlappen den Schweiß von der Stirn.

Die blassen Hände ruhen auf der Bettdecke, die Haut ist fast durchsichtig, übersät von Altersflecken. Hände, die mich beim Laufenlernen gehalten, mich getröstet haben, mich fest drückten, um mir Mut zu wünschen.

Manchmal sieht sie suchend umher, bewegt die rissigen Lippen. Ich versuche, ihren Blick einzufangen, spreche mit ihr, aber sie ist woanders. Greift mit den Händen in die Luft, bis sie schwer auf das Laken zurückfallen. So verschwindet sie jeden Tag ein wenig mehr.

Die Pflegerinnen sind für uns beide da, umsorgen uns liebevoll und schicken mich von Zeit zu Zeit an die frische Luft und abends nach Hause. Sie versprechen, mich nachts sofort anzurufen, sollte es zu Ende gehen. Nach einer Woche halten sie Wort.

Als ich komme, ist ihre Haut an manchen Stellen bläulich marmoriert. Ich setze mich auf die Bettkante, nehme ihre Hand. Trotz Morphiumnebel ist sie nicht ruhig. Eine Frau, die auch auf den letzten Metern nicht aufhören kann zu kämpfen. Glaubt sie, noch nicht fertig zu sein mit dem, was sie einmal begonnen hat?

Ihr Atem geht stoßweise, setzt immer länger aus. Plötzlich öffnet sie die Augen, dreht den Kopf ein wenig und schaut mit milchigem Blick zu etwas hinauf, das ich nicht sehen kann. Und während ich ihre Hand streichle, gleitet sie davon.

Mitten in der Nacht fuhr ich erschrocken aus dem Schlaf hoch. Was war das für ein Knall? Der Krach schien aus der Küche zu kommen. Ich schlüpfte aus dem Bett, ging zur Treppe und lauschte erneut. Irgendein Gegenstand wurde ruckartig über die Fliesen geschoben.

Mit angehaltenem Atem schlich ich die Stufen hinunter. Plötzlich Stille. Ich knipste das Licht in der Küche an und sah die feuerfeste Form mit den Resten des Shepherd's Pie in zwei Teilen auf dem Boden. Die Fliesen davor waren feucht, und eine Spur führte unter den Tisch. Als ich in die Hocke ging, sah ich ihn. Smuggler saß geduckt in der Ecke und blickte mich ängstlich an.

»He, du kleiner Freibeuter!« Ich setzte mich auf den Boden und streckte meine Hand nach ihm aus. »Komm her, vor mir brauchst du doch keine Angst zu haben …«

Es dauerte, bis er dieser Aussage Glauben schenkte. Dann kam er Schritt für Schritt auf mich zu. Als er vor mir stand, hob ich ihn hoch und schloss ihn in die Arme.

Überglücklich drückte ich ihn an mich und steckte meine Nase in das nasse Fell, das nach Seetang und Schlamm roch.

»Wo hast du denn gesteckt? Ich habe dich so vermisst!« Schnurrend rieb er seinen Kopf an meinem Kinn. Jetzt wusste ich, wie es sich anfühlte, einen verloren geglaubten Freund wiederzusehen. Das, wovon so viele Bücher, unzählige Balladen erzählten, konnte ich in diesem Moment Silbe für Silbe, Ton für Ton nachempfinden.

Nach einer Weile stand ich auf und nahm ein Küchenhandtuch vom Haken. Ich stellte ihn auf die Anrichte und trocknete ihn behutsam ab. »Man könnte glauben, du seist hergeschwommen«, sagte ich, während ich ihn von allen Seiten betrachtete. Bis auf einen blutigen Kratzer auf der Nase schien er unversehrt.

Ich setzte ihn auf den Boden zurück und legte die Teile der Form in die Spüle. »Wie wäre es mit Thunfisch zum Nachtisch?« Das Schnurren wurde lauter.

»Moment!« Ich ging zum Vorratsschrank. Smuggler wich mir nicht von der Seite. Er maunzte heiser.

»Im Gegensatz zur Stimme hat deine Ungeduld nicht gelitten.« Ich gab den Doseninhalt auf einen Teller. Während er sich gierig über den Fisch hermachte, schaute ich ihm zu. Warum hatte ich diesen kleinen Kerl nur jemals loswerden wollen?

Als er mit seinem Nachtmahl fertig war, gingen wir gemeinsam in den Wintergarten. Smuggler sprang auf meinen Schoß und putzte sich ausgiebig. Dann kuschelte er sich eng an mich, und wir schauten in die dunkle Nacht hinaus. Dort schien alles zu schlafen. Nur das Nebelhorn tutete monoton über das Wasser.

Seit Mutters Tod waren fast neunzig Tage vergangen. Tage, in denen ich mich sowohl gut gehalten als auch schlecht gefühlt hatte. Doch nun spürte ich, wie der Schmerz in Schultern und Nacken allmählich verschwand. Wie die Überreste meines Panzers, den ich jetzt nicht mehr brauchte.

Die Wolken lockerten auf, erste Sterne kamen zum Vorschein. Ich dachte an Phil. Ob er ebenfalls noch wach war und sie funkeln sah? Ich schickte ihm einen stummen Gruß. Und wünschte ihm schöne Tage. Wo und mit wem auch immer er zusammen war.

14

Am nächsten Morgen wachte ich pünktlich zur Möwenschicht auf, Smuggler lag langgestreckt vor meinem Bauch. Er bewegte sich ruckartig, und seine Augenlider flatterten.

Sanft fuhr ich mit der Hand über das weiche Fell, strich ihm den schlechten Traum aus den Gedanken. »Beruhige dich, Kleiner. Bei mir bist du in Sicherheit.«

Smuggler kam langsam zu sich und blinzelte mich an. »Schön, dass du wieder da bist«, sagte ich, was er sofort mit lautem Schnurren beantwortete. Dann stand er auf, streckte sich ausgiebig und stieß den Kopf an meine Wange. Die Botschaft war unmissverständlich.

Da ich kein Katzenfutter mehr gekauft hatte, gab es zum Frühstück erneut Thunfisch. Ausgehungert macht er sich darüber her. Doch sobald ich die Küche verließ, ließ er seine Leibspeise stehen und folgte mir.

Beim leisesten Geräusch fuhr er erschrocken zusammen und wich mir nicht von der Seite. »Was hast du denn Schreckliches erlebt?« Ich ging vor ihm in die Hocke und kraulte ihn hinter den Ohren. »Hast du solche Angst gehabt?« Das schien der Fall zu sein, denn Smuggler drängte sich dicht an mich.

Auch mir saßen meine Erinnerungen noch in den Knochen. Doch sie schienen erträglicher geworden. Die Gedanken flossen nun anders, freier. Als hätte die gestrige Zeitreise Hindernisse zur Seite geräumt.

»Was meinst du? Soll ich mich heute schon an die Arbeit machen?« Smuggler unterbrach seine Katzenwäsche und sah mich an. »Oder sollte ich mir noch einen freien Tag gönnen?« Er stieg aus seinem Karton und stupste mich schnurrend an. Dann stieg er wieder in die Schachtel und setzte seine Tätigkeit fort.

»Ich lasse die Mails entscheiden«, teilte ich ihm mit. »Ist eine Nachricht vom Verlag in der Mailbox, fange ich mit der Namenliste an. Wenn nicht …« Ich öffnete das Mailprogramm und im nächsten Moment die Antwort: eine Nachricht von Paul.

Liebe Nora,
auch in Kanada lässt Cornwall mich nicht los. Gestern habe ich durch Zufall einen interessanten Vortrag über die kornischen Zinnminen gehört. Ich habe nie gewusst, wie spannend dieses Kapitel der Geschichte Cornwalls ist. Die Zinner waren ein hartes Volk, und die Sagen, die sich darum spinnen, sind teilweise ganz gruselig. Vielleicht was für einen neuen Thriller? Wie schon gesagt, bei St. Agnes stehen einige interessante Ruinen der alten Zechen an der Küste.
Kommst Du sonst gut voran? Und was macht Mr Smuggler? Ich hoffe, ihr seid beide guter Dinge und Du lässt Dich nicht von Phil ärgern. Manchmal kann er eine echte Nervensäge sein …
Lass bald von Dir hören!
Alles Liebe, Dein Paul.

»Damit sind die Würfel gefallen. Obwohl …« Ich schaute aus dem Fenster. Besonders einladend war das Wetter nicht. »Aber an der anderen Küste scheint vielleicht die

Sonne. Ich lasse es darauf ankommen. Außerdem brauchen wir etwas zu beißen.«

Als ich meine Wanderschuhe anzog, stand Smuggler sofort neben mir. »Nein, du bleibst hübsch zu Hause. Ich bin bald wieder da, dann machen wir es uns gemütlich.« Ich nahm die allerletzte Dose Thunfisch aus der Speisekammer und machte sie auf. »Teil es dir gut ein.«

Bevor ich wegfuhr, schaute ich noch einmal nach ihm. Er lag wie eine Kugel im Manuskriptkarton und blinzelte mir zufrieden zu. Als hätte er meine Worte genau verstanden.

Die Küste bei St. Agnes begrüßte mich mit einem kalten Wind, aber die Sonne schien von einem wolkenlosen Himmel. Ich zog den Reißverschluss meiner Fleecejacke bis unter das Kinn hoch und nahm die Wanderkarte vom Rücksitz.

Die Hochmoor-Landschaft bildete einen starken Kontrast zu der eher lieblichen Lizard-Küste. Die Hügel waren karg und felsig, die Vegetation bestand aus Heide und Gras, das sich großflächig ausgebreitet hatte. Auch hier schien es kräftig geregnet zu haben, denn zwischen den Geröllhaufen hatten sich große Pfützen gebildet. Der Wanderweg führte in steilen Serpentinen zum Meer hinunter, und ich musste mich auf meine Schritte konzentrieren, um nicht auszurutschen. Immer wieder blieb ich stehen, um die Aussicht zu genießen.

Bald zeichneten sich die Ruinen von Wheal Coats vor der Küste ab. Die Reste zweier Gebäude und einem kurzen Schornstein, die vom National Trust so weit instand gesetzt worden waren, dass dem Besucher keine Steine auf den Kopf fallen konnten.

Als ich die Überreste der Mine erreicht hatte, entdeckte ich weiter unten die zweite: Towanroath Engine House, deren Schornstein weit in den Himmel ragte. Vorsichtig stieg ich weiter hinab. Eine Infotafel erklärte, dass hier früher Pumpen untergebracht waren, um die Zinnstollen, die sich bis zu 600 Meter unter dem Meeresboden erstreckten, wasserfrei zu halten.

Vor mir fielen die Klippen steil ab. Der Gedanke, unter diesen tosenden Wellen in einen Schacht hinunterzusteigen, jagte mir einen Schauer über den Rücken.

Zwischen den Mauerresten fand ich einen gesicherten Stolleneingang. Ich nahm einen Stein vom Boden und warf ihn durch das Gitter. Eine halbe Ewigkeit später hörte ich ihn ins Wasser fallen und gab Paul recht. Dieser Ort bot jede Menge Ideen für einen Thriller. Was in diesen stillgelegten Schächten alles passieren konnte!

Wenn ich könnte, wie ich wollte, würde ich die Handlung meines Krimis sofort in diese Gegend umsiedeln. Und Walter Millar zeigen, was das Leben alles zu bieten hatte. Aber so wie ich ihn kannte, würde er bereits beim ersten Sturm von den Klippen ins Meer stürzen …

Bevor ich wieder zum Parkplatz hinaufstieg, ging ich in das alte Pumpenhaus hinein. Der Wind blies durch die hohen Fensteröffnungen, und ich nahm mir vor, mich in St. Agnes nach einem Buch über die Geschichte der Zinner zu erkundigen.

In St. Agnes fand ich einen Parkplatz direkt vor der Bücherei, die jedoch leider geschlossen hatte. In der Hoffnung, dass es im Ort einen Buchladen oder ein Antiquariat gab, ging ich weiter zur Hauptstraße. Ein paar kleine Tearooms säumten die Straße, eine Metzgerei, ein Pub, und vor dem einzigen Hotel am Platz standen ein paar Tische in der Sonne.

Auf der anderen Straßenseite entdeckte ich einen Oxfam-Laden. Vor der Tür stand ein großer Karton mit gebrauchten Büchern. Ich überquerte die Straße und sah die Sammlung durch. Über die Zinnminen war nichts dabei.

Wie in vielen Läden dieser Art gab es auch hier ein buntes Angebot. Neben Kleidung wurden diverse Möbel zum Verkauf angeboten und eine reiche Auswahl an Büchern, Spielen, CDs und DVDs. Ich mochte das Konzept dieser Shops: Ehrenamtliche Mitarbeiter verkauften Dinge, die andere nicht mehr brauchten, und aus den Erträgen wurden Nothilfe- und Entwicklungsprojekte finanziert. Ich betrat den Laden.

Mein »Hello!« blieb unbeantwortet. Rechts an der Wand standen Bücherregale. Der vertraut muffige Geruch stieg mir in die Nase, und ich dachte an Walter Millar. In seinem Antiquariat roch es sicherlich ähnlich.

Oben links gab es einige Bücher zur Pflanzenbestimmung, daneben begann die Geschichtsabteilung.

Ich hatte gerade ein Bändchen mit Sagen aus dem Bodmin Moor entdeckt, als eine ältere Frau von hinten aus einem dunklen Lagerraum auf mich zukam. Ich glaubte meinen Augen nicht zu trauen.

Meine Mutter, wie sie leibte und lebte. Die schmucklose Brille vor den wachen blauen Augen, die altmodische Dauerwelle, das geblümte, einfach geschnittene Kleid und die flachen Schuhe.

»May I help you, dear?«

Meine Gedanken überschlugen sich.

»Alles in Ordnung?«

Ich nickte, doch nichts war in Ordnung. Mit Mühe formulierte ich den einfachen Satz. »Sie sehen aus wie meine Mutter.«

»Tatsächlich? Wie schön. Haben Sie sie gern?«

Ich nickte. Ja, ich liebe sie sehr. Und kann es ihr nie mehr sagen.

Im nächsten Moment liefen mir die Tränen über die Wangen. Die Frau kam auf mich zu und fasste mich an beiden Händen. »Ich mache uns erst mal eine gute Tasse Tee.« Behutsam führte sie mich zu einem Esstisch mit vier Stühlen, die achtzig Pfund kosten sollten. »Setzen Sie sich. Ich bin sofort wieder bei Ihnen.«

Als sie mit einem Tablett zurückkehrte, stellte ich fest, dass die äußere Ähnlichkeit gar nicht so groß war, wie ich im ersten Moment geglaubt hatte. Es war die Ausstrahlung, das Auftreten, das beide Frauen gemein hatten.

»So, gleich geht es Ihnen besser!« Sie schenkte Tee ein und reichte mir eine Packung Taschentücher. »Bitte, nennen Sie mich einfach Janet. Machen Sie in St. Agnes Urlaub?«

»Ich heiße Nora«, sagte ich. »Und nein, ich bin zum Arbeiten hergekommen. Ich muss ein Buch zu Ende schreiben und wohne im Haus eines Freundes in Cadgwith.«

»Ein schöner Ort. Wie interessant! Was für eine Art von Buch wird es denn werden?«

»Ein Krimi.« Ich gab Milch in den Tee und nippte an der Blümchentasse.

»Spielt die Geschichte hier in Cornwall?«

Ich atmete tief ein. »Nein, ich musste die Arbeit immer wieder verschieben, weil es meiner Mutter so schlecht ging und … Entschuldigen Sie bitte.« Wieder schossen mir Tränen in die Augen.

»Dafür muss man sich nicht entschuldigen«, sagte Janet. »Wer traurig ist, sollte weinen.«

Als ich mich wieder gefasst hatte, erzählte ich ihr von den vergangenen Jahren. Nicht gerade einfach, in einer fremden Sprache, aber wie meine Mutter war auch Janet eine praktisch veranlagte Frau. Sie nahm zwei Bände aus dem Buchregal. »Es hat viele Vorteile in so einem Laden zu arbeiten«, sagte sie lächelnd. Sie gab mir ein Deutsch-Englisch-Wörterbuch und nahm selber die Englisch-Deutsch-Ausgabe in die Hand. »Wo waren wir stehen geblieben?«

Ich erzählte weiter. Von den medizinischen Untersuchungen, vom Umzug ins Pflegeheim und meiner großen Verzweiflung, weil sie sich immer weiter entfernte. Bis zu ihrem Tod.

Janet sah mich voller Mitgefühl an. »Sie haben eine schwere Zeit hinter sich, Nora. Ich hoffe, es geht Ihnen bald besser.«

»Das wird schon wieder«, sagte ich. »Und danke für den Tee.«

»Keine Ursache.« Janet lächelte. »Manche Leute finden hier ein altes, längst vergriffenes Buch. Andere brauchen einfach jemanden, der ihnen zuhört.«

»Apropos.« Ich trank meine Tasse aus und stand auf. »Haben Sie ein Buch über die Geschichte der kornischen Zinnminen?«

Janet überlegte. »Nicht direkt. Aber wir haben letzte Woche das Buch ›Zauberhaftes Cornwall‹ von Daphne du Maurier hereinbekommen.« Sie ging zum Regal und zog das Bändchen heraus. »Darin gibt es ein interessantes Kapitel über die Zinner von Cornwall. Das Wörterbuch bekommen Sie umsonst dazu!«

Ich stöberte noch eine Weile im Laden und fand ein gut erhaltenes Kniekissen. Dann ging ich zu den DVDs und entdeckte dort den Film »Tatsächlich ... Liebe«. Perfekt. Zusammen mit Smuggler würde ich es mir heute Abend auf dem Sofa gemütlich machen. An der Kasse wartete Janet bereits auf mich.

»Schauen Sie, das könnte für Sie als Krimiautorin interessant sein!« Sie reichte mir eine Dokumentation über Agatha Christie. »Vielleicht beflügelt die alte Dame Sie noch etwas?«

Auf dem Heimweg war ich so in Gedanken versunken, dass ich erst wieder an meine Einkaufsliste dachte, als ich Helston längst hinter mir gelassen hatte. Egal. Schließlich konnte ich das meiste auch bei Mrs Ashe kaufen.

Mrs Ashe war heute schwarz gekleidet.

»Haben Sie einen Trauerfall in der Familie?«, fragte ich.

»Nicht direkt in der Familie«, sagte Mrs Ashe. »Der Mann einer lieben Freundin ist gestorben, wir haben ihn heute beerdigt, es waren eine Menge Leute da.« Sie beugte sich über die Ladentheke. »Und danach haben wir noch einen gezwitschert.« Sie machte eine entsprechende Handbewegung. »Wundern Sie sich also nicht, I'm a bit tipsy!«

»Es ist immer traurig, wenn jemand stirbt, den man sehr gern gehabt hat.« Wieder dachte ich an meine Mutter zurück.

»Das stimmt, Darling.« Mrs Ashe nahm die Einkäufe aus dem Drahtkorb und tippte die Preise ein. »Aber vorhin im Pub haben wir vor allem von den schönen Dingen erzählt, die wir mit ihm erlebt haben. Das ist es, was weiterlebt, nicht wahr?« Wieder beugte sie sich zu mir vor. »Wir hatten unheimlich viel Spaß! George hat immer solche verrückte Sachen erlebt.« Sie grinste. »Zum Beispiel die Geschichte mit dem Hummer!« Es folgte eine wirre Geschichte, die ich nur zum Teil verstand. Was nicht nur an meinen mäßigen Englischkenntnissen lag, sondern daran, dass Mrs Ashe Schluckauf bekam und kaum noch zu verstehen war. Doch ihr Lachen war ansteckend, und während wir gackernd an der Kasse standen, fiel mir eine Geschichte ein, die meiner Mutter vor Jahren passiert war.

»Meine Mutter hat vor Jahren versucht, eine Hotline anzurufen, weil sie Probleme mit dem Telefon hatte. Während sie in der Warteschleife hing, bekam sie plötzlich Schluckauf. Dann war endlich jemand vom Service dran und sie erzählte ihm, was das Problem war. Darauf sagte der Mann, sie solle einfach Wasser trinken. In kleinen Schlucken schnell nacheinander. Und wenn es dann noch nicht besser wäre, solle sie Würfelzucker essen.« Ich machte Mrs Ashe mit einfachen Gesten klar, wie Zucker dieser Art aussah. »Meine Mutter verstand die Welt nicht mehr.« »Und dann geht das Telefon wieder?«, fragte sie. »Wollen Sie mich auf den Arm nehmen?« Mrs Ashe gluckste.

»Nein«, sagte der Mann, »mit der Störung hat das nichts zu tun. Aber Ihr Schluckauf müsste verschwunden sein!«

Zugegeben, es gab bessere Witze, aber Mrs Ashe und ich lachten Tränen.

»Grüßen Sie ihre Mutter unbekannterweise!« Mrs

Ashe wischte sich die Augen trocken. »Eine herrliche Geschichte!«

»Das geht leider nicht«, sagte ich. »Sie ist vor einigen Monaten gestorben.«

Mrs Ashe drückte mir mitfühlend die Hand. »Das tut mir sehr leid, aber Sie sehen, dank solcher Geschichten bleiben diejenigen, die wir lieben, für immer bei uns und das ist gut so!«

15

Schritt für Schritt kehrten Smuggler und ich in unseren Alltag zurück. Wie Rekonvaleszenten nach einer schweren Grippe waren wir immer noch ein wenig angeschlagen, doch täglich ging es uns ein bisschen besser.

Was würde aus Smuggler werden, wenn ich wieder nach Hause führe? Diese Frage beschäftigte mich. Doch wie ich es auch drehte und wendete, eine Antwort wollte mir dazu nicht einfallen.

Was die Arbeit betraf, hatte ich nun einen Überblick. Endlich war ich in der Lage, die Szenen zu verbinden.

Smuggler streckte eine Vorderpfote aus dem Karton, legte sie kurz auf meine Hand und blinzelte. »Jetzt mache ich erst Mittagspause.« Gähnend sicherte ich die Datei. »Wie sieht es bei dir aus. Möchtest du auch etwas zu fressen?«

Sofort war der Kater auf den Beinen. Fressen war eines der Worte, die er genau verstand. Wie das Wörtchen *nein.* Meistens jedenfalls.

Auf dem Rückweg von St. Agnes hatte ich mich bei Mrs Ashe für die gesamte Woche mit Lebensmitteln eingedeckt und entschied mich für frische Tortellini. Ich setzte Wasser auf und füllte Smugglers Napf. Doch er rührte sein Futter nicht an. Erst als ich Crunch, kleine Knusperstückchen, die ich bei Tesco im Tierfutterregal entdeckt hatte, aufs Futter gestreut hatte, maunzte er zufrieden. »Geht doch!«, sollte das wohl heißen.

Auch ich hätte neuerdings gern ein Extra. Seit Tagen überrollte mich nach dem Mittagessen eine bleierne Müdigkeit und das dringende Bedürfnis, ein Nickerchen zu machen. Nachdem ich aber einmal bis sieben durchgeschlafen hatte, versuchte ich, erst gar nicht daran zu denken. Bei meinem Arbeitspensum war das nicht drin.

Eine Recherchepause war aber vertretbar. Zeit, mir die Dokumentation über Agatha Christie anzuschauen. Ich legte die DVD in den Rekorder. Smuggler setzte sich in freudiger Erwartung neben mich auf die Couch.

»Tut mir leid, Kleiner, aber Vögel wird es heute wohl keine geben.« Doch ich hatte mich geirrt. Nach einem kurzen Vorlauf war ein grüner Park zu sehen, und die Kamera zoomte ein paar Blaumeisen heran.

Begeistert sprang Smuggler auf den Couchtisch, wo er klackernde Geräusche von sich gab. Die Vogelfreude währte allerdings nicht lang. Die Kamera machte einen Schwenk, und eine alte Kirche, vor der sich festlich gekleidete Menschen versammelt hatten, kam ins Bild. Der Filmer fing Gespräche ein und umrundete mehrmals die Brautjungfern. Kleine Mädchen in Lila, die stolz ihre Blumenkörbchen zeigten.

»Komisch …« Ich nahm die DVD-Hülle und las den Text auf der Rückseite: Verwehte Spuren – auf der Suche nach Agatha Christie. So wie auch ihre Kriminalromane voller Rätsel waren, schien Agatha Christie selbst zu sein. Wer war diese zutiefst konventionelle Frau, die ihrer Zeit weit voraus war?

»Sicher nicht die alte Tante mit dem Riesenhut …« Ich spulte den Film ein Stück vor und wurde Zeuge, wie Braut und Bräutigam sich mit zitternder Stimme das Ja-Wort gaben.

Vogelfreie Eheversprechen interessierten Smuggler nicht. Er sprang auf das Sofa zurück und stupste mich an. Als wollte er mir mitteilen, dass es bessere Filme gäbe. Ich zappte ein weiteres Mal vor. Nun wurde fröhlich Reis gestreut, aber keine Agatha weit und breit.

Dann verstand ich, was passiert sein musste: Die DVDs waren vertauscht worden. Während ich hier den schönsten Tag von Mary und Dennis auf dem Schirm hatte, stellte das Brautpaar auf der Suche nach den Hochzeitsaufnahmen vermutlich das Haus auf den Kopf und hatte den ersten Ehekrach.

Ich überlegte, was ich tun könnte. St. Agnes lag nicht gerade um die Ecke, und die Aussicht, diese Strecke noch mal fahren zu müssen, reizte mich nicht besonders.

»Aber wozu gibt es das Internet?«, fragte ich Smuggler. »Das haben wir gleich!«

Minuten später hatte ich sowohl die Post- als auch die Mailadresse gefunden. Ich schrieb Janet ein paar erklärende Zeilen und versprach, die Aufnahmen noch heute auf den Weg zu bringen. Dann zog ich meine Laptoptasche unter dem Schreibtisch hervor. Wenn mich nicht alles täuschte, hatte ich ein paar Briefumschläge dabei.

Im nächsten Moment hatte ich das Gesuchte in der Hand. Und etwas, das ich völlig vergessen hatte: den Brief, der mir nachgeschickt worden war.

Erst jetzt sah ich, dass unter dem Stempel vom Pflegeheim in winzigen Buchstaben ein Name stand: Conny Bergmann. Die Pflegerin, die sich so liebevoll um meine Mutter gekümmert hatte. Zögernd öffnete ich den Umschlag und nahm zwei Blätter heraus. Eines war liniert, das andere, ein Karoblatt, war mit einer Büroklammer verschlossen.

Liebe Frau Beck,
als Ihre Mutter starb, war ich gerade im Urlaub. Deshalb kann ich Ihnen erst jetzt mein tiefes Beileid aussprechen.
Es war der Wunsch Ihrer Mutter, zu sterben. Aber ich weiß, dass ihr Tod eine große Lücke in Ihrem Leben hinterlassen wird, auch wenn sie bei jedem Ihrer Besuche schon etwas weiter verschwunden war.
Ich weiß, es war schwer für Sie, Ihre Mutter so regelmäßig zu besuchen. Viele unserer demenzkranken Bewohner werden von ihren Angehörigen völlig im Stich gelassen. Ich fand es immer schön, dass Sie kleine Ausflüge mit ihr gemacht haben und mit ihr spazieren gegangen sind. Zuerst mit dem Rollator, später mit dem Rollstuhl. Bis auch das nicht mehr möglich war. Sie haben sich sicher oft gefragt, ob Ihre Mutter das überhaupt noch mitkriegt. Doch, das war der Fall. Wenn sie ihre lichten Momente hatte, erzählte sie mir, wie sehr sie die Stunden mit Ihnen genießt.
Ihre Mutter war eine Frau, zu der ich eine besondere Bindung hatte. Fast bis zum Schluss hat sie meinen Namen gekannt. Das ist außergewöhnlich. Ich denke gern an die Momente, in denen sie wusste, wer sie war und wo sie war. Dann kam oft ihr Humor zurück, und wir haben herzlich miteinander lachen können.
Ich war froh, als ich hörte, dass Sie bis zum Schluss bei ihr sein konnten. Und hoffe von Herzen, dass Sie einen Weg finden, Ihre Trauer zu bewältigen.
Rückblickend auf die vergangenen Jahre, bin ich sehr froh, Sie beide kennengelernt zu haben, und wünsche Ihnen alles erdenklich Gute.
Ihre Conny.

Ich schnäuzte mir die Nase. Dankbar für ihre lieben Worte und dafür, dass sie sich die Zeit genommen hatte, mir diesen Brief zu schreiben. Wie oft war ich mit der Befürchtung nach Hause gegangen, zu wenig für meine Mutter getan zu haben. Doch damit räumten diese Zeilen auf, und ich fühlte mich seltsam erleichtert.

Dann nahm ich das karierte Blatt in die Hand. *Das werden Sie sicher aufheben wollen*, stand darauf geschrieben. Neugierig entfernte ich die Klammer und faltete den Bogen auseinander. Ein Papierstreifen flatterte zu Boden. Die Ränder unregelmäßig, weil mit einer kleinen Schere ausgeschnitten, wusste ich sofort, dass es einer der vielen Zettel war, die meine Mutter in ihren letzten Jahren geschrieben hatte. Es waren Notizen gegen das Vergessen. Ihre Versuche, Erinnerungen festzuhalten, damit sie nachlesen konnte, was einmal gewesen war. Wie gestreute Brotkrumen im Märchenwald.

Nach ihrem Tod hatte ich sie überall gefunden. In Schubläden und Büchern, in Schuhen, in Taschen und zwischen den CDs. Manchmal war es nur ein Name, ein Datum. Manche erzählten von ihrer Schulzeit, von Noten und Lehrern. Andere zählten Orte auf, an denen sie gearbeitet hatte, Menschen, mit denen sie befreundet gewesen war.

Dieser Zettel war klein, doch die Botschaft hätte größer nicht sein können:

Das Liebste was ich habe, ist Nora, meine Tochter

Tränen ließen die vertraute Schrift verschwimmen. Ich schloss die Augen und bedankte mich bei ihr für dieses Geschenk.

Ich verfasste ein paar Zeilen an Connie, packte die DVD ein und machte mich auf den Weg zu Mrs Ashe. Im Lauf des Tages war es sommerlich warm geworden, und in einigen Gärten hing die Wäsche zum Trocknen auf der Leine.

»Ich hoffe, Sie kommen mit Ihrer Arbeit gut voran und der Kater ist wohlauf«, sagte Mrs Ashe, während sie die passenden Marken auf die Umschläge klebte. Heute zierte ein einzelner Lockenwickler ihre Frisur. Als sie meinen Blick bemerkte, schob sie ihn zurecht. »Ich gehe heute Abend mit einer Freundin nach Helston ins Kino, es würde mich aber nicht wundern, wenn wir noch ein heftiges Gewitter bekämen, die Zeichen stehen auf Sturm!«

»Meinen Sie wirklich?« Ich dachte an die strahlende Sonne und die flatternden Laken auf den Leinen – und plötzlich wusste ich, wie ich mein Übersichtsproblem lösen konnte, ohne dass Smuggler meine Notizen wieder durcheinander brachte.

Ich machte mich gleich auf die Suche. Kurz darauf hatte ich alles gefunden: eine Rolle Paketschnur, ein Päckchen Nägel und Wäscheklammern.

»Große Wäsche?«, fragte Mrs Ashe, die inzwischen von der Postagentur zur normalen Kasse gewechselt war.

Ich überlegte, was *Szenenplan* auf Englisch heißen mochte, entschied mich dann für eine einfachere Erklärung: »Ich werde die Seiten meines Buches aufhängen«, sagte ich feierlich. »Dann habe ich alles im Blick, und der Kater hat keine Chance!«

Mrs Ashe blickte nachdenklich über ihren Brillenrand. »Ich persönlich bevorzuge gebundene Bücher, Darling, aber wenn Sie es so lieber mögen ... Why not?«

Beschwingt ging ich zurück ins Cottage und setzte meine Idee in die Tat um. Zuerst schrieb ich die Stichworte der Szenen kapitelweise untereinander und druckte die Seiten aus. Dann klopfte ich ein paar Nägel in die Wand, spannte die Schnur und hängte die Kapitelblätter mit Klammern an die Leine.

»Schau dir das an«, sagte ich zu Smuggler, der wegen der Störung genervt aus seiner Schachtel guckte. »Jetzt habe ich alles im Blick, und es kann mir kein Fehler mehr unterlaufen.«

Es funktionierte tatsächlich, und gegen Abend war ich so weit, dass ich einen ungefähren Zeitplan im Kopf hatte. Und das Beste dabei war: Ich würde meinen Abgabetermin einhalten können.

»Das mache ich ab sofort mit jedem Projekt!« Zufrieden ging ich an der Schnur entlang. »Alle Einzelteile geschmiert, geölt und an der richtigen Stelle. Morgen ergänze ich noch die letzten Kapitel, und am Samstag starten wir durch!«

Smuggler machte einen Buckel und sprang auf den Boden. »Und du kannst hier so oft toben, wie du magst.« Ich nahm ihn auf den Arm und drückte ihn an mich. »Meine Arbeit bringst du jedenfalls nicht mehr durcheinander!«

Es war Zeit, Feierabend zu machen und mich um die Interviewfragen zu kümmern. Dann konnte ich das aus meinem Kopf streichen und mich aufs Manuskript konzentrieren.

Ich belegte zwei Toasts mit Käse, schenkte mir einen Wein ein und setzte mich an den Schreibtisch. Smuggler saß sofort neben dem Teller und schnupperte interessiert. Seit seinem ersten Camembert-Erlebnis hatte er sich zum Käseliebhaber gemausert.

»Dann ist aber Schluss«, sagte ich, nachdem ich ihm ein Stückchen Cheddar kredenzt hatte. »Dein Fressen steht in der Küche.«

Ich rief die Datei auf und sah nach, wo ich stehengeblieben war. Richtig, bei George und den Fünf Freunden.

Die nächste Frage lautete: *Was ist es für ein Gefühl, wenn Sie die Arbeit an einem Buch beenden?* Das war einfach: »*Große Erleichterung! Irgendwann hat man keinen Abstand mehr zum Inhalt und ist unendlich froh, alles vom Tisch zu haben. Um sich wieder anderen Dingen widmen zu können. Und nicht alles im Alltag in Zusammenhang mit diesem einen Roman und dessen Personal zu sehen.*« Ich wusste jetzt schon, dass der Tag, an dem ich Millar und Konsorten verabschieden konnte, einer meiner glücklichsten sein würde. Darüber bestand kein Zweifel!

Für die nächste Antwort musste ich länger überlegen: »*Welche Romane würden Sie immer wieder in die Hand nehmen, und mit welcher Romanfigur möchten Sie gern einen Abend verbringen?*«

Im Augenblick las ich einen ausgesprochen seichten Roman, den ich sicher kein zweites Mal lesen würde. Aber danach wurde nicht gefragt. Ich überlegte. Wenn ich jetzt an den Regalen in meiner Wohnung entlanggehen könnte, hätte ich die Liste gleich beisammen. Aber aus dem Gedächtnis war das gar nicht so einfach. Ich schrieb darauf los. Streichen oder ergänzen konnte ich später immer noch. »*›Katzenauge‹ von Margaret Atwood, ›Tage der Toten‹ von Don Winslow, ›Das Gedächtnis des Wassers‹ von François Gantheret, ›Der Tod von Sweet Mister‹ von Daniel Woodrell … Vieles von Haruki Murakami,*

Stephen King, John Irving, Anne Tyler, Michael Connelly, Fred Vargas …«

Mehr fiel mir in dem Moment nicht ein, aber egal. Papier war geduldig und die Datei ebenso.

Mit wem würde ich gern einen Abend verbringen? Spannende Frage. Nach einigem Hin und Her fiel die Wahl auf zwei Männer aus den Romanen von Fred Vargas. Ich beneidete Vargas um ihr gesamtes Personal, aber diese beiden waren meine Favoriten: Jean-Baptiste Adamsberg und sein Inspektor Adrien Danglard. Unter der Bedingung, dass wir uns im Bistro trafen, nicht bei Danglard zu Hause. Er war alleinerziehender Vater von fünf Kindern und die wollte ich nicht vorher ins Bett bringen müssen. Aber so könnten es sehr anregende Stunden werden. Danglard mit seinem unerschöpflichen Halbwissen und Adamsberg mit seinen schrägen Gedankengängen. Das hätte was.

Mir fiel ein weiterer Mann ein, der für einen anregenden Abend in Frage kam: Phil. »So ein gemeinsames Fischessen wäre wieder schön! Was meinst du, Kleiner?«

Als Antwort drehte Smuggler mir schnurrend seinen Flauschbauch entgegen. Ich kraulte ihn sanft. »Dir fehlt er wohl auch?«

Phil … Mir fehlte er mehr, als mir lieb war. Wo er wohl steckte? Ob er glücklich war? Oder war er ähnlich beziehungsunfähig wie die Herren Adamsberg und Danglard?

Obwohl das für mich kein Thema war, bei dem ich den Mund zu voll nehmen sollte. Mein bisheriger Weg ins Glück war gepflastert mit gescheiterten Beziehungen. Nun hatte ich mich zur Abwechslung in einen schwulen

Kameramann verliebt. Herzlichen Glückwunsch, Nora! Ich ging in die Küche und schenkte mir ein weiteres Glas Wein ein. Auf die nächste Katastrophe.

Als ich zurückkam, war Smuggler auf dem Weg in den Garten. »Nimm dich bloß vor der Liebe in Acht«, sagte ich, während ich ihm folgte. »Am Anfang sieht alles rosig aus. Man putzt sich gegenseitig und frisst aus einem Napf. Aber meistens dauert es nicht lange und man faucht sich an.«

»Mau!« Smuggler setzte sich neben mich auf die Bank und beobachtete einen Schmetterling.

»Bei mir ist das jedenfalls so«, sagte ich. Am Anfang glaubte ich stets, Mr Right gefunden zu haben. Bis ich eines Tages aufwachte und mich fragte, was ich bei dem Mann verloren habe. Zuerst packte ich meine mentalen Koffer. Die realen folgten bald. Nach dem Streit und den Tränen.

Was ich jetzt bräuchte, wäre Alex' Stimme. Ihre pragmatischen Vorschläge, ihre Fröhlichkeit und ihren Kampfgeist. Aber ich hatte keine Ahnung, wo sie gerade steckte und ob ich sie stören konnte. Es war ohnehin besser, ihr zu schreiben, meine Gedanken und Befürchtungen in Ruhe zu formulieren. Und während Smuggler zu seiner Abendrunde aufbrach, setzte ich mich wieder an den Laptop.

Liebe Alex,
es ist wieder so weit: Amor hat getroffen. Diesmal ist er nicht verheiratet, hat keine narzisstische oder sonstige Störung, sondern ist sympathisch. Interessiert. Und schwul! Ich glaube, so einen Fall hatte ich noch nicht, oder?

Herrgott! Endlich ist die Vorarbeit so weit, dass ich übermorgen mit dem Schreiben loslegen kann, und jetzt das. Zum Glück ist er schon länger unterwegs, aber er wird wiederkommen. Und ich habe keine Ahnung, wie ich mich ihm gegenüber verhalten soll, wenn er vor der Tür steht. Gewiss ist, dass er vor der Tür stehen wird, denn es ist Phil, mein Nachbar. Mit dem ich gekocht habe, der mir bei der Arbeit geholfen – und mir jetzt den Kopf verdreht hat. Solltest Du am Rechner sitzen und dies lesen, schick mir bitte ein paar aufbauende Sätze. Ich kann sie gerade gut brauchen ...

Ich nippte an meinem Wein. Dann fügte ich Pauls Telefonnummer den Zeilen hinzu und schickte die Mail ab.

Alex saß nicht nur am Rechner, sie war schon in der nächsten Minute am Telefon und ich überglücklich, ihre Stimme zu hören.

Sie kam gleich zur Sache. »Hattest du nach der Beerdigung nicht gemeint, dein Problemkonto sei bereits so überzogen, dass du es kündigen würdest?«

Ich lachte. »Selber hallo. Ja, ich kann mich dunkel erinnern, etwas in der Art gesagt zu haben.«

»Wer sagt denn, dass er schwul ist? Nur, weil er mit Paul befreundet ist?«

»Aber es gibt innige Fotos von den beiden.« Ich schaute zu dem Bild von Phil und Paul hinüber und eine bekannte Wärme breitete sich in meinem Bauch aus.

»Dann sind wir lesbisch. Erinnerst du dich an das Bild von uns beiden auf der Blumenwiese? Und die Fotos auf Kreta am Strand?«

»Da haben wir doch nur herumgealbert«, sagte ich.

»Genau«, sagte sie. »Und ich habe mir sagen lassen,

dass das auch bei Männern gelegentlich vorkommen soll. Also, nächstes Indiz.«

»Na ja, man kauft sich nicht einfach ein Cottage am Ende der Welt, nur weil man seinen Nachbarn sympathisch findet, oder? Dann hat er noch die Bemerkung gemacht, dass alles erheblich einfacher gewesen wäre, wenn Paul nicht immer fremdgegangen wäre. Ganz zu schweigen von diesem hübschen Mann im Pub, der ihn herzlicher umarmt hat, als es sonst unter Männern üblich ist.«

»Oha«, sagte Alex. »Das lasse ich gelten. Aber alles andere muss gar nichts heißen. Wann kommt er denn wieder?«

»Keine Ahnung. Er ist schon eine Weile unterwegs. Muss für einen Kollegen einspringen.«

»Und in all der Zeit hast du ihn mit keiner Silbe erwähnt?«

»Ich habe ihn doch schon gleich am Anfang erwähnt, oder? Als du geglaubt hast, ich hätte mir einen Lover angelacht.«

»Aber du hast nicht verlauten lassen, wie es um deine Gefühle für diesen Mann steht«, sagte Alex.

»Das ist mir selber erst jetzt klar geworden.« Ich seufzte tief. »Wenn er Smuggler das nächste Mal krault, weiß ich nicht, ob ich es schaffe, mich zusammenzureißen ...«

Alex lachte. »Ich drücke dir die Daumen, dass du ebenfalls berücksichtigt wirst. Geht es dir denn sonst schon besser?«

»Ja. Ich hatte übrigens ein sehr schönes Erlebnis.« Ich berichtete ihr von Connys Brief und dem Zettel.

»Ich habe dir immer gesagt, dass du unsagbar viel für deine Mutter getan hast. Glaubst du es nun endlich?«

»Ja. Ich gelobe Besserung!« Ich hörte, wie es bei Alex an der Tür klingelte.

»Das ist mein Kollege«, sagte Alex. »Wir haben am Wochenende Geschäftsleute aus Amerika hier, die wir bespaßen müssen. Halte mich auf dem Laufenden, hörst du? Und mach dir nicht zu viele Gedanken. Träum wenigstens schön von ihm!«

16

Im Gegensatz zu Mrs Ashes Wettervorhersage ging Alex' Wunsch nicht in Erfüllung. Kurz nach Mitternacht tobte ein heftiger Sturm ums Haus und ließ die gekippten Fenster zuknallen.

Ich ging durch die Zimmer, schloss alle Fenster und legte mich wieder ins Bett. Danach war ich lange wach. Als ich endlich wieder eingeschlafen war, wurde ich von Träumen heimgesucht, die leider nicht von Phil handelten.

Gegen Morgen riss mich ein Geräusch aus dem Schlaf. Es klang wie verhaltenes Miauen. Und es kam näher.

Ich machte die Augen auf und sah Smuggler ins Schlafzimmer stolzieren. Kopf und Schwanz stolz hoch gestreckt. Zwischen den Zähnen hing eine kapitale Maus.

Ich habe mal gelesen, dass man Katzen in solchen Situationen loben sollte, aber mir kam nur ein »O nein!!!« über die Lippen. Was Smuggler als Aufforderung verstand, die Maus vor dem Bett abzulegen und mir mit einem fröhlichem lauten »Mau!« zu antworten.

Die Maus brauchte nur Sekunden, um zu sich zu kommen. Sie flüchtete, unbeachtet von dem Kater, unter den Schrank.

»Und jetzt?«, fragte ich Smuggler.

»Mau!«

Ich reagiere nicht panisch auf diese Nager, aber ich will sie auch nicht im Haus haben. Schon gar nicht in Küche oder Speisekammer. Vielleicht war sie auch verletzt, verendete irgendwo und würde Wochen lang vor sich hin stinken.

»Erst wird die Maus gefangen«, sagte ich streng. »Vorher gibt es kein Frühstück.«

Diese Drohung war Smuggler reichlich egal. Er sprang aufs Bett und tobte auf der Decke herum. An Weiterschlafen war nicht zu denken.

Ich schwang die Beine aus dem Bett. Smuggler rannte auf die Treppe zu. »Nein, ich meine es ernst. Erst die Maus, dann wird weiterverhandelt.«

Smuggler interessierte sich nicht im Geringsten für meine Erziehungsmaßnahmen. Voller Vorfreude setzte er sich neben seinen Napf.

In diesem Moment rannte etwas Kleines an der Küchentür vorbei. Smuggler nahm sofort die Verfolgung auf, und ich frühstückte in Ruhe. Ich freute mich auf den heutigen Tag. Wenn alles glattging, war ich im Lauf des Nachmittags mit diesem Teil meiner Arbeit durch.

Smuggler saß regungslos vor einem der Bücherregale und starrte auf eine bestimmte Stelle. Nur die Schnurrhaare zitterten ein wenig. So machte ich mich allein an die Arbeit, während mein Assistent sich dem Projekt »Maus« widmete.

Dabei waren wir unterschiedlich erfolgreich. Während ich gegen Mittag fast fertig war, harrte Smuggler immer noch im Wohnzimmer aus. War die Maus überhaupt dort, wo er sie vermutete? Vielleicht hatte sie eine geschickte falsche Fährte gelegt und es sich längst in der Speisekammer gemütlich gemacht. Wie auch immer, ein wenig Hilfe konnte nicht schaden. Zeit für einen Besuch bei Mrs Ashe.

Meine Frage nach Mausefallen verwirrte sie. »Sie haben mir doch erst neulich erzählt, dass mit der Katze alles in Ordnung ist?«

»Die Katze *ist* das Problem«, sagte ich. »Sie bringt die Mäuse lebendig ins Haus.«

»In jungen Jahren haben sie nur dummes Zeug im Kopf.« Mrs Ashe sagte es in einem Ton, als würden wir über pubertierende Jugendliche reden. »Aber ich kann Ihnen helfen, dear, kein Problem, einen kleinen Moment, ich bin sofort wieder da.«

Sie kam mit einem großen Karton zurück und baute neben der Kasse eine ›Straße des Todes‹ auf. »Das hier ist ein altes Modell«, sagte sie, während sie mir das Prinzip der einfachen Holzfalle vorführte. »Nicht sehr verlässlich.« Dann nahm sie ein Modell aus Plastik in die Hand, das wie eine große, breite Klammer aussah. »Im Gegensatz zu *Powercat* ...« Sie machte die Falle auf. »Die verfügt über einen speziellen Lockstoff und ist wirkungsvoll und fangsicher.« Sie ließ sie mit einem lauten Knall zuschnappen.

»Und diese?« Ich zeigte auf einen runden und einen länglichen Drahtkasten. »Damit fängt man sie lebend, oder?«

Mrs Ashe nickte. »Sie bestücken sie am besten mit Schokolade oder Käse. Aus dieser hier ...« Sie zeigte auf das runde Modell. »... führt kein Weg zurück, während bei dieser ...«. Eine Vorführung der länglichen Variante. »... die Tür ins Schloss fällt.«

»Die nehme ich.« Wenn schon Gefangenschaft, dann eine größere Zelle. »Und wie war Ihr Abend in Helston?«

»Der Film war mittelmäßig, aber ansonsten war der Abend mit den Girls wunderbar«, sagte sie. »Mal unter uns: Was wäre man ohne gute Freundinnen?!«

Absolut verloren. Da musste ich ihr recht geben.

In einer der Küchenschubladen fand ich einen Rest *Double Deadly Chocolate* aus dem Süßwarenladen. Das meiste davon aß ich selber, das letzte Stückchen legte ich zusammen mit etwas Käse in die Lebendfalle und stellte sie vor das Regal.

»Und du legst jetzt eine Jagdpause ein. Sonst traut sich die Maus nicht aus ihrem Versteck.« Ich hob Smuggler hoch und setzte ihn in seine Schachtel. Er hatte mit meiner Entscheidung kein Problem. Nachdem er ausgiebig gegähnt hatte, drehte er sich ein paarmal im Kreis, dann rollte er sich zusammen. Ein tiefer Seufzer zum Abschluss und er war eingeschlafen. Ich würde es ihm nachtun. Den letzten Feinschliff an meinem Manuskript würde ich heute Nachmittag vornehmen. Nach einem verdienten Mittagsschlaf auf der Couch.

Zwei Stunden später wachte ich auf. Jetzt erst einen Kaffee. Noch eine Stunde Arbeit, dann war die Sache im Kasten. Etwas anderes war bereits im Kasten: Die Maus saß in der Lebendfalle und starrte mich mit glänzenden Knopfäuglein verängstigt an.

»Keine Panik, gleich bist du wieder zu Hause.« Ich nahm die Falle und schlich an dem schlafenden Smuggler vorbei. Am Ende des Gartens stellte ich den kleinen Käfig ins Gras und öffnete ihn. Verunsichert trippelte die Maus nach vorne, streckte den Kopf vor und schnupperte. Dann sprang sie hinaus und war im nächsten Moment unter einem Strauch verschwunden.

Der nächtliche Sturm hatte die Schwüle vertrieben, und die Sonne strahlte vom Himmel. Überall im Garten brummte und summte es, die Blumen in den Beeten hatten Kundschaft, dass die Stängel sich bogen. Sehnsüchtig schaute ich zum Nachbarhaus hinüber. Phil hatte sich endgültig in meinem Kopf eingenistet, und die Frage, wie ich damit umgehen sollte, war ein nach wie vor ungelöstes Rätsel.

»Jetzt ist Walter Millar an der Reihe«, sagte ich. »Deine eigenen Gefühle können warten.«

Dachte ich. Denn als ich mein Laptop aufklappte, sah ich, dass eine Mail vom Verlag eingetroffen war. Neugierig öffnete ich sie.

Liebe Frau Beck,
wir haben nach wie vor Verständnis dafür, dass Sie die Fertigstellung des Manuskripts auf Grund familiärer Schwierigkeiten mehrmals verschieben mussten.
Nun haben wir aber erfahren, dass ein anderer Verlag einen Krimi mit einem sehr ähnlichen Plot im aktuellen Programm hat. Die Idee mit dem Folianten und der darin enthaltenen Decodierung findet sich dort 1:1 wieder. Somit sehen wir für Ihren Roman keine Absatzchancen mehr und haben daher entschieden, den Titel aus dem Programm zu nehmen.
Damit Ihnen kein finanzieller Ausfall entsteht, bieten wir Ihnen an, dass wir den Vertrag umwandeln und Sie stattdessen eine neue Geschichte für uns schreiben.
Gerne dürfen Sie uns hierfür Vorschläge machen!
… … …

Wie bitte? Ich las die Nachricht erneut und langsam, dann drang der Inhalt zu mir durch: Ich konnte alles in die Tonne treten. Das Buch würde nicht erscheinen.

Warum schrieben sie mir das erst jetzt? Wo alles endlich auf soliden Beinen stand? An einem verfluchten

Freitagnachmittag, wenn ich im Verlag keinen mehr erwischte? Wie betäubt schaute ich aufs Meer. Ihre Einmischungen gingen mir durch den Kopf. Doch nun durfte ich ihnen neue Vorschläge machen. Wie gnädig.

Während ich über all das nachdachte, wurde meine Ohnmacht von unbändiger Wut abgelöst. Nicht mit mir, Freunde! Die Grenze war erreicht, es würde keine zweite Runde geben.

Dieser Zorn bezog sich auch auf mich. Schließlich hatte ich das Spiel brav mitgespielt und mich hübsch an den Leitsatz meiner Mutter gehalten. Hatte versucht, das zu Ende zu bringen, was ich angefangen hatte. Aber damit war Schluss. In Zukunft würde ich auf mein Bauchgefühl hören. Und sollte jemand eine Story mit Dackel haben wollen, dürfte er sie selber schreiben.

Ich überlegte, was ich ihnen antworten sollte, aber nach den ersten Zeilen wurde mir klar, dass ich mir die Mühe sparen konnte. Vor Montag las niemand meine Mail. Ich sollte lieber in Ruhe überlegen, wie es für mich weiterging.

»Eine gute Frage!« Meine laute Stimme riss Smuggler aus dem Schlaf.

»Sorry, Kleiner. Aber wenn das Leben so querschießt, darf man sich schon mal aufregen.« Ich nahm ihn auf den Schoß und strich ihm über das weiche Fell. »Fallhöhen dieser Art kommen in keinem Schreibratgeber vor. Die gehen immer davon aus, dass alles klappt, wenn man seine Hausaufgaben ordentlich gemacht hat. Oder, um es mit Phil zu sagen: Dann braucht man keine Angst zu haben, dass die Karre unterwegs liegen bleibt. Aber das wahre Leben tickt anders. Da fängt man sich schnell einen Kolbenfresser ein und landet an der Notrufsäule.«

Ich überlegte, ob ich Alex zu einer solchen erklären sollte, doch dann fielen mir die Geschäftspartner ein. Kein gutes Timing.

Ich setzte den Kater auf den Boden. »Vielleicht sollte ich aufräumen. Das ordnet die Gedanken.« Doch als ich die mühsam zusammengestellten Kapitel an der Wäscheleine hängen sah, konnte ich mich nicht dazu durchringen, sie wegzuwerfen. Morgen vielleicht. Oder übermorgen.

Plötzlich war mir nach Musik. Während einer Schreibphase hörte ich selten welche. Da lebte ich meistens in völliger Stille. Aber die war ja nun vorbei, und ich inspizierte Pauls CD-Sammlung. Schöne Sachen waren dabei. Alte Aufnahmen von Ella Fitzgerald und Joe Pass, Simply Red, Bach-Kantaten, Jan Garbarek. Für Bach waren die Erinnerungen noch zu frisch. Aber Garbarek würde mich erden. Ich entschied mich für »Twelve Moons«, eine meiner Lieblings-CDs.

Kurz darauf lauschte ich den langgezogenen Saxophontönen aus den Boxen im Wohnzimmer, immer wieder unterbrochen von einem schnellen Rhythmus, bis die Melodien sich zu einem melancholischen Klangteppich verwoben. Ich drehte die Lautstärke auf und ging in die Küche.

Das Angebot im Kühlschrank war groß, doch die Energie, mir etwas zu essen zu machen, verschwindend klein. Bereits der Gedanke, Wasser zum Kochen bringen zu müssen, überforderte mich.

Am Fenster stehend aß ich ein paar kalte Tortellini direkt aus dem Topf und lauschte dem schwermütigen Kosmos von Garbareks Saxophon.

Schon merkwürdig. In letzter Zeit war so ziemlich alles in die Brüche gegangen, was in die Brüche gehen konnte, aber ich war nicht am Boden zerstört. Ich fühlte mich eher wie in einem Vakuum gefangen. Genauer konnte ich es nicht definieren. Smuggler hingegen konnte seine Befindlichkeit präzise benennen. Er hatte Hunger. Großen Hunger.

»Das kommt davon, wenn man gefangene Mäuse nicht verspeist.« Ich öffnete eine Dose Katzenfutter. »Hoffentlich kapierst du das bald.«

Während er sich auf das Fressen stürzte, machte ich mir eine Flasche Wein auf.

Engländer mochten sich in so einer Situation eine *schöne Tasse Tee* machen. Ich bevorzugte ein Glas Bordeaux. Ob schön oder nicht, war heute zweitrangig.

Ich öffnete die Tür und ein Fenster im Wintergarten und machte es mir auf dem kleinen Sofa bequem. Ich schloss die Augen und spürte den Tönen, den Rhythmen von Garbareks Musik nach. Der Duft von frisch gemähten Wiesen wehte herein. Ein Geruch, der mich an Ferien meiner Kindheit erinnerte. Urlaubstage bei Oma und Opa. Ich sog ihn tief in mir auf und fragte mich, ob meine Mutter den beiden wieder begegnet ist.

Mrs Ashe hatte recht gehabt. Seit ich ihr von dem Schluckauf-Telefonat erzählt hatte, waren weitere schöne Erinnerungen an meine Mutter zurückgekehrt. Ich hatte ihr Lachen wieder im Ohr, sah ihr entspanntes Gesicht nach einem schönen Essen vor mir. Ihren verschmitzten Blick, wenn es ihr gelungen war, mir einen Bären aufzubinden. Ich hob mein Glas und dachte voller Liebe an sie.

Doch wie sollte es bei mir weitergehen? Meine ursprünglichen Gründe, hier zu sein, waren nun im wahrsten Sinne für die Katz.

Apropos: Wieder hörte ich Smuggler, ehe ich ihn sah. Wieder dieses erstickte Miauen. Bevor ich die Tür zum Garten schließen konnte, stand er auch schon vor mir. Neue Maus, neues Spiel. Stolz ließ er sie los und sprang zu mir auf das Sofa. Die Maus nutzte die Gunst der Sekunde und verschwand unter den Blättern der Passionsblume.

»Nicht schon wieder! Du hast doch gerade gegessen?!« Diesen Zusammenhang hatte Smuggler anscheinend noch nicht erkannt. *Maus* bedeutete *Spaß* und den wollte er mit mir teilen. Doch der Spaßfaktor hatte gerade Pause. Er putzte sich in aller Ruhe den Schnurbart.

Ich musste unter allen Umständen verhindern, dass die Maus ins Haus gelangte. Doch just als ich die Tür zum Wohnzimmer schließen wollte, sprang sie über die Schwelle und war im nächsten Moment verschwunden.

»Du machst dich nicht sehr beliebt!«, sagte ich zu Smuggler, der mittlerweile auf dem Schreibtisch saß. Wie ein Punktrichter bei einem Wettkampf verfolgte er aufmerksam, wie ich im Wohnzimmer auf die Knie sank und unter Schrank, Sessel und Couch schaute. Zu spät. Die erste Runde ging an die Maus.

Vielleicht sollte ich anfangen, Ratgeber zu schreiben. »Sich gegen Mäuse durchsetzen. Aber richtig!« oder »Wenn das Leben dir ’ne Maus schenkt, koch Suppe daraus!« Übungsmaterial hatte ich schließlich genug.

Ich stand auf und klopfte mir ein paar Staubflusen von der Hose. Dann holte ich ein Stückchen Käse aus dem Kühlschrank. Wie auch immer, die Anschaffung der Falle hatte sich gelohnt.

17

Konnte man die Annahme von Tagen verweigern? Wie Pakete, die man nicht bestellt hatte? Konnte man sie überspringen, wenn sie einem zu lang oder zu schwer vorkamen?

Während ich darüber nachdachte, zog ich mir die Decke über den Kopf und versuchte so, das Sonnenlicht und das Geschrei der Möwen auszusperren.

Smuggler hatte kein Verständnis für philosophische Ansätze. Mit seiner Vorderpfote schob er die Decke zur Seite und sah mich an. »Mau?«

»Heute ist mir nicht nach Toben.«

Er schien über diese Ansage nachzudenken. Dann leckte er mir mit seiner raspelrauen Zunge über die Nase und rollte sich vor mir zusammen. Anscheinend hatte er verstanden.

Die Ruhe war jedoch nur von kurzer Dauer. Nach einem Power-Nap streckte er sich, sprang mit einem lauten »Ra-waah« auf mich und fing alles, was sich unter der Decke bewegte. Die Schonzeit war vorbei, der Tag sollte gefälligst beginnen.

»Du hast unten eine Maus«, sagte ich müde. »Spiel erst mit der!« Doch schon bald musste ich über seine gewagten Sprünge lachen und kapitulierte.

Die Falle im Wohnzimmer war leer, der Cheddar verschwunden. »Das ist eine Zaubermaus«, sagte ich zu Smuggler. »Um die zu fangen, musst du dir einen guten Trick ausdenken.« Der Kater dachte gar nicht daran. Er wollte sein Frühstück nicht fangen, er wollte es serviert bekommen. Und zwar dalli.

Nachdem ich das Geschirr weggeräumt hatte, kämpfte ich mit der Leere, die sich plötzlich auftat. Der Tag fühlte sich anders als die vorangegangenen an. Kein Manuskript, das auf mich wartete. Nichts.

Auch Smuggler schien die Veränderung registriert zu haben. Er lag nicht wie gewohnt in seinem Karton, sondern hatte es sich auf dem Sofa im Wintergarten bequem gemacht. Als wollte er mit den Manuskriptseiten nichts mehr zu tun haben.

Ich setzte mich wie gewohnt an den Schreibtisch. Fast hätte ich die Textdatei geöffnet, doch im letzten Moment bewegte ich den Cursor weiter. Es war vorbei mit Walter Millar. Und je eher ich das kapierte, umso besser.

Wieder juckte es mir in den Fingern, dem Lektorat eine gesalzene Mail zu schreiben, aber auch heute ließ ich es bleiben. Es war alles gesagt worden.

Was mich nicht davon abhielt, in meiner Antwort auf Pauls Frage, ob ich gut vorankam, mir den großen Frust von der Seele zu schreiben. Doch kaum hatte ich auf *Senden* gedrückt, war die Leere wieder da.

Ich surfte eine Weile lustlos durch das Internet, bis mir auf der Facebook-Seite das Interview wieder einfiel. Dafür hatte ich nun wirklich alle Zeit der Welt. Wild entschlossen, wenigstens diese Aufgabe zu erledigen, öffnete ich den Fragenkatalog.

Die Frage, unter welchen Gesichtspunkten Handlungsorte ausgewählt und Plots ins Rollen kamen, umschiffte ich auch diesmal und nahm mir die nächste vor: *Würden Sie sagen, dass das Leben bisher viele Überraschungen für Sie in petto hatte?*

Allerdings. Sollte ich sie in den Kategorien *gute, schlechte* und *katastrophale* Überraschungen einteilen? Oder, wie die vorherige Frage, zurückstellen? Ich entschied mich für einen Platz in der Warteschleife. Es ging weiter:

Was machen Sie, wenn Sie zwischendrin den Kopf freikriegen müssen?

»Laufen«, sagte ich in den stillen Raum hinein. Damit war der Tag besiegelt. Ich zog die Wanderschuhe an.

Ich fuhr nach Kynance Cove. Das war nicht weit, und von dort konnte ich zur Südspitze Englands wandern.

Die schmale, geschotterte Straße führte durch eine öde Heide- und Graslandschaft, wo weder Busch noch Baum wuchsen. Hatte ich wirklich die richtige Wahl getroffen? Auf dem Parkplatz der National Trust stellte ich fest, dass meine Befürchtungen umsonst gewesen waren. Schon hier war die Aussicht großartig: Die Hochfläche der zerklüfteten Westküste des Lizards war blumenübersät, und tief unter mir brachen sich türkise Wellen an bizarr geformten Felsformationen.

Bis auf ein weiteres Auto war der Parkplatz leer, die kleine Bude der Parkaufsicht noch nicht besetzt. Ich kam der höflichen Aufforderung nach, zwei Pfundmünzen in die Kasse zu werfen, dann ging es los.

Wenn von Cornwall die Rede ist, bekommen viele Menschen glänzende Augen. Begriffe wie *überwältigend* und *dramatisch schön* fallen, und sie schauen verklärt in die Ferne. Früher hatte ich das belächelt, doch nun musste ich ihnen recht geben. Ich war sogar bereit, ein *atemberaubend* hinzuzufügen.

Ich rieb mir Sonnencreme ins Gesicht, schulterte meinen Rucksack und wanderte in einem strammen Tempo los. Der Weg führte die Klippen entlang. Schon bald überredete mich meine Kondition zu einer ruhigeren Gangart. Immer wieder blieb ich stehen und sah hinunter auf das glitzernde, blaue Meer. Mit jedem meiner Schritte blieb ein Teil meiner Anspannung auf dem Pfad zurück.

Als ich die erste Anhöhe erreicht hatte, setzte ich mich auf einen Felsen. Die Weidelandschaft nach Norden erstreckte sich wie ein Teppich aus verschiedenen Grünflächen, von dunklen Hecken wie mit Nähten zusammengefügt. Als hätte jemand einen riesigen Quilt über die Ebene gelegt.

Kein Laut drang nach oben. Nur der Wind war zu hören, der über Gräser und Blumen strich. Die Rote Lichtnelke hatte auch hier große Flächen pink gefärbt, und die Blüten bewegten sich in einem ruhigen Rhythmus.

Ich wanderte weiter und kam zu einer Stelle, an der es zwischen zwei Klippen steil bergab ging. Vorsichtig folgte ich dem geschotterten Serpentinenpfad in die Senke hinunter, die Fallhöhe fest im Blick. Ein schmaler Bach schlängelte sich murmelnd an großen, rund geschliffenen Kieseln vorbei, bevor er sich mit dem Meer vereinte.

Eine Frau kam mit ihrem Hund von der anderen Seite herunter. Wir grüßten einander, wechselten ein paar Worte über das schöne Wetter, dann folgten die beiden am Bachlauf weiter, während ich über kantige Steine zur nächsten Anhöhe hinaufkletterte.

Ein böiger Wind blies mir die Haare ins Gesicht. *Endlich zum Frisör gehen*, vermerkte ich auf meiner mentalen To-do-Liste und strich die Strähnen zur Seite. Von einer Kurzhaarfrisur konnte nicht mehr die Rede sein.

Zu lange war es her, dass ich mir für solche Sachen Zeit genommen hatte. Aber auch das würde sich nun ändern.

In Gedanken versunken wanderte ich weiter. Plötzlich entdeckte ich in der Ferne etwas am Rande der Klippen. Eine Fata Morgana? Nein, als ich näher kam, sah ich, dass dort tatsächlich eine Bank stand. Eine Holzbank, auf der vier Personen Platz nehmen konnten.

Ich fuhr mit der Hand über die Mahagonifarbe, die an manchen Stellen abgeblättert war. An der Rücklehne entdeckte ich ein kleines graviertes Metallschild: »*John David Prince 1950–2003 simply the best*«.

Ich nahm den Rucksack ab, setzte mich und streckte die Beine aus. Wer war Mr Prince gewesen? Warum stand die Bank ausgerechnet hier? War dies sein Lieblingsplatz gewesen? Oder war er hier ums Leben gekommen? Sehr alt war er nicht geworden.

Mit geschlossenen Augen lauschte ich dem trillernden Gesang einer Feldlerche. Ich dachte an den Tag zurück, als ein Arzt mich mit der Alzheimer-Diagnose meiner Mutter konfrontierte. Ich hatte bereits etwas geahnt, aber bis zu dem Moment, in dem es klar ausgesprochen wurde, hatte ich mich in trügerischer Sicherheit gewiegt. Hatte gehofft, ihre Aussetzer und Vergesslichkeit würden sich wieder geben.

Damals hatte ich keine Wahl. Doch jetzt war die Situation eine andere. Ich musste mich den Wünschen des Verlags nicht fügen. Ich war nicht dazu verpflichtet, ihnen neue Vorschläge zu machen. Das würde zwar finanzielle Einbußen nach sich ziehen, doch die konnte ich verschmerzen. Ich hatte ein finanzielles Polster und eine kleine Erbschaft von meiner Mutter. Wenn ich das Geld gut einteilen würde, könnte es für ein Jahr reichen.

Plötzlich wurde mir klar, dass ich nicht nur einen freien Tag hatte. Nein, ich *war* frei. Ich konnte tun und lassen, was ich wollte, und war niemandem darüber Rechenschaft schuldig. Ich sog die Seeluft tief in mich auf. Ich war der Lebendfalle entkommen!

Der Wind nahm weiter zu. Als ich die Augen aufschlug, bemerkte ich eine dunkle Wolke, die direkt auf mich zu trieb. Beunruhigt sah ich mich nach einem Unterstand um, doch weit und breit gab es nichts dergleichen. Nur ein windschiefer Baum am Horizont.

Im nächsten Moment hatten sich meine Überlegungen erübrigt. Die Wolke hatte mich erreicht, und dichter Nieselregen kam herunter. Innerhalb kürzester Zeit war ich klatschnass. Doch wie es hier üblich war, verzog sich der Regen ebenso schnell, wie er gekommen war, und kurz darauf hatte der laue Wind mich wieder getrocknet.

Mir wurde klar, dass sich mein Sicherheitsbedürfnis in den vergangenen Jahren enorm gesteigert hatte. Nicht nur in der freien Natur, auch bei der Arbeit. Ich war immer zögerlicher geworden, und aus Angst, keinen Abnehmer für mein Manuskript zu finden, war ich gern auf die Angebote von Verlagen eingegangen, Projekte gemeinsam zu entwickeln. Wohin das Schreiben mit einem Fangnetz führen konnte, hatte ich gerade erlebt. Doch auch das konnte ich nun ändern.

Unter diesen Gedanken hatte ich die Südspitze Englands erreicht. Der weiße Leuchtturm von Lizard Point stand stolz auf einer Anhöhe. Davor ragten die Felsen Velan Drang, Taylor's Rock, Snag Rock und Man O'War aus dem Wasser, wie ich von Pauls alter Landkarte wusste. Das Panorama war aber nichts Besonderes.

»Davon hatte ich mir mehr versprochen, liebe Südspitze«, sagte ich in Erinnerung an die Rezension. »Höchstens zwei Sterne. Und auch nur, weil ich gutgelaunt bin!« Dann kehrte ich um.

Kynance Cove bekam schon aus der Ferne fünf Sterne. Auf dem steilen Pfad vom Parkplatz hinunter verliebte ich mich sofort. Der schmale Sandstreifen der Bucht war eingerahmt von hohen Klippen, in die das Meer unzählige Höhlen gespült hatte. Es war Ebbe, und ich konnte den Strand trockenen Fußes erreichen. Die Flut hatte überall kleine Tümpel hinterlassen. Dort planschten kleine Kinder selbstvergessen vor sich hin, bewacht von ihren Eltern, die es sich auf Decken bequem gemacht hatten.

Ich umrundete die riesigen Felsen und suchte mir einen Schattenplatz. Dort zog ich meine Wanderschuhe aus, rollte die Hosenbeine hoch und lief ein paar Meter ins flache Wasser hinein. Erfrischend umspielte es meine Knöchel. Doch als das Wasser zurückfloss, spürte ich einen starken Sog. Als würde das Meer versuchen, mir den Boden unter den Füßen wegzuziehen. Ich wankte kurz, doch ich blieb stehen. Spürte, wie meine Füße tiefer in den nassen Sand sanken. Auch die nächsten Wellen schafften es nicht, mich aus der Balance zu bringen. Ich stand fest auf beiden Beinen. Ein gutes Gefühl.

Nachdem ich eine Weile in der Sonne gedöst hatte, zog ich die Schuhe wieder an und ging die Stufen zum Café hoch. Dort suchte ich mir einen Tisch auf der Terrasse. Es war mittlerweile zwei Uhr, und mein Hunger war so groß, dass ich geneigt war, die Karte einmal rauf und runter zu bestellen. Die Scones mit Marmelade und *clotted cream*, die am Nebentisch verspeist wurden, sahen köstlich aus. Doch mir war nach etwas Herzhaftem. Ein sommersprossiger Junge hinter mir verrenkte sich den Kiefer an einem gigantischen Burger. Auf dem Teller lagen frische Chips und ein Berg Krautsalat. »Ist das der Kynance-Burger?«, fragte ich ihn.

Er nickte. »Super«, antwortete er mit vollem Mund.

Damit waren die Würfel gefallen. Ich ließ meinen Rucksack auf dem Picknicktisch liegen und gab im weißgestrichenen Holzhaus meine Bestellung auf. »Einen Kynance-Burger mit allem und eine Victorian Lemonade.«

Der Inhaber, der hektisch zwischen Ladenraum und Küche hin- und hersprang, nahm meinen Schein, drückte mir das Wechselgeld in die Hand und legte einen Bon auf den Tresen. »Sie werden aufgerufen!«

Voller Vorfreude auf das Essen setzte ich mich und schaute auf die glitzernden Wellen in der Bucht vor mir. So hatte ich mich als Kind gefühlt, wenn Ferien waren. Keine Schule, keine Hausaufgaben, einfach nur das tun, was mir als Nächstes in den Sinn kam.

»Vierundzwanzig!«, brüllte eine Stimme oben am Haus. »Vierundzwanzig, bitte!«

Ich träumte weiter, bis jemand mir auf die Schulter tippte. Erschrocken sah ich auf.

»Sind Sie vierundzwanzig?«, fragte mich ein älterer Herr.

»Das ist schon länger her«, sagte ich freundlich. »Bald werde ich achtundvierzig.«

Er grinste. »Nein, hier sind Sie *vierundzwanzig*. Schauen Sie, da steht es!« Er klopfte mit dem Zeigefinger auf den Bon vor mir auf dem Tisch. »Ihr Essen ist fertig!«

Der Junge hatte nicht übertrieben. Der Burger war

köstlich und genau das, was ich nach der langen Wanderung brauchte. Als ich aufgegessen hatte, ertappte ich mich bei der Überlegung, wo ich gerade mit dem Krimi stehengeblieben war.

Falsche Platte, Nora. Du kannst die Mafia ab sofort morden lassen, wie sie will. Es geht dich nichts mehr an.

Was auch bedeutete, dass ich das restliche Buchpersonal los war. Dieser Gedankenblitz machte mich so glücklich, dass ich fast einen Schrei ausgestoßen hätte. Nie wieder Walter Millar! Schluss mit seinem Sohn, dessen Kumpels und ihren verdammten Spitznamen! Es konnte mir schnurzpiepegal sein, wann und in welchem Kapitel sie ins Gras gebissen hatten. Hurra!

Letzteres hatte ich wohl doch lauter ausgerufen, denn das Ehepaar am Nachbartisch sah mich erstaunt an. »Gibt es ein Problem, *dear*?«, fragte die Dame.

»Nein, gar keine mehr!« Ich fühlte mich großartig!

»Ich bin sehr zuversichtlich, dass alles sich zum Guten wenden wird«, sagte ich Smuggler, als ich nach einem verdienten Mittagsschlaf neben ihm auf der Gartenbank saß. Mein Blick fiel auf Phils Cottage, das nach wie vor verlassen dastand. »Oder sagen wir lieber: *Richtig* gut wird es wohl nie werden, aber ziemlich gut.« Ich legte meine müden Beine auf den Hocker vor mir. »Und sollte dir einer weismachen wollen, dass dieser Küstenwanderweg völlig flach verläuft, glaube ihm kein Wort. Wahrscheinlich kann ich mich morgen vor Muskelkater kaum bewegen.« Ich nippte an meinem Tee. »Aber das ist egal. Auch morgen habe ich frei.«

Ich legte mir das Kniekissen aus St. Agnes auf die Beine und schlug mein Romantagebuch auf. Eigentlich verdiente es die Bezeichnung gar nicht mehr. Seit ich in Cornwall war, hatte ich nichts mehr hineingeschrieben. Die Liste mit meinen Vorsätzen war somit mein letzter Eintrag, und ich konnte nicht behaupten, dass sie groß gefruchtet hatten. Ich las sie ein letztes Mal durch, dann strich ich die Punkte der Reihe nach durch. Auf den Kater mochte ich nicht mehr verzichten, das Manuskript gehörte der Vergangenheit an und Ruhe ... Die hatte ich nun zur Genüge.

»Weißt du, als Mädchen habe ich Listen geliebt. Ich führte Dutzende. Mal habe ich meine Lieblingsfarben aufgezählt, mal Berufe, die ich später ergreifen wollte. Natürlich hatte ich eine mit den süßesten Jungs meiner Klasse. Eine Weile habe ich auch besondere Worte gesammelt.« Ich sah Smuggler an. »Du brauchst gar nicht so geheimnisvoll zu gucken. Ich kann mir genau vorstellen, was deine Spitzenreiter sind.« Ich strich ihm über den flauschigen Kopf. »Dreamies, Thunfisch, Crunch, Maus ... Apropos, was macht die Zaubermaus?« Smuggler gähnte. Das Thema schien ihn kein bisschen zu interessieren. Stattdessen kletterte er auf das Kniekissen, setzte sich mitten auf das Buch und fixierte mich.

»Lange waren *zappenduster* und *Ratzefummel* meine Favoriten. Wenn ich es mir so überlege, finde ich sie immer noch gut.« Ich schob den Kater zur Seite. »Später kamen die Vorsätze. Zum Geburtstag, an Silvester. Nach dem Abi, nach dem Studium. Oder wenn eine Beziehung in die Binsen gegangen war und man sich schwor, bestimmte Männertypen für immer zu meiden.«

Ralf fiel mir wieder ein. Ralf hatte sich nie mit dem schnöden Alltag zufriedengeben können, sondern war von Geistesblitz zu Geistesblitz geeilt. Ein Meister der genialen Ideen, der sich immer wieder neu erfinden musste.

Leider hatte die blauäugige Nora sie stets für bare Münze genommen. Hatte lange Zeit geglaubt, dass er die Pläne in die Tat umsetzen würde. Mal war es ein Urlaub auf Island, für den ich schon angefangen hatte zu sparen, mal war es die Gründung einer Theatergruppe. Als ich einen Probenraum in Aussicht hatte und ihm davon erzählte, sah er mich an, als würde er das Wort Schauspiel zum ersten Mal hören. Sein angedeuteter Besuch war sicher genauso einzuschätzen.

Ich schlug eine neue Doppelseite auf. »Was meinst du? Soll ich mir neue Vorsätze notieren?« Smuggler wackelte mit den Ohren und sah mich aus halbgeschlossenen Augen an. Ein gekonnter Schlafzimmerblick. Ob er damit schon eine Mieze um die kleine Kralle gewickelt hatte?

»Du hast recht. Ich brauche keine Listen. Ich kann mir auch so vornehmen, einen spannenden Thriller zu schreiben. Frag mich bitte nicht, wie die Story im Detail aussehen wird. Das wird sich zeigen. Nur eins ist sicher: Sie wird ohne Dackel auskommen. Und ohne Typen wie Walter Millar!«

Als es gegen acht zu kühl wurde, nahm ich meine Sachen und ging ins Haus. Im Wohnzimmer warf ich einen Blick auf die Falle. Bis auf die Tatsache, dass auch der frische Cheddar verschwunden war, hatte sich dort nichts getan.

»Wie sieht es aus?«, fragte ich Smuggler. »Wärst du so freundlich, dich um die Maus zu kümmern?«

»Mau!«, rief der Kater. Was auf »Keine Lust« schließen ließ, denn er folgte mir schnurstracks in die Küche.

Während ich Tomaten für einen Salat schnitt, stellte

ich fest, dass Walter Millar mir immer noch durch den Kopf geisterte. Eigentlich kein Wunder. Ich hatte viel Zeit mit ihm verbracht und sein Seelenleben so oft korrigiert, dass ich ihn nicht einfach mit dem Altpapier entsorgen konnte. Dafür hatten wir eine zu lange Geschichte miteinander.

Ich nahm eine Dose Katzenfutter aus der Speisekammer und dachte über die Lage nach. Nein, behalten wollte ich den Kerl nicht. Er war mir zwar sympathischer als am Anfang, aber wir passten nicht zusammen.

»Vielleicht sollte ich ihm das freundlich verklickern«, sagte ich zu Smuggler, der mir ungeduldig um die Beine strich. »Dann weiß er, was Sache ist, und ich kann ihn gedanklich loslassen. Verstehst du, was ich meine?«

Der Kater warf mir einen Blick zu, aus dem hervorging, dass Millar ihm egal war. Jedenfalls solange er sich nicht als Dosenöffner in dieser Küche betätigte.

»Meine Abi-Träume sind schon lästig genug, weißt du? Da brauche ich nicht auch noch Millar-Träume. Ich möchte einen Schlussstrich ziehen, bei dem er das Gesicht wahren kann. Schließlich habe ich ihn viel durchmachen lassen. Guten Appetit!«

Ich stellte Smuggler den gefüllten Napf hin, zupfte ein paar Blätter vom Basilikumstock und schnitt sie in Streifen. War ich dabei, verrückt zu werden? Litt ich an einer Form von Schriftstellerschizophrenie? Und wenn schon. Schließlich war *ich* für meinen Seelenfrieden zuständig und kein anderer.

Ich stellte den Salat auf den Tisch, nahm ein Stück Ciabatta aus dem Brotkasten und ließ es mir schmecken. Der Gedanke an Millar ließ mich nicht mehr los, und ich stellte mir die Frage, wie ich die Verabschiedung bewerkstelligen konnte.

Millar ging nur ungern vor die Tür. Es hätte also wenig Sinn, mit ihm ins Pub zu gehen. Da ich ihn zum Whiskeytrinker gemacht hatte, entschied ich mich dafür, ihm die Kündigung bei seinem Lieblingsgetränk zu übermitteln.

Ich räumte den Küchentisch ab und ließ den Kater hinaus. Anschließend holte ich den Laphroiag aus dem Wohnzimmer und schenkte zwei Gläser Whiskey ein. Dann malte ich mir aus, Millar säße mir am Küchentisch gegenüber.

Auch heute sah er eher ungepflegt aus: ein Karohemd aus Flanell, eine abgewetzte Kordhose und eine Tweedjacke mit Lederflicken auf den Ellenbogen. Seine Haare konnten eine Wäsche gebrauchen. Ein Frisörtermin war ebenfalls fällig. Was mich an meinen eigenen Vorsatz erinnerte. Ich machte mir gleich eine Notiz auf dem Einkaufsblock.

»Wer hätte gedacht, dass wir mal in eine solche Situation kommen würden«, sagte ich. »Aber das habe ich wirklich nicht kommen sehen.«

Während ich Millar Zeit zum Nachdenken ließ, nippte ich an seinem Whiskey. »Wer geht schon davon aus, dass ein anderer Autor sich eine fast identische Geschichte über einen Folianten ausdenkt, in dem die Dechiffrierung von Geheimbotschaften versteckt ist.« Ich schob ihm sein Glas zu und hob mein eigenes. »Auf die Zukunft und auf Ihr Wohl!« Ich nahm einen weiteren Schluck.

Wie immer war er nicht sehr gesprächig. Damit hatte ich aber gerechnet. »Was meinen Sie? Wollen wir uns nicht endlich duzen?«

Es kam Bewegung in die Sache. Ich stieß mit mir an. »Gerne, Walter. Ich heiße Nora!« Dann trank ich aus beiden Gläsern. »Kann ich noch irgendwas für dich tun?«

Walter schien zu überlegen. »Weißt du, ich hätte die Sache schon mit dir durchgezogen«, führte ich das Gespräch fort. »Aber sind wir mal ehrlich: Du warst mit der Mafia überfordert, oder? Und die Idee mit dem Sohn ... Ich will dir nicht zu nahe treten, aber ich kann mir dich beim besten Willen nicht beim Sex vorstellen.«

Dabei fiel mir ein, wen ich mir sehr wohl in erotischen Situationen vorstellen konnte. Und zwar mit mir ... Nein, Schluss, Nora! Es werden hier keine Probleme vermischt. Auf diesen weisen Entschluss wollte ich einen weiteren Schluck nehmen, aber die Gläser waren leer.

»Ich schenke noch mal nach, einverstanden? So jung kommen wir schließlich nicht mehr zusammen!« Wieder stieß ich mit ihm an.

»Wirst du das Antiquariat weiterführen?« Allmählich wurde das Gespräch zäh, doch so schnell gab ich nicht auf. Schließlich stand meine Nachtruhe auf dem Spiel.

»Du hattest immer genügend Kundschaft, oder? Mal von der Mafia abgesehen. Beruhigt es dich, wenn ich dir erzähle, dass dieser Bande auch fristlos gekündigt wurde? Ja? Dachte ich mir!« Schließlich hatte er genug unter diesen Typen gelitten.

»Vielleicht täte es dir gut, wenn du öfters vor die Tür gingest. Geh in ein Konzert. Oder ins Kino.« Ich ließ die Gläser klirren. »Wenn dich das überfordert, könntest du dir wenigstens mal eine DVD ausleihen. Du alter Stubenhocker!«

Während der nächste Schluck mir weich durch die

Kehle rann, klingelte es in meinem Kopf. Ganz weit hinten. Und ganz leise.

»Ich weiß, du kannst nichts dafür. Schließlich habe ich dich zu dem gemacht, der du jetzt bist. Aber es ist nie zu spät, etwas in seinem Leben zu ändern. Ich weiß, wovon ich spreche.«

Während Walter schweigend an seinem Whiskey nippte, kam mir der Laden in St. Agnes in den Sinn. »Janet hat was Schönes gesagt: Manche Leute fänden bei ihr ein längst vergriffenes Buch. Andere jemanden, der ihnen zuhört. Vielleicht spezialisierst du dich aufs Zuhören. Ich könnte mir vorstellen, dass du das gut kannst!«

Wieder klingelte es in meinem Kopf. Diesmal lauter. Ich schloss die Augen und versuchte, einen roten Faden zu erkennen: DVD ... St. Agnes ... Janet ... Die DVD war vertauscht worden ...

Plötzlich wurde aus dem Klingeln Glockengeläut. »Millar, ich hab's! Ich bin gleich wieder da.«

Auf unsicheren Beinen rannte ich in den Wintergarten. Ich schnappte mir mein Romantagebuch und begann, die Idee niederzuschreiben, schmierte Blatt für Blatt voll. Als ich das Wichtigste zu Papier gebracht hatte, ging ich in die Küche, um mir einen allerletzten Whiskey zu holen.

Millar war inzwischen verschwunden. Wenigstens verabschieden hätte er sich können, dachte ich. Dann kehrte ich an den Schreibtisch zurück und schrieb, als hinge mein Leben davon ab.

18

Ich wachte mit einem dicken Kopf auf. Vorsichtig setzte ich mich und versuchte, mich an den vergangenen Abend zu erinnern. Millar, wusste ich noch. Ich hatte Millar verabschiedet. Mein zweiter Gedanke war »Aspirin«, ich stand auf. Auf dem Weg ins Bad spürte ich, wie viele Muskeln ich in Beinen und Po hatte. Jeder einzelne protestierte vehement gegen die Bewegungen, die ich machte.

Während ich zwei Tabletten mit einem großen Glas Wasser hinunterspülte, meldete sich eine weitere Erinnerung: Ich hatte gestern Abend an einer neuen Geschichte geschrieben. Oder hatte ich das etwa nur geträumt?

Ich wollte es sofort wissen und stieg, mit Alkohol- und Muskelkater kämpfend, die Treppe hinunter. Fehlte nur der echte Kater, aber Smuggler war noch unterwegs.

Fahles Morgenlicht drang durch die Scheiben des Wintergartens. Ich setzte mich an den Schreibtisch und klappte den offenen Laptop zu. Wenn, dann hatte ich mit der Hand geschrieben, da war ich mir sicher. Ich schlug mein Romantagebuch auf.

Mein Schreiben war im Laufe des Abends in Geschmier übergegangen, aber ich konnte alles entziffern. Als ich auf der letzten Seite angekommen war, wusste ich, dass dort ein matt schimmernder Edelsteinrohling zwischen den Zeilen ruhte. Wenn ich es schaffen würde, ihn sorgfältig zu schleifen und zu polieren …

Glieder und Kopf fühlten sich noch immer schwer an,

aber in mir breitete sich eine Leichtigkeit aus, wie ich sie lange nicht mehr verspürt hatte. Ich hatte den Grundstein zu einem tollen Thriller gelegt. Sobald ich wieder geradeaus gucken konnte, würde ich mich an die Arbeit machen.

Leider war auch heute an Ausschlafen nicht zu denken. Smuggler war frisch wie der junge Morgen und schrecklich gut gelaunt. Nicht mal ein Nickerchen war drin. Er wollte *action*, und zwar jede Menge.

Nachdem er zehn Minuten unermüdlich herumgetobt hatte, gab ich mich geschlagen. Ich konnte mich schließlich später noch hinlegen. Ich gab ihm etwas zu fressen, und während der Kaffee durchlief, kam mir das Bild des aufgeklappten Laptops wieder in den Sinn. Ich hatte doch nicht etwa ....

Beunruhigt ging ich an den Schreibtisch. Der Computer erwachte beim Hochklappen des Deckels zum Leben, und ich sah, dass zwei Mails eingegangen waren. Die erste hatte keinen Betreff und kam von Alex:

Was heißt: »MILLAR IST TOT. ES LEBE MILLAR«???

Die Buchstaben, rot und riesig, flimmerten vor meinen Augen. O nein! Ich scrollte die Mail hinunter und sah, dass ich ihr heute Nacht eine euphorische, aber sehr verwirrende Nachricht geschrieben hatte, die mit diesen Zeilen endete.

Die zweite Mail war Pauls Antwort auf meinen gestrigen Wutausbruch. Ich solle mir Zeit lassen und mir etwas Gutes tun, schrieb er. Ich könne gern weiterhin im Cottage wohnen. Er würde ohnehin länger in Kanada bleiben.

Ich seufzte zufrieden. Endlich fügten sich die Puzzleteile meines Lebens zusammen. Ich holte mir einen Kaffee aus der Küche und beschloss, Alex auf den neuesten Stand zu bringen.

Liebe Alex,
erstens kommt es anders und zweitens, als man denkt. Freitagnachmittag wurde mein Krimiprojekt vom Verlag gecancelt. Dazu später mehr. Als meine erste Wut verraucht war, wurde mir bei einer langen Wanderung klar, dass die positiven Seiten insgesamt überwiegen. Immerhin bin ich diesen lahmen Millar endlich los, und um das restliche Personal muss ich mich auch nicht mehr kümmern. Ein sehr gutes Gefühl.
Von Millar habe ich mich gestern bei einem Whiskey von ihm verabschiedet, damit er mir nicht weiterhin durch den Kopf spukt. Und während ich mit dem alten Zausel am Küchentisch saß, fiel mir tatsächlich ein neuer Plot ein! Okay, wir haben mehr als nur einen Whiskey gekippt, aber wenn ich sehe, was dabei herausgekommen ist, lohnen sich die Kopfschmerzen, die ich ertragen muss, doppelt und dreifach.
Die Ideen müssen sich erst mal setzen, und ich muss mich dringend hinlegen. Das Wetter ist toll. Ich werde Pauls Liege aus dem Schuppen holen und mich im Garten gesund schlafen!
Alles Liebe, Deine Nora

Als ich am Nachmittag die Augen aufschlug, sah die Welt schon anders aus. Für kornische Verhältnisse war es angenehm warm, und ich legte die Decke, in die ich mich eingewickelt hatte, zur Seite. Eine dicke Turteltaube landete auf Sokrates' Steinkopf und blinzelte mich interessiert von oben an. Dann begann sie zu gurren und drehte sich auf ihrem Platz im Kreis.

»Danke für die Avancen«, sagte ich. »Ich bin zwar solo, aber such dir lieber eine Taubenfrau. Das erspart dir eine Menge Enttäuschungen.«

In der Küche bereitete ich mir einen Brunch zu: zwei überbackene Scheiben Toast mit Tomaten, Schinken und Mozzarella. Dazu einen großen Becher Kaffee, und die Welt war mein Freund.

Ich hatte gerade den ersten Schluck genommen, als Smuggler aufgeregt maunzend in die Küche kam.

»Hast du Hunger?« Das war nicht der Fall, denn kaum war ich aufgestanden, rannte er ins Wohnzimmer zurück und blieb bei der Falle vor dem Regal stehen. »Rawau!«

Nun sah ich, was Sache war: Die Zaubermaus war beim Käseklau gescheitert. »Danke für den Hinweis!« Ich kraulte ihn hinter den großen Ohren. »Aber in Zukunft bringst du bitte keine Biester mehr ins Haus. Können wir uns darauf einigen?« Ich brachte die Maus in den Garten.

Als auch Smuggler gegessen hatte, gingen wir gemeinsam in den Wintergarten. Der alte Szenenplan hing noch an der Wand – Zeit für einen weiteren Abschied. Ich nahm Kapitel für Kapitel von der Leine und legte die Blätter zum Altpapier.

»Auf geht's«, sagte ich zu meinem Assistenten, der im leeren Karton saß und sich putzte. »Diesmal machen wir von Anfang an alles richtig. Und wenn uns einer reinquatschen will, schenken wir ihm einen bissigen Dackel!«

Die vertauschte DVD aus St. Agnes hatte mich auf den Grundgedanken der neuen Geschichte gebracht. Die Hochzeitsaufnahmen waren harmlos gewesen. Doch dann hatte ich mich gefragt, wie ich wohl reagiert hätte, wenn es hochexplosive Aufzeichnungen gewesen wären. Diese Idee hatte ich weitergesponnen.

Hinzu kam, dass ich zwischenzeitlich das Kapitel über die Zinner von Cornwall von Daphne du Maurier gelesen hatte. Diese Menschen hatten ein unglaublich entbehrungsreiches Leben geführt. Anfangs wurde das Zinn bei Wind und Wetter im Freien, ab der Mitte des fünfzehnten Jahrhunderts in tiefen Schächten unter der Erde geschürft. Aus anderer Quelle hatte ich erfahren, dass man einige dieser Schächte restauriert hatte. Ein Hinweis, der meiner Fantasie weiter auf die Sprünge geholfen hatte.

Meine neue Protagonistin Lilian war Mitte vierzig und betrieb einen Secondhandladen. Eines Tages erwirbt sie einen Karton mit Büchern, Videos und DVDs. Der Film *Bridget Jones – Schokolade zum Frühstück* ist auch darunter. Den legt Lilian zur Seite, denn sie möchte ihn gern mal wieder anschauen. So weit, so gut.

Am nächsten Abend ist alles bereit für einen gemütlichen Abend auf der Couch. Lilian startet die DVD und beißt in ein Stück Pizza. Das bleibt ihr im nächsten Augenblick im Hals stecken. Denn es ist nicht Renée Zellweger im Pyjama, die auf dem Bildschirm erscheint, sondern eine junge Frau, fast noch ein Mädchen, in zerrissener Unterwäsche, angekettet an ein Bettgestell.

Die Männer um sie herum tragen Masken. Laut lachende Männer, die sie betatschen und ihr erzählen, was sie mit ihr vorhaben. Nahaufnahmen von Händen auf nackter Haut. An einem der Finger entdeckt Lilian einen besonderen Ring: einen aufwändig gearbeiteten, goldenen Siegelring mit einem gewölbten, blauen Siegelstein. Sie glaubt, dieses Schmuckstück zu kennen, doch ihr fällt nicht ein, woher.

Entsetzt verfolgt sie die nächsten Einstellungen: ein Transporter, in den verängstigte Mädchen hineingestoßen werden, dann Aufnahmen von einem halb verfallenen Bauernhof. Man sieht Klippen, die steil zum Meer abfallen, und links im Bild die Spitze eines hohen, aus Backstein gemauerten Schornsteins.

»Die Bilder sind verwackelt und schlecht ausgelichtet. Auch die Tonqualität ist nicht besonders, und Lilian vermutet, dass die Aufnahmen undercover gemacht wurden. Sie glaubt auch zu wissen, wo: Der Schornstein sieht aus, wie die der stillgelegten Zinnminen bei St. Agnes, wo sie oft Wanderungen unternimmt«, erklärte ich Smuggler, der mich mit halb geschlossenen Augen beobachtete. »Später fällt ihr wieder ein, wo sie diesen Ring schon mal gesehen hat: am Finger von Benjamin Lewis!«

Smuggler machte einen Buckel. Dann setzte er sich wieder und schnurrt.

»Nein, Kleiner. Lilian ist kein bisschen nach Schnurren zumute. Lewis ist ein angesehener Lokalpolitiker. Ein wahrer Saubermann, der sich den Schutz von Kindern auf die Fahnen geschrieben hat. Ein treusorgender Vater von vier kleinen Mädchen, der mit seiner Frau jeden Sonntag in der Kirche ganz vorn sitzt.«

Ich lehnte mich zurück und versuchte, ihn mir bildlich vorzustellen: groß, gute Figur, kurzes blondes Haare, kantiges Gesicht, freundliche Augen hinter einer randlosen Brille.

»Doch all diese Hintergründe kennen nur wir beide«, flüsterte ich Smuggler zu. »Am Anfang stellen wir Lewis dem Leser als einen Guten vor, verstehst du? Sie werden ihn lieben. Seine Frau finden sie vielleicht etwas spießig, aber er ist rundherum sympathisch. Wir warten, bis sie ihn richtig ins Herz geschlossen haben. Erst dann zeigen wir ihnen sein wahres Gesicht und schubsen ihn – zack! – von der Klippe, verstehst du?«

Ich liebte diese Aufbruchsphasen. Alles war möglich, alles war offen. Es war wie am ersten Schultag nach den großen Ferien: Die Lehrer waren andere, die Hefte neu, die Stifte lagen gespitzt im Federmäppchen, und man freute sich auf das, was kam. Obwohl man wusste, dass man wieder Schularbeiten schreiben, sich an manchen Kapiteln die Zähne ausbeißen würde. Zu diesem Zeitpunkt überwog die Vorfreude.

»Wir werden intensiv an der Informationspolitik feilen. Bei Millar und Konsorten war die recht langweilig.« Smuggler gähnte bestätigend.

»Diese Story werden wir so konstruieren, dass der Leser die Bombe ständig ticken hört, aber wir verraten ihm nicht, wann sie hochgeht. Das klappt, wenn er dem Protagonisten wissenstechnisch immer einen Schritt voraus ist, verstehst du?« Wie konnte ich das Smuggler anschaulich erklären?

»Stell dir Folgendes vor: Du liest ein Buch, in dem ein Kater einer Maus auflauert. Die Situation kennst du ja mittlerweile.« Smuggler wackelte mit den Ohren.

»Aufregend wird es aber erst dann, wenn du, als lesender Kater, weißt, dass dort im Gebüsch keine 08/15-Maus sitzt, sondern eine fiese, gemeingefährliche Ratte lauert. Die den jagenden, unwissenden Kater im Buch gleich anspringen oder gar töten wird. Kapierst du das Prinzip, Kleiner?«

Wieder gähnte Smuggler. So sehr, dass sich auf seiner

Nase eine kleine Falte bildete. Dann stieg er aus dem Karton, schnurrte mir direkt ins Ohr und legte sich hin.

»Gern geschehen. Ich halte dich auf dem Laufenden!«

Ich nahm mir die letzten Seiten von Samstagabend vor und sortierte die Ideen. Diesmal konnte ich meine Geschichte genau dort ansiedeln, wo sie hinpasste. Diesmal würde ich mir von niemandem hineinreden lassen.

In dem Zusammenhang fielen mir die letzten Leserfragen ein, die ich bisher zurückgestellt hatte. Ich beantwortete sie umgehend:

Unter welchen Gesichtspunkten wählen Sie die Handlungsorte Ihrer Bücher aus? Entsteht die Story während der Recherche, oder ist es eher umgekehrt?

»Es gibt Geschichten, die man überall ansiedeln kann, aber für manche gibt es nur eine Option. Dem Autor bleibt keine Wahl. Eine Bergsteiger-Story im Wattenmeer spielen zu lassen macht wenig Sinn.

Ich glaube, dass Geschichten sowohl während einer Recherche entstehen können als auch umgekehrt. Die Grundidee entsteht oft aus dem Nichts: Beim Zeitung lesen, beim Wandern, in einer überfüllten U-Bahn oder auf dem Markt in einem kleinen Dorf. Man sieht, hört oder liest etwas und stellt sich die Frage: Was wäre, wenn ... Dann beginnt man zu recherchieren.

Aber auch ein spezieller Ort kann überraschende Ideen in Gang setzen. Man sieht bestimmte Häuser, eine Landschaft und stellt sich die berühmte Frage. Und schon kommt die Geschichte ins Rollen.«

Ich las die übrigen Antworten ein letztes Mal durch und schickte sie dann mit ein paar Zeilen an Ricarda zurück. Wieder etwas erledigt!

Meine Gedanken gingen zurück nach St. Agnes. Ich erinnerte mich an den stillgelegten Schacht, in den ich einen Stein hatte fallen lassen. Wie es dort unten wohl aussehen mochte? Es wäre sicher lebensgefährlich, auf eigene Faust hinabzusteigen, aber vielleicht konnte ich mich mit den Erfahrungen anderer behelfen.

Ein paar Minuten später war ich schlauer: Es gab im Internet mehrere Videoclips mit Aufnahmen von alten restaurierten Minen. Die Clips zogen mich völlig in ihren Bann. Während ich virtuell in die Stollen hinunterkletterte, hielt ich den Film immer wieder an, um zu notieren, was ich da sah.

Ich verstand nicht alles, was der Kommentator erzählte, aber das Meiste konnte ich mir zusammenreimen. Ich begriff, dass es mehrere Initiativen gab, die diese Minen mit viel Liebe und Zeit so weit restaurierten, dass sie wieder begehbar waren. Es gab Tunnel, über die das Wasser aus der Mine herausgepumpt wurde, und hohe Schächte, über die man die Gesteinsbrocken an die Oberfläche transportiert hatte. Eine Aufnahme zeigte einen winzigen Spot Tageslicht. Unerreichbar für diejenigen, die sich unten im Schacht befanden.

Zum Beispiel für die Frauen, die dort gefangen gehalten wurden. Frauen, die ihren Peinigern völlig ausgeliefert waren …

Ich schrieb, bis mir die Hand schmerzte. Dann stand ich auf und schenkte mir in der Küche ein Glas Wein ein. Den ersten Schluck trank ich im Stehen, während ich auf die Bucht hinuntersah. Schwarze Wolken zogen herauf, und es begann zu nieseln. Ich malte mir aus, wie es sein mochte, in so einem Stollen gefangen zu sein. Wo es immerzu von der Decke tropft. Wo man keinen Platz findet, an dem man sich hinlegen kann, weil überall Gesteinsbrocken sind.

Bevor diese Empfindungen verschwanden, schrieb ich weiter. Meine Hand konnte sich heute Nacht regenerieren. Jetzt galt es, alles festzuhalten, was mir durch den Kopf ging.

Als ich die Stollen-Videos abspeichern wollte, sah ich, dass Alex geschrieben hatte:

Liebe Nora,
ich muss schon sagen, die haben echt Nerven. Dir zu dieser Zeit eine Absage zu erteilen ist harter Tobak. Aber Du klingst zuversichtlich, und das gefällt mir. Aber tu mir bitte einen Gefallen: Kümmere Dich dieses Mal um einen Agenten.
Darf ich lesen, wenn die ersten Kapitel stehen? Ich bin höllisch gespannt und wünsche Dir viel Glück.
Jetzt gehe ich wieder auf Sightseeingtour mit den Amerikanern. Bin ich froh, wenn die morgen wieder im Flieger sitzen!
Pass auf Dich auf!
Deine Alex.

Grinsend las ich die Zeilen ein zweites Mal. Alex hatte Recht. Ich sollte mir wirklich einen Agenten suchen. Nun war aber erst die Vorarbeit dran, dann würde ich weitersehen.

Im nächsten Moment kam eine weitere Nachricht von ihr.

Hat der schöne Phil sich mal wieder gemeldet?

Nein, das hatte er nicht. Doch in meinem Kopf war er präsent. Sehr präsent. Ganz egal, wie sehr ich mich bemühte, ihn aus meinen Gedanken zu verbannen.

19

In der Entstehungsphase eines neuen Buches bin ich als Autorin nie einsam. Das neue Personal begleitet mich rund um die Uhr. Die Figuren machen auf sich aufmerksam und flüstern mir immer wieder Ideen ein. Oft in einem solchen Tempo, dass ich mit dem Schreiben kaum nachkomme. Mit manchen von ihnen freunde ich mich an. Andere sind zwar für die Geschichte von Bedeutung, aber ich möchte sie lieber nicht unbeobachtet im Haus umhergehen lassen. Es ist eine anstrengende Zeit. Sowohl für mich selber als auch für mein Umfeld.

Am Schreibtisch fällt mein Ausnahmezustand nicht weiter auf. Schwierig wird es, wenn ich das Haus verlassen muss. Ich verfahre mich mit dem Auto, verpasse meine Station in der U-Bahn, und in Restaurants schreibe ich Servietten und Abrechnungsblocks voll. Manchmal flüchte ich auf die Toilette, um dort die neuen Ideen in mein Diktafon zu sprechen. In solchen Zeiten ist dieses kleine Gerät mein wichtigster Begleiter.

Am Dienstagmorgen erwischte es mich unter der Dusche. Während ich mich einseifte, fiel mir ein, wie ich das Buch eröffnen könnte: mit einem Prolog, bei dem der Leser nicht weiß, um was es im Einzelnen geht. Man versteht nur, dass ein paar Frauen in Kälte und Dunkelheit ausharren müssen und schreckliche Angst haben.

Ich trocknete mich schnell ab und sprach die ersten Sätze bereits im Badezimmer ins Diktafon. Dann rannte ich hinunter in den Wintergarten und schrieb weiter.

Smuggler konnte dieser Phase nichts abgewinnen. Er hatte kein Verständnis dafür, dass ich nicht sofort in die Küche eilte, um ihm etwas zu fressen zu geben, sondern mich mit einer Handvoll Frauen in einer Geschichte beschäftigte, die in Panik waren. Jaulend strich er mir um die Beine.

»Du kannst von Glück reden, dass du nicht in der Gewalt eines Katzenhändlers bist«, sagte ich, während ich wie eine Besessene schrieb. »Dann gäbe es nur Trockenbrot, und keiner würde dich bespaßen. Jedenfalls nicht so, wie du es gerne hättest.«

Nach dem Frühstück stellte ich fest, dass der Kühlschrank ziemlich leer war. Das Druckerpapier ging ebenfalls zur Neige. Höchste Zeit, eine Schreibpause einzulegen. Und beim Frisör konnte ich auch gleich vorbeischauen. Auf dem Rückweg von Helston machte ich halt bei Mrs Ashe. Sie war hocherfreut, mich zu sehen.

»Ich habe in den letzten Tagen oft an Sie gedacht, Darling, und war schon drauf und dran nachzugucken, ob alles gut ist bei Ihnen, aber da habe ich mir gedacht, Sie schreiben und wollen sicher nicht gestört werden. Hübsche Frisur!«

Ich fuhr mir durch die frisch geschnittenen Haare. Ich war glücklich mit dem Ergebnis. Zumal auch das angeschlossene Kosmetikstudio kurzfristig einen Termin frei gehabt hatte. Zum ersten Mal seit langem fühlte ich mich rundherum wohl in meiner Haut.

»Vielen Dank«, sagte ich. »Ja, ich habe viel gearbeitet, komme aber gut voran.« Ich drehte eine Runde durch den Laden. Mittlerweile brauchte ich nur noch halb so lang, bis ich die Dinge gefunden hatte, die auf meiner Liste standen. Nur Druckerpapier konnte ich nicht entdecken.

»Das wurde gerade geliefert.« Mrs Ashe zeigte auf drei rote Kartons neben der Kasse. »Wie viel brauchen Sie denn?«

»Eine Packung reicht«, sagte ich. »Könnten Sie mir so einen Deckel vom Karton mitgeben? Die sind ideal für die gedruckten Manuskriptseiten.«

»Of course, *dear*!« Mrs Ashe legte beides auf den Tresen. »Viel Erfolg!«

»Neuer Roman, neuer Karton, Kleiner«, sagte ich zu Smuggler, der mir vor der Haustür entgegenkam. »Passend zum Thriller in Rot.« Wir gingen zusammen in die Küche, wo ich meine Einkäufe auf Kühlschrank und Speisekammer verteilte. Den neuen Karton stellte ich auf den Schreibtisch.

Die alte Schachtel wollte ich gleich entsorgen, doch auf dem Weg zum Altpapier sah ich, dass der Anrufbeantworter blinkte.

Bevor ich einen vernünftigen Gedanken fassen konnte, reagierte mein Körper bereits. Zitternd verharrte ich vor dem Telefon, den Karton so fest in der Hand, dass die Knöchel weiß hervortraten.

Als ich mir dieses Reflexes bewusst wurde, entspannte ich mich langsam. Ruhig, Nora. Wo immer deine Mutter jetzt sein mag, ein Telefon gibt es dort nicht.

Mir kam der Gedanke, dass ich für die soeben empfundene Panik vielleicht Verwendung hatte. Ich hatte eine Szene entworfen, in der Lilian nach Hause kommt und, wie ich, den Anrufbeantworter blinken sieht. Sofort ist sie in Panik. Der Urheber der Undercover-Aufnahmen vermisst seine DVD. Lilian hat zwar beteuert, dass sie von nichts weiß, aber er glaubt ihr nicht.

Ich versetzte mich in die Situation zurück. Spürte wieder die schweißnassen Hände, meinen zitternden Körper, die lähmende Panik – und schrieb.

Während des Schreibens verschwanden meine Ängste. Wenn ich es schaffte, meinen Blickwinkel so zu verändern, dass ich meine Ängste und Panik auf einer neuen Ebene verarbeiten konnte, wäre das großartig. Meiner Mutter, zu Lebzeiten eine passionierte Krimileserin, hätte das gefallen.

Auch Smuggler hatte etwas für sich entdeckt: Tragetaschen aus Papier. Die Papiertasche, die ich im Flur hatte stehen lassen, war umgefallen, und der kleine Kater hatte ein neues Spiel. Er schlich sich bis auf wenige Meter an die Öffnung heran, dann raste er in die Tüte hinein und blieb ganz hinten sitzen. Dort wartete er auf imaginäre Feinde. Glaubte er, sie entdeckt zu haben, sauste er hinaus und verfolgte sie laut maunzend bis zur Haustür. Dann begann das Spiel von vorne, bis er erschöpft in der Tüte liegend einschlief.

Ich machte mir einen Tee. Als ich ein zweites Mal am blinkenden Anrufbeantworter vorbeikam, fiel mir ein, dass ich die Nachricht noch nicht abgehört hatte. Ich drückte den Knopf und hätte im nächsten Moment die Tasse beinahe fallen lassen.

»Hallo, Nora. Ich bin's, Phil! Der Stress ist vorbei, und ich komme endlich nach Hause. Morgen ist übrigens Mittwoch. Wie wäre es mit einem gemeinsamen Essen?« Er diktierte eine Handynummer. »Wenn ich nichts mehr von dir höre, komme ich morgen Abend vorbei.«

Das Herzklopfen, das ich nun spürte, gehörte zu einer anderen Kategorie. Es war, als wäre ich wieder fünfzehn und hätte soeben erfahren, dass mein Schwarm die Einladung zu meiner Party angenommen hat.

»Was soll ich denn morgen bloß kochen?«, fragte ich Smuggler, der nach dem Tütennickerchen in seinem neuen Karton saß. »Und wo wir schon darüber reden: Was soll ich anziehen? Wie soll ich mich ihm gegenüber verhalten? Hast du irgendwelche Tipps für mich?«

Smuggler machte einen Buckel, dann sprang er zu meiner großen Überraschung auf meine linke Schulter.

»He, du Hexenkater!« Smuggler knabberte an meinem Ohr, kletterte über meinen Rücken zur rechten Schulter und sprang von dort auf meinen Schoß.

»Du meinst, ich soll ihn so begrüßen?« Ich kraulte ihn, bis er laut schnurrte. »Du kannst dir das sicher erlauben, aber ich sollte wohl mehr Distanz bewahren.«

Smuggle tretelte nun auf meinem Oberschenkel umher. »Aha. Anschließend eine kleine Massage?« Der Kater sah mich entrückt an und fuhr nun abwechselnd die Krallen aus.

»He!« Ich schrie erschrocken auf. »Vielleicht mögen Katzendamen das. Bei Zweibeinern stößt das aber auf wenig Gegenliebe.« Ich setzte ihn wieder in seinen Karton.

»Ich glaube, mit diesem Thema beschäftige ich mich lieber allein.« Ich nahm Stift und Papier. »Aber die Essensfrage, die könnten wir gemeinsam lösen. Was hältst du von Fisch?«

20

»Streng dich etwas mehr an. Du hast noch sieben Minuten!« Phil steht auf einem hohen Felsen, die Stoppuhr in der Hand. »Denk dran. Es muss ein Seeteufel sein. Ein großer!«

Völlig verschwitzt renne ich an der Flutlinie auf und ab. Die Wellen werden immer höher, und ich habe keinen blassen Schimmer, wie ich diese Prüfung bestehen soll.

Plötzlich taucht aus dem Nichts Walter Millar vor mir auf. »Wenn du so weitermachst, wird das nichts mit dem Abitur«, flüstert er mit heiserer Stimme. »Da, trink mal einen Whiskey, dann geht es dir gleich besser.« Mit dem rechten Arm zieht er mich zu sich heran, in der linken Hand hält er ein Glas mit bernsteinfarbener Flüssigkeit. »Auf Ex!«

»Nur mit einem großer Seeteufel wird man zu den Prüfungen zugelassen!«, tönt es von den Felsen her. »Hilfsmittel sind nicht erlaubt. Noch drei Minuten!«

Es beginnt zu regnen. Innerhalb weniger Sekunden bin ich nass bis auf die Haut. Ich reiße Millar das Glas aus der Hand und schütte den Inhalt hinunter.

»Renn einfach ins kalte Wasser«, raunt er. »Einfach rein. Du wirst schon sehen! Und dann mit dem Fisch gleich raus, raus …«

»Mau!?«

Ich erwachte und schaute in zwei runde, ockerfarbene Augen. Ich war nicht am Strand, sondern in meinem Bett. Der Smuggler-Uhr zufolge müsste es gleich sechs sein.

Ich wischte mir den Schweiß von der Stirn und schielte auf den Wecker. Smuggler ging pünktlich.

»Leg dich mal hin. Ich muss mich erst von diesem Stress erholen.« Ich strich ihm über den Rücken und spürte, wie ich langsam ruhiger wurde. Es war der dritte Phil-Traum in dieser Nacht gewesen und bei allen hatte der Inhalt sehr zu wünschen übrig gelassen. Doch was mich wirklich ärgerte: Walter Millar hatte jedes Mal mitgemischt. Ich schwor mir, mich nie wieder so eng auf eine Romanfigur einzulassen.

»Phil kommt heute zurück.« Ich sagte es mehr zu mir selber als zu Smuggler, der nun unruhig auf der Bettdecke hin und her tigerte. »Aber wir werden deswegen nicht die Nerven verlieren, sondern so tun, als wäre es ein ganz normaler Mittwoch.«

Smuggler rannte laut maunzend die Stufen hinunter. Was so viel bedeutete wie: Hauptsache, das Frühstück fällt nicht aus.

In den ersten Stunden funktionierte mein Vorsatz hervorragend. Ich arbeitete an der Dramaturgie und schrieb die erste Version einer Szene: Eine der gefangenen Frauen schafft es, zu fliehen, und rennt nachts querfeldein. Als sie an eine Landstraße kommt, hält ein Auto neben ihr:

Ein braungebrannter Mann mit dunklen, kurzen Haaren und einem Dreitagebart stieg aus. Er war groß und hatte eine beeindruckende Bassstimme. »Kann ich Sie in den nächsten Ort mitnehmen?«

Die kleine Deckenlampe brannte. Kate entdeckte ein großes Stativ und eine Kameratasche auf der Rückbank. Überall lagen alte Verpackungen auf dem –

»Moment!« Mein Unterbewusstsein hatte mir einen Streich gespielt. Phil hatte in dieser Szene nichts zu suchen. Ich nahm mein Personenverzeichnis zur Hand. Auf ein Neues:

Ein Mann mit kurzen blonden Haaren stieg aus. Er nahm seine Brille ab und sah sie mit freundlichen Augen an. »Kann ich Sie ein Stück mitnehmen?«

Die kleine Deckenlampe brannte. Kate entdeckte ein Foto in einem Silberrahmen am Armaturenbrett. Vier süße Mädchen lächelten sie an. Am Rückspiegel baumelte ein kleiner Holzengel. ›Fahr vorsichtig, mein Schatz!‹, lautete der Text auf seinem Gewand.

»Wenn es Ihnen keine Umstände bereitet«, sagte Kate heiser.

»Keineswegs«, sagte Benjamin Lewis. »Sonst hätte ich wohl kaum gehalten. Oder?«

Ja, so konnte es funktionieren. Doch als ich weiterschreiben wollte, ließ meine Konzentration mich im Stich. Dafür geisterte Phil mir durch den Kopf. Dreidimensional und in Farbe. Wann er wohl vor der Tür stehen würde?

Reiß dich zusammen und arbeite, rief ich mich zur Ordnung. Und hör auf, Szenen zu schreiben. Das steht noch gar nicht an.

Ich seufzte tief. »Nicht, dass du das falsch interpretierst. Ich freue mich in erster Linie darauf, mich wieder mit ihm unterhalten zu können«, erklärte ich Smuggler, der sinnierend in den Garten schaute. »Verstehst du?« Ich hätte schwören können, der Kater hätte genickt.

Ich rief eines der Internetvideos auf und stieg gedanklich mit dem Kommentator in den Stollen hinunter. Ich tastete mich in der Dunkelheit an den rauen Wänden entlang, spürte die feuchte Kälte, stolperte über Steine ... Doch sogar unter Tage sah ich Phils lachende Augen vor mir.

Ich stoppte den Clip. »Die Frage mit dem Abendessen ist noch nicht gelöst. Was wollen wir für einen Fisch machen?« Von Seeteufel hatte ich nach meinem Albtraum eigentlich die Nase voll. Andererseits schmeckte er köstlich und war leicht zuzubereiten. Mit anderen Fischgerichten hatte ich kaum Erfahrung.

»Vielleicht rettet uns das Internet.«

Von wegen. Die Suche nach ›Einfachen Fischrezepten‹ bescherte mir etwa 80 000 Möglichkeiten. Es würde Seeteufel geben, und damit basta.

Gegen drei ging ich zum Hafen hinunter, wo das Altmännertrio mit der Reparatur von Hummerreusen beschäftigt war. Als Knubbelnase mich entdeckte, winkte er mir zu. »Haben Sie Ihre Katze gefunden?«

»Ja, sie ist wieder aufgetaucht«, sagte ich.

»Und? Hat sie geschmeckt?« Knubbelnase tat so, als würde er zwei Messer aneinander wetzen. Die Männer lachten. Ich flüchtete in den Fischladen. Das war wohl eine Geschichte, die sie nicht so schnell vergessen würden.

Die Frau hinter der Fischtheke hatte vollstes Verständnis für meine kulinarischen Probleme und bereitete den Seeteufel küchenfertig vor. Wir plauderten noch ein wenig, dann machte ich mich auf den Heimweg.

Die Einfahrt vor dem Haus war, bis auf mein Auto, leer. Ich sah auf die Uhr. Erst zwanzig nach drei. Verging die Zeit heute gar nicht?

Schon als Kind hatte ich herausgefunden, dass es verschiedene Arten von Zeit gab: *Gummizeit* und *Turbozeit*. In den Ferien herrschte Turbozeit. Auch die Zeit, die man beim Zahnarzt im Wartezimmer verbrachte, gehörte dieser Kategorie an. Doch kaum hatte man auf den Behandlungsstuhl Platz genommen und blickte in das grelle, kalte Licht, schlichen die Minuten zäh dahin. Gummizeit.

Smuggler schien dieses Problem nicht zu kennen. Als ich in den Wintergarten kam, stand er kurz auf, machte einen Buckel und rollte sich wieder in seinem Karton zusammen. Er hatte alle Zeit der Welt. Und ob diese schnell oder langsam verging, war ihm völlig egal.

Doch was machte ich, bis Phil vor der Tür stand? Ich konnte spazieren gehen. Aber was, wenn er genau dann kam? Am Ende glaubte er noch, ich wäre abgereist und hätte seinen Anruf gar nicht mitbekommen. Nein, diese Möglichkeit schied aus.

Himmel, Nora, heute ist ein völlig normaler Tag!

Doch wie ich es auch drehte und wendete, meine Gefühle spielten Achterbahn, und ich fuhr bei jeder Runde mit. Um mich abzulenken, rief ich meine Mails ab. Niemand hatte mir geschrieben.

Okay, dann schrieb ich eben selber eine:

Liebe Alex,
er kommt heute wieder …
Denk an mich!
Nora

Die Antwort kam postwendend:

Wie? Walter Millar kommt?
☺ *Alex*

Ich musste lachen und merkte, wie sehr ich Alex vermisste. Vor allem unsere Weiberabende. Um nicht völlig durchzudrehen, schrieb ich weiter. Am Anfang schlich Phil sich noch ein, doch bald war er verschwunden. Dafür tauchte ein anderes, bekanntes Gesicht auf: Lilian bekam eine Mutter, die meiner sehr ähnelte.

Sie war Ende siebzig und ihre Demenz im Anfangsstadium. Ich taufte sie Janet. Sie wohnte übergangsweise in Lilians Wohnung über dem Secondhandladen, bis ein Platz in einer betreuten Wohngemeinschaft frei werden würde.

Wie meine Mutter hat Janet anfangs nur selten Aussetzer und ist Lilian eine große Hilfe im Geschäft. Doch wenn sie einen schlechten Tag hat, bringt sie den Betrieb erheblich durcheinander. Was sich auch als Glücksfall entpuppt: Als zwei Typen im Laden auftauchen und Janet über Lilian ausfragen, rettet sie ihrer Tochter unwissentlich das Leben, indem sie die beiden in ihrer Verwirrtheit auf eine falsche Spur lenkt.

Ich dachte an meine eigene Mutter zurück. Leider war ihre Krankheit so schnell vorangeschritten, dass es nur selten lustig zugegangen war. Aber der Gedanke, ihr mit diesem Buch ein kleines Denkmal setzen zu können, gefiel mir.

Ein Geräusch riss mich aus den Gedanken. Ein Auto? Ich rannte zur Haustür. Nichts. In Phils Cottage war alles ruhig.

Als es tatsächlich klingelte, traf mich fast der Schlag. Auch Smuggler schreckte hoch. Ein Blick auf die Uhr sagte mir, dass aus der Gummizeit Turbozeit geworden war, ohne dass ich es bemerkt hatte.

Ich öffnete die Tür und sah in Phils lachendes Gesicht. »Willkommen zurück in Cadgwith!« Ich wollte noch etwas hinzufügen, doch mein Mitbewohner stahl mir die Show. Mit einem langgezogenen »Ra-Waaaah!« sauste Smuggler durch den Flur, kletterte an Phils Jeans hinauf und kuschelte sich in seinen Armen.

»Das nenne ich einen Empfang!« Phil herzte den Kater mit solcher Wonne, dass man eifersüchtig werden konnte.

»Du siehst, wir haben dich schmerzlich vermisst!«

Phil setzte den Kater auf den Boden und kam auf mich zu. »Das ist schön!« Er umarmte mich kurz und küsste mich auf die Wange. Ich roch sein Aftershave. Zeder mit einem Hauch Zitrus. »Wir haben jeden Tag an dich gedacht.« Wenn nicht gar zehnmal. »Zur Feier des Tages gibt es Seeteufel. Ich muss den Fisch nur noch in Mehl wenden und in die Pfanne legen.«

»Perfekt«, sagte mein Nachbar. »Gleich helfe ich dir. Ich bringe schnell meine Sachen ins Haus.«

Ich ließ die Tür angelehnt und ging in die Küche, den Duft seiner Haut in der Nase. Dort packte mich die Hektik, denn ich hatte noch gar nichts vorbereitet. Ich nahm den Fisch und den Salat aus dem Kühlschrank und bedauerte, dass Katzen keine Kartoffeln schälen konnten.

Sie waren aber Weltmeister in einer anderen Disziplin, wie Smuggler mir zeigte. Kaum hatte ich den Fisch in Scheiben geschnitten, sprang er auf die Anrichte und stibitze ein Stück.

»He!« Ich rannte ihm hinterher, doch er war bereits

durch die angelehnte Haustür hinausgeflitzt, und ich landete – in Phils Armen.

»Dageblieben, schöne Frau!« Wir verharrten kurz in dieser Stellung.

»Wolltest du etwa die Flucht ergreifen?«

»Der Kater«, stammelte ich. »E-er hat ein Stück Fisch geklaut.«

»Ob er das jetzt bekommt oder später ist wohl egal, oder?« Die Fältchen um seine Augen vermehrten sich. »Es ist bestimmt genug für alle da.«

Beim Kochen waren wir wieder ein perfektes Team. Wobei ich innig hoffte, dass er nicht merkte, wie aufgewühlt ich innerlich war. Mit diesem Mann durch Pauls enge Küche zu wirbeln verlangte mir alles an Selbstbeherrschung ab.

»Das sieht schon köstlich aus!« Phil umfasste meine Oberarme mit beiden Händen und sah mir über die Schulter. »Ich kann dir gar nicht sagen, was für einen Hunger ich habe. Lange Autofahrten und Raststättenfraß sind das Letzte!« Er ging zum Kühlschrank. »So schön Yorkshire war, so einen leckeren Fisch wie hier bekommt man dort nicht.«

»Was habt ihr denn dort für Aufnahmen gemacht?«, fragte ich, als meine Stimme wieder funktionierte.

»Wir haben einen großen Bericht über den Fernwanderweg durch die Dales gedreht.« Als er meinen fragenden Blick auffing, holte er weiter aus.

»Das ist eine felsig-karge, offene Hügellandschaft im Norden von Yorkshire. Unglaublich schön. Viele Straßen sind dort so steil, dass du glaubst, in der Achterbahn statt in einem Auto zu sitzen.«

Nun, dazu musste ich im Augenblick nicht mal das Haus verlassen.

»Alles ist voller Schafe und – he, was machst du denn da?« Phil hob Smuggler hoch, der unser Gespräch vom Küchentisch aus verfolgte. »Kater bekommen das Essen in den Napf. Ein Gedeck bekommst du nicht.«

Smuggler kuschelte sich schnurrend in seine Arme, und erneut hatte ich das Gefühl, tauschen zu wollen.

»Voller Schafe ...«, lenkte ich auf das Gespräch zurück.

»Genau. Und die ganze Landschaft ist von Trockenmauern durchzogen, die die Flurstücke begrenzen. Wenn man hinunterschaut, ergibt das tolle Muster. Die Leute dort sind richtig skurril, und man versteht sie kaum. Ein Glück, dass Stefan den Dialekt versteht. Allein wäre ich aufgeschmissen gewesen.«

Er gab den Salat in eine Schüssel. »Reichst du mir bitte den Pfeffer?« Ich nahm die Pfeffermühle vom Gewürzregal und hielt sie ihm entgegen. Unsere Hände berührten sich.

»Jetzt noch die Kartoffeln, dann können wir essen, oder?« Phil gab das Dressing über den Salat und stellte die Schüssel auf den Tisch. »Ich habe übrigens Wensleydale-Käse mitgebracht. Den Weißen, der ein tolles Honigaroma hat, und den blauen Wensleydale, der mit dem Blue Stilton verwandt ist. Die müssen wir bald testen. Ich könnte einen Apple Pie machen, dazu passen sie angeblich hervorragend und ...« Plötzlich hielt er inne.

»Du bist so still, Nora. Geht dir mein Geplapper auf die Nerven? Tut mir leid, ich bin völlig aufgedreht von der langen Fahrt.« Er bedachte mich mit einem so liebevollen Blick, dass ich nicht wusste, ob ich überhaupt einen Bissen hinunterbekommen würde.

»Alles gut.« Ich stellte den Fisch und den Weißwein auf den Tisch. »Ich bin nur ein bisschen müde.«

Wir setzten uns. Smuggler setzte sich auf den freien Stuhl neben Phil und schielte auf seinen Teller.

»Ist dir aufgefallen, wie groß er geworden ist?« Phil schenkte Wein ein. Dann fütterte er den Räuber mit kleinen Abfallstückchen. »Er hat einen richtig breiten Katerkopf bekommen. Und sieh dir diese dicken Tatzen an.«

»Dabei habe ich schon befürchtet, dass ich ihn nie wiedersehe.«

»Wie bitte!?«

»Nach deiner Abfahrt war er plötzlich verschwunden. Ich habe ihn überall gesucht, aber er war wie vom Erdboden verschluckt.«

»Und dann?«

»Zuerst habe ich geglaubt, dass er sein Zuhause wiedergefunden hat. Doch dann ist mir eingefallen, was ihm alles zugestoßen sein konnte, und ich habe ihn gesucht.« Ich erzählte, wie ich Messer wetzend umhergegangen war.

»Das werden die Alten nicht so schnell vergessen!« Phil lachte. »Hast du ihn so anlocken können?«

»Nein, aber in dieser Nacht kehrte er zurück. Du kannst dir vorstellen, dass ich überglücklich war.«

»Und ob ich das kann.« Phil sah den Kater ernst an. »Mit solchen Kapriolen ist jetzt aber Schluss. Ist das klar?« Smuggler rieb seinen Kopf an Phils Unterarm. »Wir müssen uns ohnehin mal überlegen, wie das mit ihm weitergeht«, sagte Phil. »Hast du schon eine Idee?«

»Mir ist bisher keine Lösung eingefallen«, sagte ich. »Aber etwas Zeit haben wir noch. Paul wird vorerst in Kanada bleiben und hat mich eingeladen, hierzubleiben.«

»Das sind gute Neuigkeiten!« Er hob das Glas. »Auf weitere Nachbarschaft. Wie weit bist du denn mit deinem Krimi? Oder hast du am Ende schon abgegeben?«

»Da gibt es eine schlechte und eine gute Nachricht.« Ich spießte ein paar Salatblätter auf und hoffte, der Knoten in meinem Magen würde sich bald lockern.

»Jetzt bin ich gespannt.«

»Auf Wiedersehen Millar, willkommen Lilian.« Ich erzählte ihm eine Kurzfassung der Geschichte. »So groß der Schock anfangs war, bin ich nun glücklich mit dem neuen Projekt. Und keine Bange, diesmal mache ich erst die Dramaturgie, dann den Rest.«

»Du schaffst das, Nora.« Er sah mir tief in die Augen. Oder bildete ich mir das nur ein?

»Ich bin erst am Anfang, aber vielleicht magst du testlesen? Oder bist du gleich wieder auf Achse?«

Phil schüttelte den Kopf. »Nach diesen Wochen gönne ich mir eine längere Pause. Es gibt vieles aufzuarbeiten, aber das kann ich alles zu Hause machen.« Er kraulte Smuggler, bis er schnurrte. »Außerdem werde ich mich um die Erziehung dieses kleinen Freibeuters kümmern.«

»Als würden Katzen sich erziehen lassen«, sagte ich lachend. Auch Smuggler schien zu grinsen.

»Wahrscheinlich hast du recht.« Er zog ein letztes Stück Fisch durch die Soße auf seinem Teller. »Aber mir fällt gerade etwas anderes ein, womit ich dir helfen könnte. Ein Bekannter von mir lebt in St. Agnes und kennt Leute, die Führungen in diesen Stollen organisieren. Was meinst du, was dir für Ideen kommen, wenn wir in einen solchen Schacht hinabsteigen!«

Ich stand so plötzlich auf, dass mein Stuhl polternd umfiel. »D-das ist keine gute Idee«, stammelte ich. »Ich glaube nicht, dass ich es da unten, in der feuchten Luft, aushalten könnte.«

Abgesehen davon wusste ich nicht, ob ich genug Selbstbeherrschung aufbringen würde, wenn ich mit Phil, dicht an dicht, durch enge Gänge schleichen würde. Er konnte mit großer Nähe vielleicht umgehen. Mich würde es zur Verzweiflung bringen, war er doch unerreichbar für mich.

»Entschuldige«, sagte er. »Ich hatte dein Asthma vergessen.« Auch Phil stand nun auf. Gemeinsam stellten wir das Geschirr zusammen.

»Ich glaube, ich bleibe lieber bei den Videoaufnahmen, die ich gefunden habe. Die stauben nicht, und man kann jederzeit wieder an die frische Luft, nimm's mir nicht übel.« Ich plapperte, als hätte Mrs. Ashes Geist von mir Besitz ergriffen.

»War ja nur ein Vorschlag«, sagte Phil freundlich. »Wenn ich dir aber sonst behilflich sein kann, lass es mich wissen, ja?« Er gähnte. »Jetzt lass ich dich wieder allein. Ich werde bald schlafen gehen. Sehr erholsam war die letzte Zeit nicht.« Dann strich er mir sanft eine längere Haarsträhne hinter das Ohr. »Hübsche Frisur übrigens.«

21

Vielleicht bildete ich es mir nur ein, aber Smuggler war aufgedrehter als sonst, seit Phil wieder da war.

»Glaube ja nicht, dass du nun täglich Fisch bekommst«, sagte ich zu dem Kater, als ich ihm eine Knuspertasche in den Flur warf. »Das war eine Ausnahme.«

Auch ich ging an diesem Morgen beschwingter als in den vergangenen Wochen an die Arbeit. Dabei versuchte ich, Phil weitgehend aus meinen Gedanken zu verbannen. Dass mir das nur sehr bedingt gelang, stellte ich fest, als ich eine Seite durchlas, die ich gerade geschrieben hatte. Der Ermittler, der sich mit dem Fall befasste, war schwul und sah Phil zum Verwechseln ähnlich. Schnell verpasste ich dem Mann Hornbrille und Stirnglatze und schrieb weiter, als wäre nichts gewesen.

Im Cottage nebenan war alles ruhig. Phil hatte mir vom Garten aus kurz zugewinkt, war dann aber gleich wieder im Haus verschwunden. Ich war froh darüber, dass wir keine weitere Verabredung getroffen hatten. Schließlich wollte ich mit meinem Text vorankommen.

Abgesehen von einer kurzen Mittagspause arbeitete ich zügig weiter. Bis ich gegen vier mit einem Dialog beschäftigt war, von dem ich nicht wusste, ob er zu viel über den weiteren Verlauf verriet.

»Jetzt würde ich ihn gern um Rat fragen«, sagte ich zu Smuggler, der im Schlaf halb aus dem Karton gerollt war. »Wenn ich diese Info jetzt preisgebe, erhöht das zwar die Spannung der nächsten Szene. Andererseits befürchte ich, damit zu viel zu verschenken. Verstehst du, was ich meine?«

Ich überlegte schon, zu Phil hinüberzugehen, als es klingelte. »Wenn man vom Teufel redet!«

Ich tänzelte zur Haustür und riss sie auf. »Du kommst genau zur richtigen Zeit!«

»Das freut mich. Ich war mir nämlich nicht sicher, ob es dir recht ist, dass ich einfach so vorbeischneie«, sagte Ralf, der mich im nächsten Moment fest in die Arme schloss. »Wie schön, dich wiederzusehen!«

Der Geruch von kaltem Rauch und das Kratzen seines Stoppelkinns versetzten mich zurück in vergangene Zeiten. Zeiten, nach denen ich mich nicht zurücksehnte.

Ralf ließ mich los und trat einen Schritt zurück. Dann legte er den Kopf schief und betrachtete mich. »Du hast dich kein bisschen verändert. Wie lange haben wir uns nicht gesehen?«

»Lange«, sagte ich, unfähig, einen vernünftigen Gedanken zu fassen.

»Mir kommt es auch vor, als wäre das in einem anderen Leben gewesen!« Fröhlich trug er seinen großen Koffer über die Schwelle.

»Du, hör mal«, begann ich. »Du hast mich missverstanden. Ich stecke mitten in der Arbeit an einem neuen Buch und bin im Augenblick eine miese Gastgeberin.«

»Mach dir keine Gedanken, Nora. Ich werde völlig unsichtbar sein. Ich brauche bloß ein paar Tage Zeit, um mich neu zu sortieren. Bei mir ging es in letzter Zeit drüber und drunter.« Ralf blickte mich mit seinen großen braunen Augen an, wie er es immer getan hatte. Und wie immer nickte ich. Ich hatte mich in der Tat kein bisschen geändert.

»Wir sind doch alte Freunde. Das kriegen wir schon hin.« Ralf zwinkerte mir zu. »Wo soll ich mein Gepäck hinräumen?«

Ich ging vor ihm die Treppe hinauf. »Ich meine das ernst mit meiner Arbeit«, sagte ich.

»Das versteht sich doch von selber. Du wirst gar nicht bemerken, dass ich im Haus bin.«

Weil das Wetter so schön war, und Ralf rauchen wollte, verlegten wir den Aperitif ins Freie. Ralf setzte sich auf die Gartenbank, ich nahm auf einem Hocker ihm gegenüber Platz und betrachtete ihn unauffällig.

Ich hätte ihn jederzeit wiedererkannt. Seine Locken, die mittlerweile grau waren, trug er noch immer ein wenig länger und er war schlank geblieben. Sein Kleidungsstil war der gleiche wie damals: Über dem weißen Hemd trug er eine graublaue Leinenweste, aus deren Brusttasche eine goldene Uhrenkette hing. Dazu verwaschene Jeans und halbhohe Stiefel. Nur der kleine Diamantstecker in seinem linken Ohrläppchen war neu.

»Wie hast du überhaupt hergefunden?« Meines Wissens waren Paul und Ralf sich nie begegnet. Abgesehen davon hatte Ralf eine latente Schwulenphobie.

»Ich habe mich in diesem kleinen Laden erkundigt«, sagte Ralf. »Die Tante hinter der Theke wusste sofort Bescheid.«

»Und was führt dich hier in die Gegend? Du hast doch als Werbetexter gearbeitet, oder?«

Ralf machte eine wegwerfende Handbewegung. »Alles vorbei. Mit den Leuten in der Agentur bin ich gar nicht mehr klargekommen. Als dann so ein junger Schnösel zum Art-Director benannt wurde, hatte ich endgültig genug.« Er zog eine Visitenkarte aus der Westentasche und reichte sie mir. »Da war es Zeit für etwas Neues!« Das glänzende Kärtchen erklärte mir, dass mein Ex nun als *Location Scout* unterwegs war und sich neuerdings mit ph am Ende schrieb.

»Ralph. Schick«, sagte ich. »Was macht man so als Location Scout?«

»Ich suche Drehorte für Werbe- und Spielfilmproduktionen«, sagte er. »Im Augenblick arbeite ich noch auf eigene Faust und versuche, meine Funde mit einem Art Gutachten zu verticken. Aber ich hoffe, dass ich bald feste Auftraggeber finde.«

»Es ist sicher nicht leicht, da reinzukommen, oder?«

Ralf schüttelte den Kopf. »Sauschwer. Aber ich glaube, ich habe einen guten Blick.«

»Musst du eine Familie ernähren?«

»Ich bin verheiratet, aber Sylvia und ich haben gerade eine Auszeit.«

»Verstehe.« Meistens hieß das lediglich, dass einer von beiden fremdgegangen war, der Betrogene sich aber noch nicht entschieden hatte, ob er die Beziehung fortsetzen wollte. In diesem Fall ging ich jede Wette ein, dass seine Frau ihn vor die Tür gesetzt hatte.

Ralf trank sein Glas in einem Zug aus. »Okay, sie hat mich rausgeschmissen.«

Bingo. »Es hat sich einfach so ergeben, nehme ich an?« Ich vervollständigte die klassische Antwort bereits in Gedanken, als Ralf sie aussprach: »Mein Gott. Es hatte wirklich nichts mit unserer Beziehung zu tun!«

»Hat es nie«, sagte ich. »Möchtest du noch einen Wein?«

Im Laufe der nächsten Flasche erfuhr ich, wie es in

Ralfs Leben wirklich aussah. Die Agentur wollte seinen Arbeitsvertrag nicht verlängern, seine Frau hatte bereits die Scheidung eingereicht, und der neuen Freundin war es doch nicht so ernst mit ihm. Er tat mir fast leid.

»Hast du denn reelle Chancen mit dieser Scout-Geschichte?«, fragte ich.

»Ich glaube schon. Schließlich habe ich eine Menge Kontakte in der Werbebranche. Ich werde mich in den nächsten Tagen hier umsehen.«

Hoffentlich hatte er die Gegend hier bald abgehakt. Smuggler war auch nicht besonders angetan von Ralf. Er hatte ihn kurz gescannt, dann war er zu Phils Cottage geschlappt.

»Weißt du was? Ich koche uns eine Kleinigkeit. Dann wird es nicht so spät, und du kannst dich morgen früh gleich ins Auto setzen.«

»Aber Nora! Ich möchte dir keine Umstände machen. Gibt es hier ein Pub? Dann lade ich dich zum Essen ein.«

Warum nicht? Danach würde ich mich verabschieden und zeitig schlafen gehen. An Arbeit war heute ohnehin nicht mehr zu denken.

»Ein gutes Zeichen, dass ich in so einem idyllischen Ort gelandet bin«, sagte Ralf, als wir ins Dorf hinuntergingen. »Hier werde ich morgen ein paar Aufnahmen machen. Kannst du mir etwas empfehlen?«

»Die Nordküste Cornwalls ist interessant. Bei St. Agnes gibt es stillgelegte Minen.« Und man war lange unterwegs.

Ralf gab die Infos gleich in sein Smartphone ein und nickte. »Sieht interessant aus. Ich möchte etwas anderes bringen als die gängigen Bilder, die man mit Cornwall in Verbindung bringt, weißt du?«

»Du kannst dich morgen bei meinem Nachbarn erkundigen«, sagte ich. »Er ist Kameramann und kennt hier viele Ecken.«

So lange mussten wir gar nicht warten. Kaum hatten wir das Pub betreten, sah ich Phil an der Theke. Zusammen mit dem Mann, den er bei unserem letzten Besuch so innig begrüßt hatte. Als er mich sah, kam er auf mich zu.

»Ich habe überlegt, ob ich dir Bescheid geben soll, aber ich wollte dich nicht bei der Arbeit …« Er entdeckte Ralf und musterte ihn von Kopf bis Fuß.

»Ich-äh-ich habe Besuch bekommen und wollte zuerst etwas kochen, doch dann meinte Ralf, wir könnten ja essen gehen und«, abrupt schloss ich den Mund.

»Verstehe. Deswegen warst du gestern so nervös«, sagte Phil leise. Er nickte Ralf kurz zu. »Ich leiste euch gleich Gesellschaft. Hunger habe ich nämlich auch.«

»Wer war das?«, fragte Ralf irritiert.

»Der Kameramann, von dem ich dir vorhin erzählt habe«, sagte ich. »Willst du drinnen oder draußen essen?«

»Lieber draußen«, brummte Ralf. »Hast du was mit dem?«

Ich zeigte auf die Schiefertafel am Eingang des Restaurants. »Hier sind weitere Speisen angeschrieben. Der Fisch ist köstlich!«

Wir hatten die Karte gerade aufgeschlagen, als Phil sich neben mich setzte. »Ich störe euch doch nicht, oder?« Er gab Ralf die Hand. »Hallo. Ich bin Phil.«

»Nora hat mir schon von dir erzählt«, sagte Ralf. »Vielleicht kannst du mir ein paar Tipps geben. Ich bin auf der Suche nach interessanten Orten.« Mit großer Geste reichte er Phil seine Visitenkarte. »Locations, die sich für Filmproduktionen eignen und …«

»Ich weiß, was ein Scout macht«, kürzte Phil Ralfs Erklärungen ab. »Für welche Firmen arbeitest du?«

Ralf schüttelte ein paar Namen aus dem Ärmel, von denen ich noch nie gehört hatte. »Es ist enorm wichtig, die Nase immer vorn zu haben«, sagte er. »Du kannst dir sicher vorstellen, wie viele Newcomer in die Branche drängen.« Mit ausholender Armbewegung zeigte er auf den Hafen. »Aber der erste Tag in Cornwall gestaltet sich großartig. Wenn ich den Produzenten Bilder von diesem Ort zeige, werden sie sich die Finger danach lecken!«

»Darauf würde ich mich nicht verlassen«, brummte Phil. »Cadgwith kennen die längst. Hast du den Film *Der Duft von Lavendel* gesehen?«

»Auf die Pilcher-Liga bin ich nicht scharf«, sagte Ralf arrogant.

»Wenn man als Scout in Cornwall unterwegs ist, sollte man seine Hausaufgaben gemacht haben und wissen, dass es sich dabei um einen Spielfilm mit Maggie Smith, Judi Dench und Daniel Brühl handelt«, sagte Phil, während er in der Karte blätterte. »Wurde hier vor Ort gedreht.«

So viel zum Thema Nase vorn haben. Sogar Ralf sah ein, dass er den Ball nun besser flach hielt. »Kannst du mir, als Profi, ein paar lohnende Orte nennen?«

Phil zuckte die Schultern. »Keine Ahnung, was für dich interessant ist. Wie lange machst du das schon?«

»Seit ein paar Jahren«, sagte Ralf. »Früher habe ich in der Werbung gearbeitet, aber das hat mich irgendwann total angeödet.«

Ich hatte das Gefühl, im falschen Film gelandet zu sein. Da saß ich nun mit zwei Männern. Der Name des einen begann mit Ph, der des anderen endete neuerdings mit ph, und sie hatten nichts Besseres zu tun, als einen dämlichen Hahnenkampf aufzuführen.

»Wir sollten endlich das Essen bestellen. Heute ist Pizzatag. Ich nehme eine mit Champignons und Salami«, sagte ich. »Außerdem möchte ich ein großes Bier.«

»Gute Idee«, sagte Phil. »Ich schließe mich an.«

»Ich gehe jede Wette ein, dass die hier eine fertig gekaufte Tomatensoße verwenden.« Ralf streckte die Nase in die Luft und schnupperte.

»Und … was wäre daran schlimm?« Phils Bassstimme bekam einen bedrohlichen Unterton.

»Für eine gute Pizza ist es sehr wichtig, dass die Aromen der Soße in die restlichen Zutaten übergehen können«, dozierte Ralf. »Zwiebeln, Knoblauch, frische Kräuter und natürlich beste frische Tomaten. Am besten San-Marzano-Tomaten. Die haben das fruchtigste Aroma.«

»Ich wette, du machst die beste Tomatensoße. Stimmt's?«

»Ob es die beste ist, weiß ich nicht, aber sie ist hervorragend.« Ralf griff über den Tisch nach meiner Hand. »Weißt du was? Ich mache dir morgen eine tolle Pizza. Dann kannst du in Ruhe arbeiten und setzt dich anschließend an den gedeckten Tisch.«

Phil legte die Hand auf meinen Arm. »Das klingt nach einem guten Plan«, sagte er. »Morgen Abend habe ich noch nichts vor.«

Die Bedienung rettete Ralf davor, sich zu dieser Eigeneinladung zu äußern. Da wir nun morgen eine Pizza bekommen würden, bestellten wir den *Pie of the Day*.

»Wie isst du deine Pizza am liebsten?« Wieder griff Ralf nach meiner Hand.

»Mit Champignons, Salami, Artischocken und viel Käse.«

»Ich mag sie gern scharf«, sagte Phil. »Mit viel Peperoni.«

22

Die Kopfschmerzen, mit denen ich am nächsten Morgen aufwachte, waren nicht alkohol-, sondern verspannungsbedingt.

Als Ralf endlich kapiert hatte, dass er sich fachlich nicht mit Phil messen konnte, hatte er alle Register gezogen und unsere gemeinsame Vergangenheit in den schönsten Farben geschildert. Ein Außenstehender hätte glauben können, dass wir nach vielen Jahren wieder glücklich vereint waren.

Ralfs Pizza-Inszenierung war nach dem Essen in die nächste Runde gegangen: Er hatte dem Koch vom Pub ein Stück frische Hefe abgeschwatzt und zu Hause einen Teig zubereitet, wie er es angeblich bei einem alten Pizzabäcker in Neapel gelernt hatte. Ich hatte ihn machen lassen und war ins Bett gegangen.

»Wir müssen diesen Typen so schnell wie möglich loswerden«, sagte ich leise zu Smuggler. »Die Phase, in der er mir leidgetan hat, ist vorbei.«

Im Haus war es still. Der Meisterkoch schlief zum Glück noch. Ich schob zwei Scheiben Weißbrot in den Toaster, warf für Smuggler ein paar Knuspertaschen in den Flur und kochte mir einen Kaffee.

So weit, so gut. Bis ich den Kühlschrank öffnete und mir eine beige Masse entgegenquoll. Es dauerte ein wenig, bis ich mir klarwurde, dass es sich dabei um Ralfs heiligen Hefeteig handelte. Er hatte ihn in einen Plastikbeutel gelegt, doch beim Aufgehen war der gerissen.

»Das wird eine Monsterpizza«, sagte ich zu Smuggler, der meine Bemühungen, den Brei vom Einlegeboden zu lösen, interessiert verfolgte. »Der Teig des Grauens ist schon da.«

Nach dem Frühstück gingen wir an die Arbeit. Ich war gerade mitten in einem Dialog, als Smuggler mir mit großen Augen über die Schulter sah.

»Guten Morgen«, sagte Ralf fröhlich. Er beugte sich zu mir hinunter und küsste mich auf die Wange. »Du hast ja eine Katze!«

Erschrocken klappte ich mein Laptop zu. »Schleichst du dich immer so an?«

»Schreib ruhig weiter«, sagte mein Besucher. »Ich habe dir versprochen, dich nicht zu stören, daran werde ich mich auch halten. Ich finde schon alles in der Küche.«

»Kaffee ist noch in der Kanne. Und deinen Hefeteig habe ich auf die Anrichte gelegt.« Dann widmete ich mich wieder meiner Geschichte. Drei Sätze später war Ralf wieder da. »Sorry, Nora. Wo ist das Brot?«

Ich holte tief Luft. »Es ist Toast im Brotkasten. Alles andere ist im Kühlschrank.« Ralf verschwand wieder.

Nicht zum ersten Mal wünschte ich mir Verhältnisse, wie sie angeblich bei Thomas Mann geherrscht hatten: Wenn er in seinem Arbeitszimmer war, hatte es niemand gewagt, ihn zu stören, und man war auf Zehenspitzen im Haus umhergeschlichen.

Auch Smuggler war aus seinem Morgennickerchen herausgerissen worden. Er machte einen hohen Buckel und sah missmutig zum Fenster hinaus.

»Such dir lieber ein stilles Plätzchen draußen«, sagte ich. »Wenn du eins gefunden hast, sag mir Bescheid. Dann komme ich nach.«

Doch selbst der Garten war bald nicht mehr vor Ralf sicher. Umständlich schlich er mit einer Tasse Kaffee auf Zehenspitzen an mir vorbei, rauchte auf der Gartenbank seine Morgenzigarette und winkte mir dabei immer wieder zu. Dann entdeckte er die Pumpgun und spritzte damit herum, bis sie leer war. War der Kerl früher schon so nervig gewesen?

Nachdem ich zehn Minuten an einem Satz gefeilt hatte, um ihn dann zu löschen, stand ich auf und ging ebenfalls in den Garten. »Wie wollen wir das heute machen?«

»Ganz einfach«, sagte Ralf. »Du arbeitest, und ich kaufe für das Abendessen ein. Nebenbei schau ich mich in der Gegend um.«

»Zum Einkaufen fährst du am besten nach Helston«, sagte ich. »Einfach die Straße zurückfahren, über die du gekommen bist. Am zweiten Kreisel rechts ist ein Supermarkt von Sainsbury's, wo du alles bekommst, was du brauchst.«

Als Ralf die Haustür hinter sich zugezogen hatte, entspannte ich mich. Endlich konnte ich loslegen. Auch Smuggler kam zurück und rollte sich mit einem tiefen Seufzer in seinem Karton zusammen. Bis es einen Absatz später an der Tür klingelte.

»Entschuldige, aber mein Navi spinnt«, sagte Ralf genervt. »Dieses Helston kennt es nicht.«

»Dann kauf dir ein neues«, sagte ich. »Oder erinnere dich daran, wie man das früher gemacht hat. Immer den Wegweisern nach!« Wie hatte ich auch nur eine Sekunde lang glauben können, dass der Kerl mich in Ruhe lassen würde?

»Mhm.« Ralf stierte auf das Display. Dann steckte er das Gerät in die Tasche und sah mich mit einem Dackelblick an. »Magst du nicht einfach mitkommen? Danach koche ich in Ruhe.«

Großartig. Ich kochte schon jetzt.

Als wir gegen vier endlich wieder am Cottage ankamen, war meine Laune endgültig am Tiefpunkt angelangt. Ralf dagegen war in seinem Element.

»Du setzt dich jetzt schön wieder an den Schreibtisch, ich kümmere mich um alles andere«, sagte er beschwingt. »Und räumst du diese Katze bitte aus dem Weg?« Smuggler wuselte mir maunzend um die Beine.

»Dieser Kater hat Hunger und bekommt erst etwas zu fressen.« Ich nahm eine Dose Futter aus der Speisekammer und riss sie auf.

»Du lässt dir von dem Tier ganz schön auf der Nase herumtanzen.«

»Er ist der Einzige, der das darf. Nimm dich also lieber in Acht.«

Mir war klar, dass ich den restlichen Tag knicken konnte, aber ich setzte mich trotzdem an den Schreibtisch. Es war höchste Zeit für etwas Seelenhygiene.

Liebe Alex,
leider setzt Ralf seine Schnapsideen derzeit in die Tat um. Er ist gestern hier aufgetaucht und nervt. Jeder zweite Satz lautet »Ich lasse dich in Ruhe arbeiten«, um diese Aussage Sekunden später zunichtezumachen. So hält er mich ständig auf Trab, und ich falle, wie früher, auf seine Tricks herein. Es ist zum Schreien und Davonlaufen.
Heute hat er mich unter dem Vorwand, sein Navi wür-

de den Weg nicht finden, zum Mitfahren nach Helston überredet. Ein Armutszeugnis für jemanden, der sich neuerdings Location Scout nennt und auf der Suche nach tollen Drehplätzen ist.
*Doch kaum waren unterwegs, wusste er – Überraschung! – wieder, wo es langging. Und wir fuhren auch nicht nach Helston, sondern nach Mullion Cove, weil Ral***ph*** fand, dass der Name in-ter-ess-ant klang. (Ja, Du siehst richtig, er schreibt sich nun mit PH. Eine Tatsache, die ich ignoriere.)*
Auf dem Weg dorthin dachte ich mir in-ter-ess-ante Todesarten für ihn aus, die noch wesentlich raffinierter wurden, als er ein tolles Hotel über der Bucht ansteuerte und sich dort aufführte, als wäre er Steven Spielberg persönlich.
So lernte ich an diesem Tag viele neue ›Locations‹ kennen und saß zähneknirschend im Auto, während Ralf mir immer wieder erzählte, dass wir nun bald nach Hause fahren würden, damit ich weiterarbeiten könne.
Immerhin ist Phil seit vorgestern wieder da. Dummerweise scheint er zu glauben, dass ich wegen Ralfs bevorstehender Ankunft so nervös war, und Ralf ist eifersüchtig, weil er glaubt, dass ich mit meinem Nachbarn was habe. Verstehe eine die Männer. Bald bin ich am Ende meines Lateins …
Drück mir die Daumen, dass der Kerl bald wieder verschwindet!
Entnervte Grüße,
Deine Nora

Ich schickte die Mail ab und surfte im Internet herum, bis mich die Gier nach Weißwein in die Küche trieb. Dort roch es wirklich gut. Auf dem Herd köchelte eine Tomatensoße, und Ralf war dabei, einen Vorspeisenteller herzurichten.

»Lecker.« Ich stibitze eine schwarze Olive. »Da kriege ich richtig Hunger!«

»Was sagst du denn dazu?« Ralf nahm den Batzen Hefeteig mit so viel Liebe von der Arbeitsplatte, als wolle er mir seinen neugeborenen Sohn zeigen. »Ist *das* keine Schönheit geworden?«

»Wenn man auf so etwas steht.« Ich ging zum Kühlschrank und schenkte mir ein Glas Chardonnay ein. »Ich bin jedenfalls sehr gespannt auf deine Pizza!«

»Du wirst mich gar nicht mehr gehen lassen wollen.« Er begann, mir die Details seiner Tomatensoße zu erklären. Er kommentierte jede Zutat, jeden Handgriff so ausführlich, dass er damit in einer Kochshow hätte auftreten können. Mir war es recht. Solange er in seinem Element war, ließ er mich wenigstens in Ruhe.

Ich ging in den Wintergarten zurück und beobachtete, wie eine dicke Turteltaube auf Sokrates' Kopf landete. Im nächsten Augenblick flog eine weitere Taube heran. Sie setzte sich auf die Terrakotta-Balustrade und trippelte aufgeregt hin und her.

Der Täuberich ließ sich nicht lange bitten. Er flog zu seinem Herzblatt und machte dem Zusatz ›Turtel‹ in seinem Namen alle Ehre. Endlich hat er ein artgerechtes Date, dachte ich zufrieden.

Während ich seine Annäherungsversuche verfolgte, hatte Ralf sich hinter mich gestellt. »Der geht ganz schön ran«, flüsterte er.

Ich sah, dass die Turteldame es nicht darauf anlegte, gleich beim ersten Date zur Sache zu kommen. Sie trippelte ein paar Schrittchen weiter. Ich machte es ihr nach.

Wie der Tauberich, war auch Ralf hartnäckig. Wieder stellte er sich hinter mich, und im nächsten Moment spürte ich seine Hände auf meinen Hüften. Langsam wanderten sie zur Taille hoch.

»Wir sollten diesem Phil absagen«, murmelte er leise. »Ohne den ist es doch viel schöner, oder?«

Die Taubenfrau hatte für das Erste genug gesehen. Sie drehte sich um und flog davon.

»Kommt gar nicht in Frage!« Geschickt wandte ich mich aus seiner Umarmung.

»Früher hast du dich nicht so geziert«, maulte Ralf.

»Lust oder keine Lust«, sagte ich. »Das ist hier die Frage!« Schließlich waren wir im Land von Shakespeare.

Phil kam gegen sieben und war die Liebenswürdigkeit in Person. Er lobte Ralfs Häppchen und Weinauswahl und verharrte voller Demut vor der Tomatensoße, die nun endlich ihre vollendete Form erreicht hatte. Ralf entspannte sich zusehends.

»Mit dem hast du wirklich das große Los gezogen«, sagte Phil leise, als wir mit Prosecco anstießen

Ich wollte etwas entgegnen, doch Ralf riss das Wort an sich. Er erzählte Phil ausführlich von einer kulinarischen Frankreichfahrt, die er vor Jahren mit mir unternommen hatte und was wir dort alles entdeckt hatten.

Sosehr ich mein Gedächtnis auch bemühte, an eine solche Reise konnte ich mich nicht erinnern. »Sorry, Ralf, das muss jemand anders gewesen sein. Ich war nie mit dir im Burgund.«

Ralf sah mich verblüfft an, Phil kicherte.

»Natürlich waren wir dort zusammen. Du hattest diesen karierten Rollkoffer dabei«, sagte Ralf.

»Da haben wir den Beweis: Ich hasse karierte Rollkoffer. Du verwechselst mich mit einer anderen.«

»Sieht so aus, als solltest du mal wieder in deine Beziehungskartei schauen«, sagte Phil lächelnd. »Apropos Kartei. Hast du schon interessante Cornwall-Locations entdeckt?«

Ralf schüttelte den Kopf. »Heute war ich zu sehr mit der Kocherei beschäftigt. Morgen geht es los.«

Auf diese Ansage nahm ich einen großen Schluck Prosecco und hoffte inständig, dass er diesmal allein zurechtkommen würde. Noch einen solchen Ausflug würde ich nicht überleben.

Nachdem wir die Vorspeisenplatte geleert hatten, räumte Ralf die Teller zusammen und stellte sie in die Spülmaschine. Dann wickelte er mit viel Brimborium den Hefeteig aus einem Tuch und begann, ihn auszurollen.

»Mit einem Nudelholz?«, fragte Phil skeptisch. »Ein Pizzabäcker hat mir erzählt, das sei schlecht für die Teigstruktur. Man sollte die Masse vorsichtig mit der Hand auseinanderziehen.«

»Kokolores«, sagte Ralf. »Hier entsteht eine Pizza der absoluten Sonderklasse.«

Als die Röhre heiß und die Pizza zum Backen bereit war, schob Ralf sie in den Ofen. »Nach einer kurzen Zigarettenpause geht es weiter«, sagte er und verschwand durch die Haustür.

»Ich schau mal nach, wo Smuggler ist«, sagte ich zu Phil. »Er kann Ralf nicht ausstehen und ist nach dem Fressen gleich abgehauen.«

»Das kann man ihm nicht verübeln«, sagte Phil. Er folgte mir in den Wintergarten.

Ich hatte das große Fenster fast erreicht, als ich abrupt stehen blieb. Phil prallte gegen meinen Rücken. »Was ist denn?«

Ich zeigte in den Garten. »Schau mal.«

Ich wusste nicht, was meine Temperatur schneller ansteigen ließ: der Körperkontakt mit ihm oder das, was sich vor unseren Augen auf dem Rasen abspielte. Smuggler saß mit einem kleinen roten Kätzchen im Gras und leckte ihr mit Hingabe die Stirn.

»Ob das seine Freundin ist?«, fragte ich leise.

Phil fasste mich an den Schultern und beugte sich zu mir herunter. »Sie mögen sich jedenfalls sehr. Bei Katzen kommt das einer Liebeserklärung gleich.«

Er verharrte in dieser Haltung, und ich spürte seinen Atem an meinem Ohr, roch sein Aftershave. Mit aller Kraft versuchte ich, mich auf die Szene im Garten zu konzentrieren.

Während Smuggler sich nun dem Nacken der kleinen Roten widmete, stellte ich mir Phil und mich vor. Auf der Wiese. In dieser Situation. Ich musste mich gewaltig zusammenreißen, mich nicht einfach umzudrehen und mich in seine Arme zu schmiegen. Doch wenigstens hatte ich endlich die Chance, die Sache mit Ralf zu berichtigen.

»Was ich dir übrigens die ganze Zeit sagen wollte …« Weiter kam ich nicht. Einer der Rauchmelder ging los und beendete den intimen Moment. Die beiden Katzen sprangen erschrocken ins Gebüsch, während wir in die Küche rannten.

»Mach schnell das Fenster auf!« Phil zog die Ofenhandschuhe an und öffnete den qualmenden Backofen. Dann riss er das Blech mit der verkohlten Pizza heraus und warf alles durch das offene Fenster auf den Kiesweg neben dem Haus.

»Was ist denn das für ein grässlicher Lärm?« Ralf erschien aufgelöst in der Küche.

»Pizza-Alarm«, sagte Phil und warf die dicken Handschuhe auf die Anrichte. »Der Hauptgang muss leider ausfallen.«

Ralf warf einen Blick auf die dampfenden Reste, dann rannte er hinaus und kniete vor der verkohlten Pizza nieder.

»Das kann doch nicht wahr sein?« Entsetzt strich er über die schwarze Käsekruste. »Habt ihr die Backtemperatur verändert?« Er sah uns vorwurfsvoll an.

»Wir haben alles so gelassen«, sagte Phil. »Du hättest nicht so lange wegbleiben dürfen.«

»Und jetzt?« Ralf sah aus, als würde er gleich ein Bestattungsunternehmen damit beauftragen, die Reste in einen Eichensarg zu betten.

»Ich würde vorschlagen, wir gehen zum unverbrannten Käse über«, sagte Phil. Er nahm das restliche Weißbrot und zeigte auf das Cottage nebenan. »In der Zeit kann der Rauch hier abziehen.«

In der Küche seines Hauses öffnete Phil einen Bordeaux und servierte den Wensleydale-Käse. Dann klärte er Ralf über die besonderen Merkmale dieser Sorte auf.

»Danke, mir ist der Appetit vergangen.« Mit mürrischem Gesichtsausdruck saß Ralf am Tisch und trank das erste Glas Wein in einem Zug aus. »Ich habe mir so viel Mühe gegeben, den gesamten Tag in der Küche verbracht und jetzt das ... Ihr hättet ruhig mehr auf den Ofen achtgeben können!« Er ließ sich nachschenken und stierte verdrossen aus dem Fenster.

Typisch. Jetzt wollte er uns die Schuld in die Schuhe schieben. »Wieso bist du nicht gleich nach der Zigarette wieder hereingekommen?« Ich hätte auch gern von der Pizza gegessen, sah aber nicht ein, warum er so ein Theater abziehen musste.

»Weil mein Handy klingelte. Ein Auftraggeber war dran«, sagte Ralf wütend. »Das war *wichtig*, verstehst du?«

Phil rollte die Augen. »Dann machst du morgen eben eine neue Pizza.«

Um Gottes willen! Ich wollte Phil schon ein Zeichen geben, dass er bitte keine weiteren Vorschläge dieser Art machen sollte, als sich etwas an meinem Bein rieb. Im nächsten Moment sprang das Etwas federleicht auf Phils Schoß und schaute neugierig auf unsere Teller.

»Ah, der Herr Obergourmet gibt uns die Ehre!« Phil schnitt Smuggler ein kleines Stück von der weißen Käsesorte ab und hielt es ihm hin. »Liebe macht hungrig, was?«

Smuggler antwortete laut schnurrend und verlangte nach mehr.

»Vielleicht solltest du ein Buch über einen kulinarisch angehauchten Kater schreiben«, schlug Phil vor. »Du hast den Prototyp praktisch direkt vor der Nase.« Er ließ Smuggler auch vom blau geäderten Stück probieren. »Erzähl mal, Kleiner. Wie heißt die süße Rothaarige? Und wo habt ihr euch kennengelernt?«

»Ich gehe wieder rüber.« Ralf stand unvermittelt auf. »Ich muss noch jemanden anrufen. Außerdem möchte ich nicht, dass einer meine Sachen klaut.« Sprach's und war verschwunden.

»Ein ziemliches Mimöschen, dein Freund«, sagte Phil. »Ist er immer so?«

»Er ist nicht mein Freund, und ich habe keine Ahnung, wie er sonst ist. Er ist einfach hier aufgekreuzt, und ich würde ihn lieber heute als morgen loswerden!«

»Warum setzt du ihn nicht vor die Tür, wenn er dich so nervt?«

»Weil das bei Ralf nicht funktioniert. Er findet immer eine Ausrede. Ich müsste ihn schon wirklich schocken, damit er seine Sachen packt.«

Plötzlich kam mir eine geniale Idee. Ich beugte mich zu Phil und Smuggler über den Tisch. »Wie wäre es, wenn du rübergehst und Ralf so richtig anmachst? Schwule sind ihm höchst suspekt.«

»Ja, und dann?« Alex hatte meinem Bericht atemlos gelauscht.

»Dann sah er mich mit großen Augen an und sagte, dass er nicht im Geringsten auf Männer steht. Ich muss wohl sehr dämlich aus der Wäsche geschaut haben, denn er begann zu lachen. Ich wäre am liebsten im Boden versunken.«

»Er hat dir eine überzeugende falsche Fährte gelegt«, sagte Alex. »Die Bemerkung, dass Pauls Untreue es ihm nicht leicht gemacht hat, hätte ich genauso interpretiert wie du. Hat er dir dafür eine Erklärung geliefert?«

»Pauls abgelegte Liebhaber haben sich immer bei ihm ausgeheult.« Ich stopfte mir das Sofakissen unter meinem Kopf zurecht. »Das ist ihm irgendwann gewaltig auf die Nerven gegangen.«

»Ich muss sagen, diese Wendung kommt zwar sehr überraschend, aber sie ist großartig, oder? Hast du anklingen lassen, dass du in ihn verliebt bist?«

»Natürlich nicht! Außerdem weiß ich gar nicht, ob das wirklich stimmt.« Ich angelte mein Weinglas vom Couchtisch und nahm einen Schluck.

Alex lachte in den Hörer. »Das kannst du deinem Frisör erzählen. Ich glaube dir kein Wort. Aber ich kann verstehen, dass du dich erst an diese Situation gewöhnen musst. Das lasse ich gelten.«

Freundinnen, die einen gut kannten, konnten unerträglich sein.

»Was hat er sonst noch gesagt?«, bohrte Alex weiter.

Ich schloss die Augen und versetzte mich in Phils Küche zurück. Sah, wie er sich über den Tisch zu mir vorbeugte, hörte seine sanfte Stimme: »Warum glaubst du, dass ich mich zum Essen bei euch eingeladen habe? Ganz sicher nicht, weil ich an diesem Ralf interessiert bin. Ich wollte bei *dir* sein.«

»Ich höre …«, klang es aus dem Telefon.

»Er hat gesagt, dass er mich gern mag.« Ich nahm einen großen Schluck Wein.

»Und wie war deine Reaktion darauf?«

»Dass ich lieber nach Hause gehen sollte, weil Ralf allein ist. Und das habe ich dann auch getan.«

»Der arme Ralf. Er saß bestimmt weinend auf der Couch, weil er so einsam war.«

»Er war gar nicht da. Ich schätze, er hängt im Pub an der Theke und erzählt allen, was für ein toller Typ er ist.«

»Während Phil im Nachbarcottage sitzt und gern mit dir zusammen sein würde. An der Dramaturgie deines Lebens solltest du wirklich noch feilen, Nora.«

23

Am nächsten Morgen wurde ich von lautem Gepolter im Treppenhaus geweckt. Ich stand auf, um nachzuschauen, wo der Lärm herkam.

Es war Ralf, der seinen Koffer die Stufen hinunterwuchtete. Er hatte dunkle Ringe unter den Augen, und seine Klamotten sahen aus, als hätte er darin geschlafen.

»Sorry, ich wollte dich nicht wecken«, sagte er. »Ich bin davon ausgegangen, dass du noch bei deinem Phil bist.«

Bei *meinem* Phil? »Hast du gestern Abend die Zeche geprellt, oder warum haust du im Morgengrauen ab?« Ich gähnte.

»Ich habe gestern Abend im Pub ein paar heiße Tipps bekommen. Denen will ich gleich nachgehen. Ich habe hier schon viel zu viel Zeit verplempert.« Ralf war am Fuß der Treppe angekommen und nahm seine Lederjacke von der Garderobe.

Ich ging ebenfalls hinunter. »Dann wünsche ich dir viel Erfolg.«

»Dir auch eine gute Zeit.« Ralf gab mir ein Küsschen auf die Wange. »Wir sehen uns!«

Hoffentlich nicht so bald! Ich schloss die Haustür hinter ihm. Müde ging ich in die Küche. Es war erst Viertel vor sechs. Ob ich mich noch mal hinlegen sollte? Nein, das würde nichts bringen. Ich würde mich nur herumwälzen und grübeln.

»Mau?« Smuggler stand in der Küchentür und war sichtlich erstaunt, mich um diese Zeit hier anzutreffen.

»Morgenstund' hat Gold im Mund, Kleiner.« Ich strich ihm über den Flauschkopf. »Was macht deine kleine Freundin?«

Darüber gab der Kater keine Auskunft. Auch an Gold war er nicht interessiert. Wohl aber an einem gut gefüllten Napf.

Während Smuggler sich den Bauch vollschlug, machte ich mir Kaffee und Toast und dachte über die neue Situation nach. Selbst im Traum hatte Phil mich nicht losgelassen, und ich hatte keine Ahnung, wie ich mich verhalten sollte.

Alles deutete darauf hin, dass es ein wunderschöner Tag werden sollte. Der Himmel war leicht dunstig, aber die Sonne gewann bereits an Kraft. Im Garten schmetterte eine Amsel ihr Lied, und auch Smuggler ging nach dem Frühstück wieder hinaus. Eine gute Idee, fand ich und zog meine Wanderschuhe an. Ein ausgedehnter Spaziergang würde mir guttun.

Unten im Ort war alles ruhig. Die Fischer waren schon auf dem Meer, und in den kleinen Cottages am Hafen regte sich nichts. Auch die drei alten Männer saßen noch nicht an ihrem Stammplatz.

Ich stieg den Küstenweg Richtung Kennack Sands hinauf. An der Stelle, an der ich Smuggler gefunden hatte, blieb ich stehen und sah auf die Felsen im Meer hinunter. Wie damals waren sie von Möwen übersät. Ihre Schreie gellten durch die Morgenstille.

Das Gras war feucht, und die von der Sonne beschienenen Stellen dampften im Morgenlicht. Ich erhöhte mein

Tempo und versuchte so, die immerwährende Frage, was nun werden würde, abzuschütteln. Das gelang mir, bis ich zur ersten kleinen Bucht hinabstieg.

Ich setzte mich ans Wasser und beobachtete, wie das Licht in den heranrollenden Wellen funkelte.

Bald drängten sich andere Bilder auf. Phils Lächeln. Die dunklen Augen mit den feinen Fältchen, sein sinnlicher Mund. Ich spürte die Wärme seiner Hände auf meinen Schultern, seinen Körper an meinem Rücken, seinen Atem an meinem Hals. Hörte seine tiefe, weiche Stimme:

Ich wollte bei *dir* sein, Nora.

Es war lange her, dass ich für einen Mann so viel empfunden hatte. Als Thomas vor Jahren die Wohnungstür hinter sich zugezogen hatte, war auch in mir eine Tür fest ins Schloss gefallen. Seitdem hatte es keinen Grund gegeben, sie wieder zu öffnen.

Ich wollte bei *dir* sein, Nora.

Ich schaute auf das ruhige Meer hinaus und ließ die vergangenen Wochen Revue passieren. Ich hatte um meine Mutter trauern und mich mit ihren letzten Jahren versöhnen können. Ich hatte es geschafft, mich von diesem verhassten Projekt zu verabschieden. Und dabei erfahren, dass ich mich auf die Listen, die das Leben schreibt, durchaus verlassen konnte. Warum sollte das nicht weiterhin der Fall sein?

Als ich nach Hause kam, war es fast neun. Mein Schreibtisch war verwaist. Smuggler lag auf der Gartenbank in der Sonne und gähnte kurz, als ich ihn begrüßte. Dann gab er einen tiefen Seufzer von sich und schlief weiter.

Ich zog Schuhe und Socken aus und ging barfuß über

den Rasen zu dem Rosenstock, der an einer Säule emporkletterte. Es war eine alte, gefüllte Sorte mit dunkelrosa Blüten, von denen ein starker Myrrheduft ausging. Ich nahm einen herunterhängenden Zweig und befestigte ihn am Hauptstamm. Dabei linste ich unauffällig zu Phils Cottage hinüber.

Dort regte sich nichts. Das Küchenfenster war angelehnt, und ich fragte mich, ob Smuggler die Nacht bei ihm verbracht hatte. Sofort lief wieder ein Film in meinem Kopf ab: Phils streichelnde Hände, seine Arme, die Brust, an der ... Schluss!

Mit aller Macht verdrängte ich die Bilder. Ich sollte mich lieber um meinen Roman kümmern, bevor meine Phantasien jegliches Schreiben unmöglich machten.

Ich setzte mich an den Schreibtisch und rief die Mailbox auf. Alex hatte mir gestern Abend noch geschrieben:

Liebe Nora,
ich lese regelmäßig die Texte einer Bloggerin. Nach unserem gestrigen Gespräch fand ich dort dieses Gedicht. Es kommt mir fast so vor, als wäre es für Dich geschrieben worden:

Das Heute
mit dem Gestern,
dem Morgen im Herzen friedlich vereint.

Liebevoll das Jetzt umarmen.
Liebevoll die Erinnerungen bewahren.
Liebevoll der Zukunft zulächeln.

Mit der Gewissheit, alles ist möglich!
Deine Alex

Ich vertagte meine Antwort an Alex auf die nächste Schreibpause. Ich wollte jetzt nicht über Phil schreiben. Er spukte mir auch so schon mehr im Kopf herum, als gut für mich war.

Ich rief die Thriller-Datei auf. Ich überarbeitete den Anfang des letzten Kapitels und versetzte mich in die entflohene Kate. Sie ist zu Benjamin Lewis ins Auto gestiegen, nicht wissend, dass sie neben einem ihrer Entführer sitzt. Während er freundlich mit ihr plaudert, fährt er sie zu einem instandgesetzten Minenschacht.

»Hier ist die Fahrt zu Ende«, sagte Lewis. Er zog den Autoschlüssel ab.

Kate sah beunruhigt aus dem Fenster. »Aber Sie sagten doch, dass Sie mich bis zum nächsten Ort mitnehmen könnten!«

»Dort sind wir soeben angekommen«, sagte Lewis, der sich eine Maske überzog. »Willkommen im Schacht der Verzweifelten!«

Kate riss den Kopf herum und sah die grinsende Maske. Es dauerte einige Sekunden, bis sie die grausame Wahrheit erfasste. Sie war ihrem Peiniger direkt in die Arme gelaufen. »Nein«, flüsterte sie zitternd, »nein, bitte nicht!« Sie versuchte, die Autotür zu öffnen, doch sie war verriegelt. Das Autofenster. In Panik drückte sie den Knopf am Haltegriff. Das Fenster surrte herunter. Ihr gellender Schrei zerriss …

Auch ich hörte einen beunruhigenden Schrei. Erschrocken sah ich aus dem Fenster. Smuggler saß mit gesträubtem Fell mitten auf dem Rasen und beobachtete mit starrem Blick die Katermafia, die aus dem Gebüsch hervortrat.

»O nein!« Ich rannte hinaus und schnappte mir die

Pumpgun, die an der Hauswand lehnte. Die Mafia schritt im Zeitlupentempo auf Smuggler zu. Ihre Choreografie hatte sich seit ihrem letzten Auftritt nicht geändert. Rambo und der Pirat gingen voraus, der Pate folgte mit einigem Abstand.

Ich rannte auf den Rasen. »Weg mit euch!«, schrie ich. Ich setzte die Pumpgun an, zielte und schoss. Der dünne Wasserstrahl, der aus dem Lauf kam, wurde von den Dreien nicht einmal zur Kenntnis genommen. Verdammter Ralf! Er hatte so lange mit der Pistole herumgespielt, bis sie leer war.

Doch aus dem Nachbarhaus nahte Hilfe. Phil rannte durch den Garten und brachte die Angreifer schon durch seine Größe aus dem Konzept. Nach einer Schrecksekunde floh die Schlägertruppe. Phil verfolgte sie laut brüllend.

Ich setzte mich zu Smuggler ins Gras und nahm den zitternden Kater auf den Schoß. »Alles gut, Kleiner. Du bist wieder in Sicherheit.«

Phil kam zurück. »Ich glaube, die lassen sich nicht so schnell wieder blicken.« Er setzte sich neben uns auf den Rasen. »Mensch, Smuggler, so eine fiese Bande! Drei gegen einen. Aber denen haben wir es gezeigt!«

Er rückte näher zu uns heran und kraulte den Kater unterm Kinn. Smuggler streckte den Kopf hoch und begann zu schnurren. Erst leise, dann immer lauter. Er kletterte von meinem Schoß herunter und setzte sich zwischen uns.

»Wenn ich nur wüsste, was aus ihm wird, wenn ich nach Berlin zurückgehe«, sagte ich. »Ich darf gar nicht daran denken, dass sie ihn eines Tages doch noch erwischen.«

»Ich habe mir schon etwas überlegt«, sagte Phil leise. »Ich weiß nur nicht, ob es sich umsetzen lässt.«

Smuggler rollte sich auf den Rücken und streckte uns seinen weißen Bauch entgegen. Ich legte mich, den Kopf abgestützt, neben den Kater ins Gras. Phil tat es mir nach, und unsere Hände begannen einen langsamen Tanz auf Smugglers weichem Fell.

»Kater müsste man sein«, sagte Phil, während er kaum merkbar an meiner Hand entlangstrich. »Am besten ein Kater in Cornwall.«

»Ich glaube, diesen Status muss man sich über mehrere Leben erarbeiten.«

Unsere Hände trafen sich. Trafen sich erneut, ich genoss die Berührung und erwiderte sie. Phils Hand verließ das Katerfell und fuhr mir über den Unterarm. Ich spürte die Berührung am ganzen Körper.

Ich zögerte kurz, dann tat ich es ihm nach, strich über die Haare auf seinem Unterarm, hinauf bis zum Ärmel seines T-Shirts und zurück.

Smuggler, dem klarwurde, dass seine Rolle in diesem Spiel zu Ende war, ließ uns allein.

»Willst du überhaupt nach Berlin zurück?« Phil schob mein Haar zur Seite und streichelte meine Wange. »Du hast hier alles, was du brauchst, oder?«

Meine Stimme versagte ihren Dienst. Stattdessen legte ich den Kopf auf meinen ausgestreckten Arm und zog Phil näher zu mir heran. »Ich würde gern bleiben.«

»Nora ...« Seine Stimme klang heiser. Ich spürte, wie sich seine weichen Lippen küssend von meinem Ohr zu meinem Mund bewegten. Mit meinem freien Arm umfasste ich seine Taille und sog den Duft seiner Haut ein.

Dann setzten wir den Tanz, den unsere Hände begonnen hatten, mit den Mündern fort. Meine Anspannung ließ nach. Endlich war ich wieder im Leben angekommen.

24

In den Wochen, die nun folgten, lebten wir in einer eigenen Welt, und die Zeit verstrich in unserem Rhythmus. Wir erzählten uns von unserem bisherigen Leben, unseren Wünschen und Träumen und genossen jede Minute miteinander.

Smuggler stutzte kurz, als er Phil in meinem Bett entdeckte. Doch er gewöhnte sich schnell an die neue Situation und schlief morgens zwischen uns. Seine kleine rothaarige Freundin kam regelmäßig zu Besuch. Wir hatten sie Ginny, nach Ron Weasleys kleiner Schwester, getauft und freuten uns, wenn die beiden wie Ying und Yang zusammengerollt auf der Gartenbank lagen.

Als wir Mitte August von einem faulen Strandtag in Kynance Cove nach Hause kamen, erwartete der Kater uns laut maunzend in Pauls Küche.

»Entschuldigen Sie, Sir Smuggler, dass wir so spät kommen«, sagte Phil, während er eine Dose für ihn öffnete. »Aber wir mussten leider immer wieder anhalten, weil dein Frauchen mich küssen wollte. Dafür servieren wir heute Abend deinen Lieblingsfisch.« Er füllte den Napf, während ich in den Wintergarten ging.

Ich hatte vor einiger Zeit ein Exposé und eine Leseprobe an eine Literaturagentur geschickt und wartete sehnsüchtig auf eine Reaktion. Die Internetverbindung brauchte eine halbe Ewigkeit, dann erschienen meine Mails. Unter anderem eine Antwort von der Agentur.

»Sie haben sich gemeldet«, rief ich aufgeregt.

Phil erschien in der Tür. »Und? Was schreiben sie?«

Ich klickte auf die betreffende Zeile und überflog die Zeilen auf dem Bildschirm.

... Leseprobe und Exposé haben uns sehr überzeugt ... Wir würden das Projekt gern unter Vertrag nehmen ... Bitte nehmen Sie bald Kontakt mit uns auf ...

Ein unglaubliches Glücksgefühl überrollte mich. Ich fiel Phil um den Hals. »Der Text gefällt ihnen! Ich kann es gar nicht fassen!«

»Ich schon«, sagte er. »Die Story ist super spannend und gut aufgebaut. Das wird ein packender Thriller, glaube mir.«

Ich holte tief Luft. »Schade, dass ich jetzt nicht mehr anrufen kann. In München ist es schon sieben. Aber morgen hänge ich mich gleich ans Telefon.«

»Du siehst aus, als könntest du fliegen«, sagte Phil. Auch er strahlte. »Wie wäre es, wenn du jetzt kurz zu Mrs Ashe flatterst? Es ist keine Butter mehr da, und ich bräuchte welchen für den Fisch.«

»Wird sofort erledigt«, sagte ich. »Sonst schwebe ich hier nur sinnlos unter der Decke umher.«

Ich musste mich zügeln, die Strecke zum Laden nicht zu tanzen, so leicht und beschwingt fühlte ich mich. Ich summte die Zeilen der Mail vor mich hin und grüßte jeden, der meinen Weg kreuzte.

»Haben Sie im Lotto gewonnen?«, fragte Mrs Ashe, als ich den Laden betrat.

»So in etwa.« Ich erzählte ihr von der guten Nachricht, die ich erhalten hatte. Nun strahlte sie auch.

»Du meine Güte, am Ende werden Sie noch berühmt,

ich sage es ja, Cornwall ist ein kreatives Pflaster, es sind schon viele Schriftsteller hierhergekommen. Kennen Sie Daphne du Maurier?«

Ich nickte. »Ich bin aber nur eine kleine Nummer«, bremste ich ihre Begeisterung. Nicht, dass morgen alle im Ort glaubten, ich wäre die nächste Literaturnobelpreisträgerin.

Ich ging zum Kühlregal und nahm Butter heraus. »Das ist alles für heute«, sagte ich. »Morgen kommen wir zu einem Großeinkauf.«

»Nein, das ist noch nicht alles. Auch ich habe Neuigkeiten.« Sie beugte sich verschwörerisch über die Theke. »Gestern war hier jemand, den ich lange nicht gesehen habe, und ich habe endlich erfahren, wer die Katze vermisst, die Sie gefunden haben.«

»Wie bitte?«

»Sie haben damals doch diese kleine schwarz-weiße Katze gefunden, und jetzt hat jemand sich nach ihr erkundigt, sie gehört zu einem Bauernhof hier in der Nähe, ich habe gesagt, dass ich Ihnen Bescheid gebe. Warten Sie, ich schreibe Ihnen die Adresse auf.«

Bestürzt beobachtete ich, wie Mrs Ashe einen Zettel aus der Schublade nahm und eine Adresse notierte. Darunter skizzierte sie mir den Weg.

Ich hatte keinerlei Erfahrungen mit Fallschirmspringen, aber so musste sich ein freier Fall anfühlen. Ich stürzte direkt aus dem siebten Himmel auf die Erde.

»Die freuen sich sicher, die Katze wiederzusehen«, sagte Mrs Ashe, während sie mir den Zettel in die Hand drückte. »Und Sie haben eine Sorge weniger, vergessen Sie nicht, die Wäsche hereinzuholen, es wird heute noch regnen!«

Ich nickte stumm. Bei mir war das Tiefdruckgebiet bereits angekommen. Ich verabschiedete mich und ging mit bleiernen Füßen nach Hause.

Smuggler ist morgen nicht mehr da, Smuggler ist morgen nicht mehr da …

Als ich das Cottage betrat, rief Phil. »Ich bin hinten! Komm schnell her!«

Ich legte die Butter auf den Küchentisch und ging durch das Wohnzimmer in den Wintergarten.

Smuggler ist morgen nicht mehr da, Smuggler ist morgen nicht mehr da …

»Schau dir die beiden an.« Phil zeigte auf den Rasen, wo Smuggler und Ginny fröhlich herumtobten. »Sind die nicht … Nora?« Erschrocken kam er auf mich zu. »Du siehst aus, als wäre dir ein Gespenst begegnet. Was ist denn passiert?«

Ich reichte ihm den Zettel von Mrs Ashe. »Dort wird Smuggler angeblich vermisst.«

Phil sah sich die Adresse an. »Das ist nicht weit von hier. Komisch, dass denen jetzt erst auffällt, dass ihre Katze verschwunden ist.«

Ich zuckte die Schultern. »Ich weiß auch nicht, warum.« Dann brach ich in Tränen aus.

»Es ist gar nicht gesagt, dass Smuggler die Katze ist, die sie vermissen«, versuchte Phil, mich beim Essen zu trösten. »Schwarz-weiße Kätzchen gibt es wie Sand am Meer.« Er streichelte meine Hand. »Bist du sicher, dass du da hin möchtest? Wir könnten auch so tun, als wüssten wir von nichts.«

»Das ist keine Sache von Wollen oder nicht.« Ich stocherte in meinem Salat. »Stell dir vor, Smuggler wird von einem Kind vermisst.« Ich dachte an den Besuch bei dem kleinen Mädchen zurück. »Ich würde mir das nie verzeihen.«

Schweigend aßen wir weiter. Smuggler spürte genau, dass die Stimmung anders war als sonst. Als der von Mrs Ashe vorhergesagte Regen heranzog, kuschelte er sich zwischen uns auf die Couch. Wir streichelten und verwöhnten ihn, als gäbe es kein Morgen.

»Würdest du morgen bitte mitkommen?« Ich sah Phil über den Rand meines Whiskeyglases an.

»Natürlich!« Er schenkte mir einen kleinen Schluck nach. »Du glaubst doch nicht, dass ich dich in einer solchen Situation allein lasse?«

»Früher war ich gerade in solchen Momenten allein.« Ich erzählte ihm, wie es mir in den Zeiten der fortschreitenden Demenz meiner Mutter ergangen war.

Phil legte mir den Arm um die Schultern und zog mich fest an sich. »Wir werden sicher nicht immer einer Meinung sein, Nora. Aber ich verspreche dir, dass du dich immer auf mich verlassen kannst.«

Nach einer unruhigen Nacht wachte ich weit vor der Amselschicht auf. Smuggler, der sonst nachts unterwegs war, hatte das Haus nicht verlassen und lag zusammengerollt vor meinem Bauch. An meinem Rücken spürte ich Phils warmen Körper. Beide machten leise Geräusche im Schlaf.

Der Himmel war wolkenverhangen. Mrs Ashe hatte mit ihrer Wettervorhersage zwar ins Schwarze getroffen, doch ich hoffte von Herzen, dass sie die Sache mit der vermissten Katze falsch interpretiert hatte. Wenn nicht, war es das letzte Mal, dass wir hier gemeinsam so lagen.

»Schon wach?« Phil beugte sich über mich und küsste mich sanft auf die Wange.

»Schon lange.« Ich drehte mich um und kuschelte mich in seine Arme. Auch Smuggler schlug nun die Augen auf. Nach seinem üblichen Gähn- und Dehnprogramm sprang er auf Phils Brust und sah uns erwartungsvoll an: Zeit für das morgendliche Spiel.

Langsam bewegte Phil seine Hand unter der Decke, und schon sprang Smuggler begeistert durchs Bett. Bis sich sein Hunger meldete und er mit einem lauten »Rawaaah!« die Treppe hinunterflitzte.

Ich setzte mich zu den beiden in die Küche, aber ich bekam keinen Bissen hinunter. Smuggler hatte keine Appetitprobleme. Er setzte sich auf einen freien Stuhl und ließ sich mit Schinken verwöhnen.

Ich nahm ihn auf den Schoß und streichelte ihn. Ich fühlte mich, als würde ich gleich zu einer Prüfung gerufen, für die ich keinen Strich gelernt hatte. Ein Examen, bei dem es um alles oder nichts ging. Ich war kurz davor, in Tränen auszubrechen.

Als Phil seinen Kaffee ausgetrunken hatte, stand er auf. »Bringen wir es hinter uns. Hast du das Bild ausgedruckt?«

»Ich habe es in der Jackentasche.«

Phil schaute zum Himmel hinauf. »Vielleicht sollten wir mit dem Auto fahren.« Die meisten Wolken hatten sich verzogen, doch über dem Meer braute sich schon wieder etwas zusammen.

»Lass uns lieber zu Fuß gehen und einen Schirm mitnehmen.« Ich versuchte, den entscheidenden Moment hinauszuzögern.

Als wir oben an der Einfahrt angekommen waren, brach die Sonne durch die Wolken. Die Felder neben der schmalen Straße dampften vor Feuchtigkeit, und in den Hecken, die sie voneinander trennten, sangen Vögel um die Wette.

Hand in Hand gingen wir die Straße entlang. Nach einer Weile stieg sie leicht an, und schon bald hatten wir rundherum eine herrliche Aussicht.

»Laut Skizze müsste es das Haus da vorne sein.« Phil zeigte auf einen Natursteinhof, der unterhalb der Straße zwischen Getreidefeldern lag. Automatisch verlangsamte ich meine Schritte.

Phil legte mir seinen Arm um die Schultern. »Immerhin sieht der Hof gepflegt aus«, versuchte er, mich aufzumuntern. »Vielleicht sind die Leute nett, und wir können den kleinen Rabauken öfters besuchen.« Er bemühte sich, seiner Stimme einen fröhlichen Klang zu geben, aber es gelang ihm nicht.

Dann hatten wir die unbefestigte Zufahrt zum Haus erreicht. Wir wichen den Pfützen, die sich in den Schlaglöchern gebildet hatten, aus und kamen an einer Weide vorbei, auf der mehrere schwarz-weiße Kühe weideten.

Wir gingen weiter, bis wir vor dem Haus standen. Auf dem Dach gurrten ein paar Tauben. Sonst regte sich nichts.

John und Maggie Parker stand auf dem Namensschild. Wir waren richtig. Ich drückte auf den Klingelknopf und stellte mich wieder neben Phil, der seinen Blick über die Fassade gleiten ließ.

»Komm, wir gehen ums Haus herum.« Er zeigte auf

einen schmalen Weg, der neben einem üppigen Gemüsegarten in einen Innenhof führte. Auch dort war keine Menschenseele zu sehen.

Wir liefen zu den Stallungen und riefen mehrmals. Plötzlich schwang eine der Holztüren auf und eine Frau in meinem Alter kam heraus.

»Wen suchen Sie?« Sie hatte eine bunt gemusterte Kittelschürze an und trug Gummistiefel. Unter dem Arm hielt sie einen Korb mit Eiern.

Ich räusperte mich. »Mrs Ashe vom Laden im Ort sagte mir, dass Sie eine Katze vermissen.«

Die Frau sah mich misstrauisch an. »Ja?«

»Uns ist vor einiger Zeit eine zugelaufen«, sagte Phil. »Daher wollten wir nachfragen, ob es sich um dieselbe handelt.«

»Das wäre schön«, sagte die Frau.

»Die Kinder vermissen die Katze bestimmt sehr.«

Die Frau sah mich verwundert an. »Kinder? Nein, wir brauchen die Katze im Stall. Sie soll Mäuse fangen. In letzter Zeit sind einige abgehauen und eine ist unter den Traktor gekommen. Wirklich blöd.«

»Und wie sieht die vermisste Katze aus?«

»Wie sah sie aus …« Während sie überlegte, kam eine schwarze-weiße Katze aus dem Stall. Sie sah Smuggler sehr ähnlich und tappte auf die Frau zu. »Schwarz war sie. Oben schwarz und am Bauch weiß. Auch die Pfoten waren weiß und das Gesicht.« Die Katze stand nun neben ihr und rieb sich an ihren Beinen.

»Haust du ab!« Die Frau versetzte dem Tier einen solch festen Tritt, dass es ins Stolpern geriet. Schnell brachte die Katze sich in Sicherheit.

Die Frau sah uns wieder an. »Jetzt fällt mir noch was

ein. Sie hat einen kleinen schwarzen Flecken auf der Nase.«

Ich nahm Phils Hand und drückte sie fest. Mit der anderen zerknüllte ich das Foto von Smuggler in der Jackentasche zu einer kleinen Kugel.

»Tut mir leid«, hörte ich mich mit fester Stimme sagen. »Die Katze, die uns zugelaufen ist, hat eine ganz weiße Nase.«

Danksagung

Die Orte, an die ich Sie mitgenommen habe, sind real, die Menschen jedoch alle fiktiv. Teile dieser Geschichte wurden in einem Wintergarten in Cadgwith geschrieben, und ich denke voller Sehnsucht an diese schöne Zeit zurück.

Kein Buch schreibt man ganz allein, und auch mir standen einige Menschen mit Rat und Tat, Anregungen und Hinweisen zur Seite. Besonders bedanken möchte ich mich

… bei meinem Mann Joachim Schultz, der die Idee hatte, die Handlung nach Cadgwith zu verlegen, und mich dort köstlich bekochte, damit ich in Ruhe arbeiten konnte,

… bei Alexandra Borisch, Dagmar Geisler und Katharina Wieker, die mich aus so manch dramaturgischer Sackgasse gerettet und mich mit ihrer Begeisterung immer wieder motiviert haben,

… bei meinen Testlesern Nicola Bauernschmitt, Fritz Fassbinder, Jeannette Hammerschmidt, Brigitte Holtmann, Astrid van Nahl, Doris Rübel und Monika Stutzke, die mich auf übersehene Stolpersteine aufmerksam machten,

… bei Ricarda Ohligschläger, deren Blog »Herzgedanke« ich mir ausleihen durfte,

… bei Doreen Trittel für ihr Gedicht »heute leben«,

… bei meiner Lektorin Gesine Dammel und meiner Agentin Leonie Schöbel, die immer für mich da waren,

… bei allen Buchhändler(inne)n, Bibliothekar(inn)en und Blogger(inne)n, die dazu beitragen, dass meine Bücher ihre Leser finden.

… last but not least bei unseren beiden Katern Leporello und Zazou, deren Schreibtisch ich mitbenutzen darf. Von ihnen habe ich im Lauf der Jahre ansatzweise verstehen gelernt, wie die Spezies »Katze« tickt.